站在文明废墟，阎雨看到了文献中无法感知的文明，他行走在全球文明现场，用管理学、经济学、哲学的比较视角给我们呈现了一幅波澜壮阔的文明画卷，使古埃及、古巴比伦等这些湮灭了数千年的文明又鲜活了起来。

——成中英（国际著名华裔哲学家、新易学创始人，第三代新儒家代表人物、美国夏威夷大学哲学系终身教授，国际中国哲学学会创会会长。）

世界文明比较，
涉及历史学、哲学、社会学、文化学、经济学、管理学……
这种高度的知识大融合，
将带来一种审视人类历史的全新方式。

Global civilization experience log

全球文明体验日志

阎雨 著

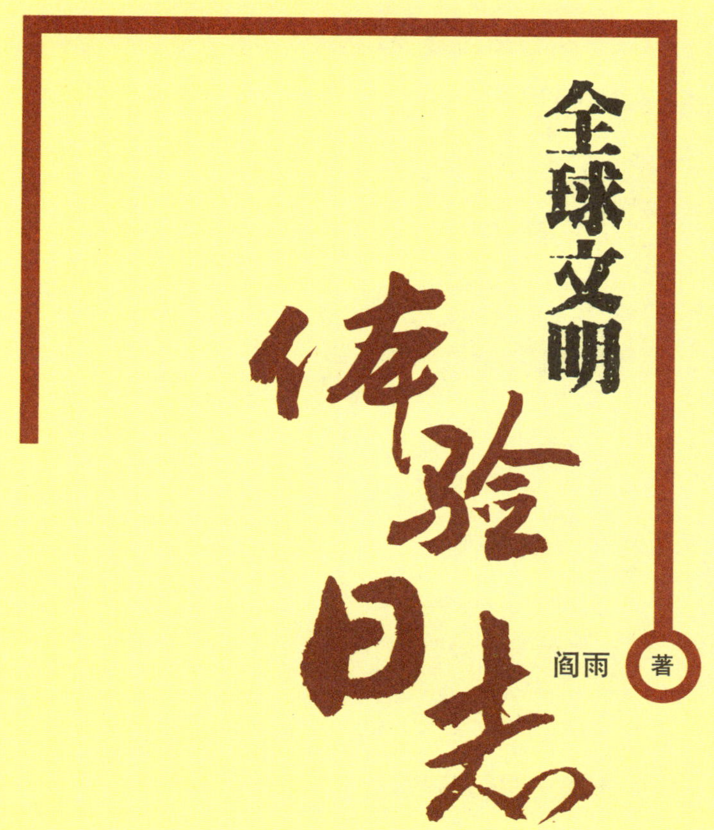

知识产权出版社
全国百佳图书出版单位
——北京——

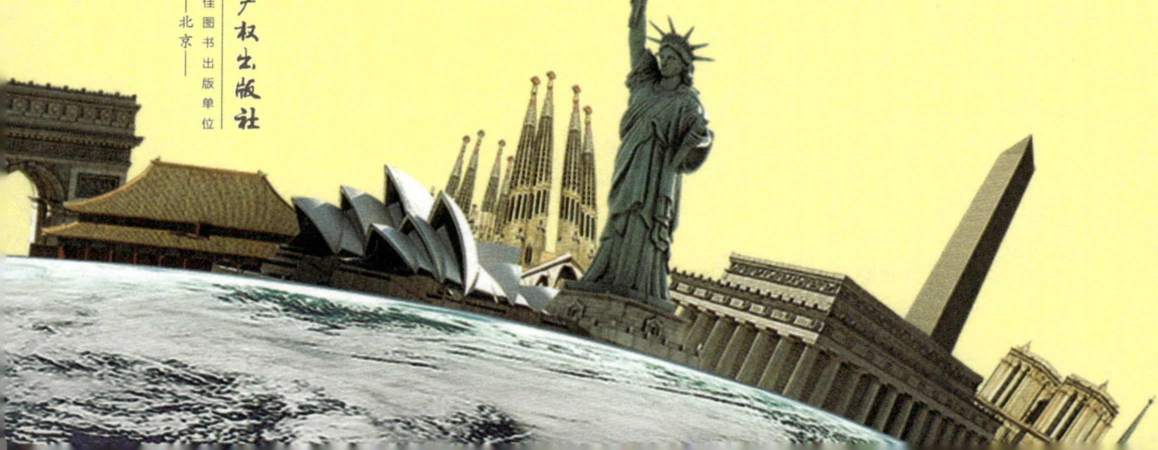

图书在版编目（CIP）数据

全球文明体验日志 / 阎雨著 . —北京：知识产权出版社，2021.1

ISBN 978-7-5130-7391-2

Ⅰ . ①全… Ⅱ . ①阎… Ⅲ . ①游记—世界 Ⅳ . ① K919

中国版本图书馆 CIP 数据核字（2021）第 002601 号

责任编辑：石红华　　**责任校对**：潘凤越

封面设计：臧　磊　　**责任印制**：刘译文

全球文明体验日志

阎　雨　著

出版发行：知识产权出版社有限责任公司　　**网　　址**：http://www.ipph.cn

社　　址：北京市海淀区气象路 50 号院　　**邮　　编**：100081

责编电话：010-82000860 转 8130　　**责编邮箱**：shihonghua@sina.com

发行电话：010-82000860 转 8101/8102　　**发行传真**：010-82000893/82005070/82000270

印　　刷：三河市国英印务有限公司　　**经　　销**：各大网上书店、新华书店及相关专业书店

开　　本：720mm × 1000mm　1/16　　**印　　张**：23.75

版　　次：2021 年 1 月第 1 版　　**印　　次**：2021 年 1 月第 1 次印刷

字　　数：398 千字　　**定　　价**：158.00 元

ISBN 978-7-5130-7391-2

序

浩水泱泱 我心徜徉

继《心灵的河流》《心湖泛舟》《四海洗心》之后，阎雨博士的另一部随笔《全球文明体验日志》即将付梓。他拜托我写篇书序，让我有幸能够先睹为快。从随笔的名字可见，经河流漂泊求索，由湖泊中掬水洗心，到明月悬空，豁然开朗。我想这应当是阎雨上下求索的心路历程——由困惑惆怅到明心见性。

这部随笔是作者在文化考察旅途中的结集。不囿于形式和题材的各篇文章，将经济学、社会学、政治学、心理学等方面的研究与思考融会贯通，承载文明比较研究所特有的广度、深度和高度，睿智深刻又不乏风趣幽默，见解精到又通俗易懂。文字或激昂，或婉约；或起伏跌宕，或静水流深；或恣意随性，或隽永深邃。写遍人世间沧海桑田，说尽天下人文风情万千，令人心旷神怡！

梳理、反思、选择、整合、重构各种不同的文明资源，构造面向未来的更具系统性的文化发展源与流，走出象牙塔，走向田野，走向世界，走向更广阔的天地，都离不开对文化资源的发掘、再认知和理性阐释，离不开对现实问题的关注和思考。

在人类历史文明的比较中，作者以中国人独有的视角去观察世界各地不同的文化风俗，将旅途的感悟与现场的求索交织在一起，在思想交流和碰撞中，提升了对人生哲学的思索高度。

我不得不说，将学术研究与创作相互贯通，构建一个相对完善、富有活力与弹性的文明比较思想体系与实践路径，通过文明考察和著作来传递思想的自由、生命的情怀，进行现实与理论的反思，形成体验与学思的共鸣，这种知行合一、体用不二的治学态度，令人赞赏。

阎雨对我所提出的“承创合意、政市合璧、虚实合契、软硬合力、天人合一”等五个处理发展中各种矛盾关系的原则深为认同。我的学术研究领域是经济学，阎雨是文明比较。这也说明社会科学的论证方法虽然各异，但研究结论却可以殊途同归。

阎雨在领略过大江大洋，欣赏过浩水泱泱后，“我”心徜徉，将万千心得诉诸笔端，用灵动文字将文明比较研究的学术成果汇编成册，感性凝结成理性，见闻升华为思想，值得读者细细品读。

是为序。

孙祁祥

2020 年 12 月 2 日

（北京大学经济学院教授，原院长。北京大学博雅特聘教授，享受国务院政府特殊津贴专家，国家社会基金重大项目首席专家。）

前言

文明的召唤

翻看一张张照片，每一个画面都如此熟悉，五大洲六十余国的考察，几十万里的行程，每一个城堡，每一片废墟，每一处遗址，每一座城市，每一条河流，每一片大海，我都看到了，见证了，记录了。

走过的每一处都有故事，似乎太多，却个个精彩，又怕忘记，就想着分享给朋友。是时候该为自己的行走做一个小结了，让大家知道这些文明的历史、内涵以及我的思考，这就是本书的缘起。

这部书是我为《世界文明发展比较概论》所做考察的笔记和即时思想碎片，很多都是在废墟之上，在文化现场的片段式随思随想，所以我很担心想读历史的朋友会失望，因为故事性并不强；另外一些想以学术待之的朋友，可能也会失落，因为本书是在探讨文明演进的思想激荡，而非学术专著；想作为文学来读的朋友可能也不太适应文中语言风格不一，主题过于松散的“四不像”文风，主要是因为本书是不同时间不同场合不同心境的所见所想，只能算作《世界文明发展比较概论》的花絮而已，看后一笑了之即可。

由于书写时仓促，书中还有很多文献备注不十分全面，可能还有很多遗漏，特别是参考的一些网络资料，出处不明，或未能查到出处，如有疏漏、谬误，敬请谅解，我一定及时更正和补遗。

人类的发展是一个相对漫长的过程，但决定其飞跃的关键节点却寥寥可数，比如自然科学近百年的发展是神速的，其中就得益于广义相对论和量子力学，使物理学及相关学科一下子海阔天空。但社会科学和人文科学却由于学科特质，不能像自然科学一样可以通过实验来辨别真伪，只能通过社会实践进行检测，这样量化的标准必然模糊，标准答案的缺失也造成这类学科百家争鸣，莫衷一是。

时下的部分学者迫于机制问题或是考评压力，甚至利用学科特点进行“弯道超车”，所以对研究方法和结论总是遮遮掩掩。更有甚者自欺欺人，玩弄概念，堆砌文献，不知所云，竟以此结题完工，敷衍塞责。做些实事，做有真正价值的事，探寻人类社会科学广义相对论，这就是我们这一代学者的使命。

我一直从事管理哲学的研究，但我目前所从事的研究严格地说尚不能划归其中，因为我的研究远远突破了管理哲学的边界。这并不是刻意为之，而是因为深入研究管理学必然延展到管理思想，思想自然归为哲学。研究哲学，就得了解其产生的背景根源，就要获得最贴近真实的答案，那么，尽力身处现场，还原历史真相，或许是不二之选。到实地去看一看，为什么有的人这么思考，而另一些人却那么思考。看了很多文化故地，体验、发现文化间相异的特质，恰是这种差异决定了文化的生命力，甚至决定了这个地区的个人、民族乃至国家的命运。文化的集合凝结就是文明，文明不仅是废墟、遗址、游览胜地和文化产业，更是过去、现在和未来，大到国家、民族，小到个人命途，皆隐含其中。

这个事儿一下子就大了，值得做一辈子。

我时常为所研究的这门学问该如何取名而发愁，它不是任何一门独立的学问，如经济学、管理学、文化学、历史学、社会学，而是以上的综合，所以有的高校为我排课时就很苦恼，因为无法分类。我则把它命名为文明发展学，归属到我的专业管理哲学之内，但似乎也不妥帖，只能暂且如此吧！

废墟里的鲜活图景

废墟是凝固的历史，废墟里的每一块石，每一片瓦，每一方砖，每一种图案，每一条纹路，每一刀雕刻，都是历史的碎片，排列组合以后，就是一部浩瀚史册，其间汇编了无数的故事、无数人的命运。

站在金字塔前，我看到法老的雄心壮志，看到对太阳神的膜拜，看到数以万计的工匠挥汗如雨，看到一堆堆累死的奴隶白骨；

站在羽蛇神殿中，我看到巫师那诡异的萨满舞姿，听到古老谶语回荡在山谷，看到活人祭祀，看到玛雅人的战栗与不安；

在耶路撒冷的哭墙旁，我看到大卫王的六芒星，看到马萨达血流成河，看到无数的犹太人被迫逃离故土，流亡世界各地；

在吴哥窟，我看到传说中的须弥山，看到毗湿奴，看到苏利耶跋摩二世国王的雄韬伟略，看到高棉人对神的虔诚与敬畏……

这里有欢笑，有哭泣，有诅咒，有杀戮，有撕心裂肺的呐喊，也有歇斯底里的狂欢！

一幅幅画面，一幕幕演出，鲜活的图景，在座座废墟之上，活灵活现！

这些文明的体验，这些观察与分析的训练，使我摆脱文本的束缚，养成了明辨、慎思、笃行的治学态度。

这些年来，我把这些画面和思考带到了高校的课堂，在部分高校先后开设了中国管理C模式和世界文明比较的通选课，累计数万不同学科的学生选课，也有一些老师旁听了这些课，他们的反馈和交流，使我的学术体系日渐完善。

十五年来，我还为党政领导、企业家、航天员、潜航员以及新兴社会阶层授课，在国家行政学院、北京大学、清华大学、国家航天中心、浙江大学、厦门大学、西南财经大学、四川省委党校、山东省委党校等机构数百场课程讲下来，接触了大量不同阶层的人士，获得了广泛认同，通过交流获取了很多信息和案例，使研究内容不断丰富和完善。正所谓教学相长，互为师生。

人生的繁华与宁静

岁月一晃即逝，我却荒度太多，二十多岁才找到该走的路。二十年来虽然孜孜以求，但毕竟宝贵的少年时代已然蹉跎。这里边有太多的无奈，早年命运不由自己主宰，待到能自行规划蓝图，已错过成长期太多的阳光和雨露。所以这二十多年来，披星戴月，争分夺秒就是为了赶上同行者的脚步，使自己不至于落后太多。而近十年的全球考察，一个个的学术假设被不断地验证，又给我很多自信，我的思维能力在文明比较研究中终有归属且得以施展。

在湖边的书房，我终得宁静，完成了这部作品的校对和序言。时光慢悠悠晃过树梢，阳光静怡洒过书案，我沉醉于这份悠闲、惬意和从容，幻想着安心老去。

然而现实是人生苦短，容不得懈怠，每一天都有使命在身。

宗教的价值就是让人明白生死的本义，即了生脱死，向死而生，讲直白些就是让人活得从容，死得坦然。而研究文明发展的人不需要宗教，自知生命的要义。

万水千山走不出人类思维的锦绣图案，数以亿计的生灵不过是最简单的基因排列与组合，人类丰富多彩的文明都是抽象思维在地理环境之上的呈现，世界的发展取决于人类的自身定位与认知，宇宙的演绎都是对无常的最玄奥的注解。

大千世界，万法归一,一归何处?

生命不息，精进不止。

尽其道而死者，正命也。

2020 年 10 月 22 日于云湖斋

目录

非洲 / 7

亚洲 / 63

欧洲 / 227

美洲 / 279

大洋洲 / 343

导读

Introduction

全球一体化过程中的文明竞争、冲突与融合

全球一体化加速同质化，大同世界来临

当今全球一体化的根本动力是市场经济的全球扩张。马克思认为，世界市场和普遍交往是资本向全世界扩张的必然结果，是资本的无限增值和扩张本性的外在表现[①]。信息技术的飞跃为全球一体化提供了技术路径，国际组织与全球秩序的重建，政治、经济、文化等国际交往日趋加深，是全球一体化的主要特征。

由于交通技术、通信技术的发达，人类文明的传播方式发生了革命性的变革，全球化改变了世界民族文明的初始存在形态，与世界接轨，向现代化转型，是基本趋势。

早在2000多年前，孔子就提出大同社会的美好理想。《礼记·礼运》所描述的大同社会模式是儒家理想社会的经典表述："大道之行也，天下为公。"孔子认为，"四海之内皆兄弟也！君子何患乎无兄弟也"，"天下归仁"是孔子的不懈追求和终极目标。康有为的《大同书》曾有这样的理想："天理相通，四海同心。"孙中山思想的基本精神也可以浓缩为"天下为公"。

西方人也向往类似的社会——"理想国""乌托邦"。国际法、功利主义、自由贸易理论乃至马克思主义等，都从不同侧面展示了世界一体化的进程。康德的世界主义思想体系，一定意义上是西方世界主义理论的集大成。

"大同世界"不再是带有复古倾向的朦胧理想，"世界大同化"是正在发生的实实在在的历史进程。

目前文明、文化冲突加剧趋势

在全球一体化的洪流中，不可忽视的客观现象是，在世界一些地区，文明冲突呈加剧趋势。

东欧剧变、苏联解体，美国文化价值观获得了胜利。福山的"历史终结论"认为，西方的自由民主已是人类政治的最佳选择与最终形式。

---

① 马克思恩格斯全集[M]．北京：人民出版社，1995.

亨廷顿坚信，各种不同文明之间存在差异性、竞争性，冷战后世界冲突的根源不再是意识形态，而是文化方面的差异。宗教信仰、文化传统、种族归属感、价值观念、意识形态等精神因素，同经济利益、实力等物质因素相比，更能影响政治走向，主宰全球的将是“文明的冲突”①。

由于西方基督徒自认为是上帝的选民，肩负着向全世界传播文明的“使命”，这样根深蒂固的“天赋使命观”，使他们不希望地球上出现同西方文化价值观相悖的现象。2005 年，美国推出“大中东民主计划”，声称“要让民主之风吹遍中东每一个角落”。时至今日，“西方民主输出引发了灾难性后果”，恐怖主义、难民潮导致冲突升级，全球问题不断爆发。

对于国际一体化平台上的不同国家与民族，民族化、西方化、世界化成为三种不同的路径方向。

3 文明的更替与人类社会的动力：工具理性与价值理性

工具理性的膨胀给人类带来了心理、生理上的多种疾病，物欲膨胀、经济危机、道德沦丧、生态伦理、科技伦理等许多新兴话题相继成为全球化时代人类社会共同面临的严峻问题。

什么是人类发展的动力？又是什么决定历史的更替？这些疑问困扰了我好多年，直到有一天在尼罗河岸边，我似乎有所感悟。看起来问题多多，但答案却只有一个——理性主义！理性主义包括价值理性与工具理性的相辅相成，只有彼此提携、相互成全，社会才能得到全面而系统的发展。

《易经》是我国乃至世界最早完整论述宇宙本体的著作，八卦作为其决策模型，是建立在统计学、预测学、统筹学基础上的。从易理的角度看，其实也是在论述着理性主义，“天行健，君子以自强不息。地势坤，君子以厚德载物”。自强不息，就是不断自我更新，获取新生的能量；厚德载物，就是建立强大的价值理性体系，引导人与社会的发展方向和目标。

---

① ［美］塞缪尔·亨廷顿．文明的冲突与世界秩序的重建［M］．周琪，刘绯，张立平，王圆，译．北京：新华出版社，2017.

信息文明时代的新秩序

儒家更是把《易经》的生生不息通过“三纲八目”具化为“明明德”“亲民”“止于至善”的人格蓝图和人生愿景，而且设计了实现的路径：格物、致知、诚意、正心、修身、齐家、治国、平天下。

这相当于为理想愿景转变成现实设计了可行的路径。

目前混乱的世界需要建立文明的新秩序。

西方文化是对外征服的文化，所以有“终结论”，目前的全球冲突与战争，无不与此有关；而中国的文化是和合文化，不排他，所以推崇“和谐论”。

《左传》讲“八年之中，九合诸侯，如乐之和，无所不谐”，孔子讲“和为贵”“和而不同”，墨子讲“兼相爱”“爱无差”，孟子讲“天时不如地利，地利不如人和”。中国传统文化对和谐社会理想蓝图的描述，对于当代实现安定有序，人与自然、人与人和谐相处，文明协调发展的社会具有借鉴意义。

中国文化诞生于农耕文明，并且具有与时俱进的特质，能够进行现代化改进，特别是容易与信息文明相融合，与世界和平发展的大诉求相适应。

埃及
南非
肯尼亚
埃塞俄比亚
南非

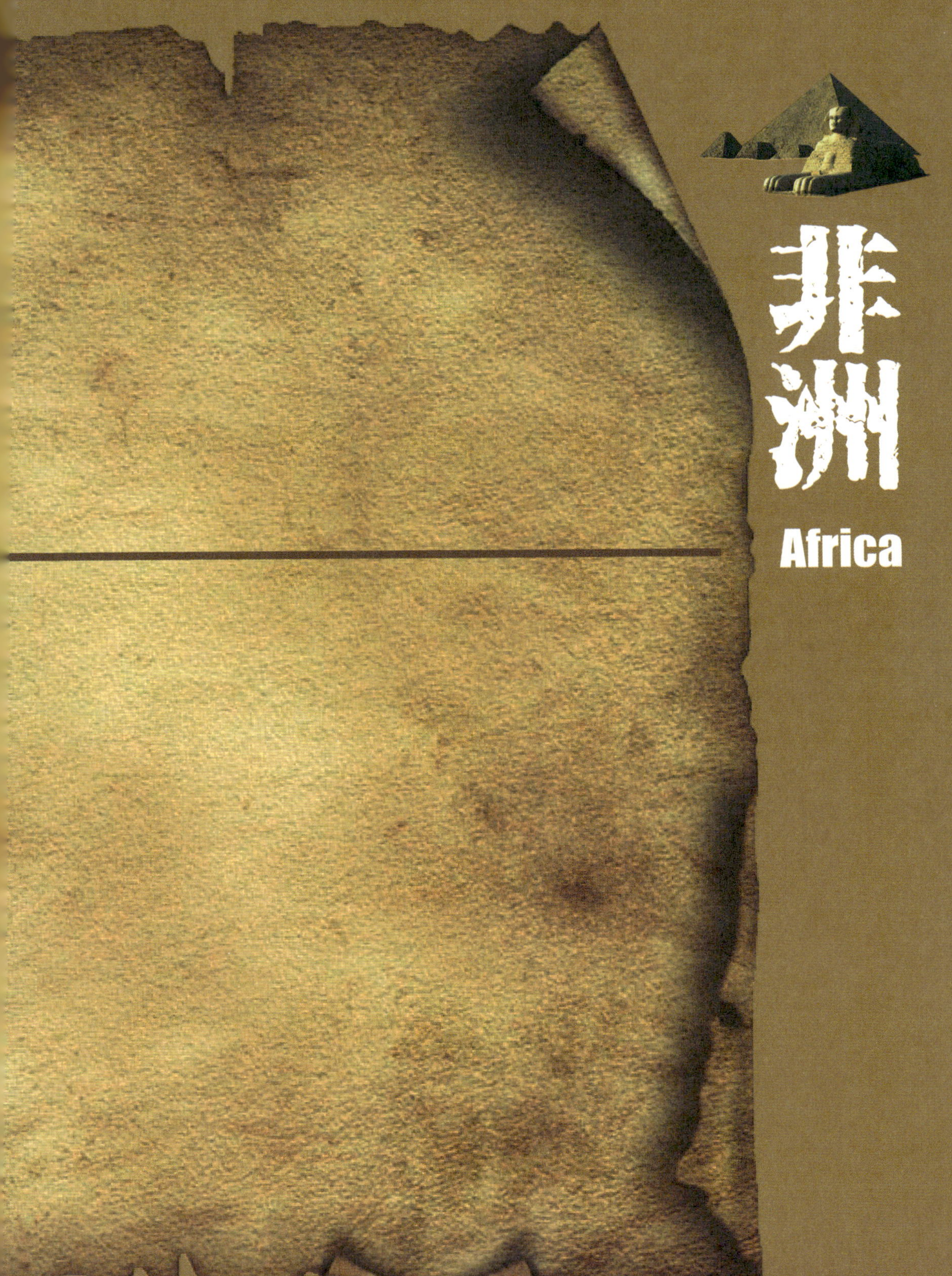

非洲
Africa

寻根非洲，叩问文明

非洲是人类进化史上从古猿到森林古猿、拉玛古猿、“完全形成的人”——能人、直立人、智人直到现代人，都存在过的大陆。人类学家在非洲发现了最早的“完全形成的人”的化石。

人类文明为何在此起源，继而又奔赴欧亚？非洲几乎与欧洲同步进入农业社会和铁器时代，但为什么今天的非洲却一蹶不振？全非洲一年的贸易总额仅占全世界的百分之一，为什么曾经风靡各大陆之间的商贸活动（如盐、黄金、钢铁、象牙等）会在这里日暮穷途？曾经璀璨的非洲古代文明（诺克文明、伊费文明、大津巴布韦文明等）为何会荡然无存？为什么目前的非洲如此凄惨？它的未来在哪里？

太多的困惑，涉及基因、进化、文明发展与跨越，多年素材整理，15 年的思索，一册凯瑟琳·科克里－维德罗维什《非洲简史》做伴，万里征程，暑期即将开启。

从埃塞俄比亚到肯尼亚再到南非，埃塞俄比亚国家博物馆陈列着人类最早的祖先化石——“露西”；圣三一大教堂始建于 20 世纪 00 年代，是埃塞俄比亚最古老的教堂，也是重要的宗教圣地，前国王海乐瑟拉希夫妇就安葬于此。之后参观人种学博物馆和曼卡托皇帝的宫殿遗址；继而穿越穆尔西部落、达桑内科部落，直到马赛马拉看动物大迁徙；在 15 世纪郑和船队曾经到过的肯尼亚拉穆岛驻足寻找华人遗脉；驻足地处赤道的白雪皑皑的乞力马扎罗山；在肯尼亚国家博物馆，再次考察人类的起源；然后飞越东非大裂谷，到达南非约翰内斯堡，参观唐人街、先人纪念馆、总统府、自然博物馆等地；再前往开普敦罗本岛监狱 B 区第 5 号牢房，这里曾囚禁过南非第一位黑人总统纳尔逊·曼德拉长达 18 年。沿印度洋岸，

租车行驶在花园大道（Garden Route）看鲸鱼巡游，直到好望角，其周围的海域是大西洋和印度洋交汇的地带，海流相撞引起的滔天巨浪终年不息，葡萄牙航海家达伽马曾经绕过此地到达印度，开启西方对东方的殖民时代。登上桌山，品一杯红酒舒缓行程的负累，深思并总结 15 年的人类文明，求索思想碎片，然后打道回京。

2019 年 7 月 23 日

在路上

阳光透过弦窗，唤醒惺忪的睡眼，通身酸胀，我知道自己又在路上了。

为什么在路上?

路上有书本看不到的千千风物、万万风景，有世道人心。

在路上，我感受到热诚与博爱，也看到杀戮与仇恨，看到恬静祥和，也看到颠沛流离。

在路上，信仰不同，文化迥异，习俗不一，矛盾多样，难以融合而又无法隔离。

在路上，人与人，人与家族，国与国，爱恨情仇，家国情怀，盘根错节，剪不断，理还乱。

不在路上，已是垂暮，身躯佝偻，夕阳回望。

不在路上，已在时空，著述相伴，刹那永恒。

多少倦怠与疲惫，几多风餐露宿，一杯红酒，弥散而去。

西行苦旅，寰球漫记，满腹感慨，淬炼沉思，心路十卷，尘封历史。

排列组合，归纳演绎，千百文明，自觉为重。

文化融合，宗教宽容，将心比心，天下大同。

国家求新，世界求同，知识求真，求法舍身。

不负今生，不负卿。

2019 年 7 月 23 日晨曦于阿布扎比航途

埃塞俄比亚

Ethiopia

从人类起源到人类的拯救与实现

在埃塞俄比亚国家博物馆的“露西”展厅，有著名的人类始祖“露西”化石。1974 年，美国古人类学家唐纳德·约翰逊带队考古时在阿法尔凹地发现这具化石。这具化石的价值在哪里？它的头骨仍然表现出类人猿特征，但脚骨揭示它已经实现了直立行走。这是从猿到人的实证化石。这具化石标志着人类的诞生。“露西”是第一个人类，它的意义在于：从此以后，人类开启了一条与猿、与其他动物完全不同的进化路线。人类通过从双手解放到身体解放再到思想解放，最终走向了自我价值的实现，正是这条进化路径使人类成为万物灵长。

关于人类的起源地，当然有不同的学术见解。有学者认为人类的起源地在亚洲，特别是在中国，因为发现了元谋人、北京人。实际上，元谋人的时代距今约170万年，北京人距今约50万年。也有学者认为人类的起源在欧洲，因为欧洲发现了海德堡人，海德堡人的历史有多少年呢？大约距今60万～70万年。

而这具“露西”化石经碳14测定，大约生活在距今320万年前。所以，从年代推测，人类诞生地在非洲。在非洲不仅发现了这一具化石，在南非和东非诸多考古遗址中，发现约有1000枚古人类化石碎片，距今400万～100万年前[①]，从类人猿到直立人再到智人一直到现代智人，呈现进化的序列，形成完整的化石链条，而其他地区发现的化石较为零散。所以，南非、东非很可能是现代人种出现最早的地方，而非洲大陆是人类的起源地。早期人类从非洲走出，并扩散到亚洲、欧洲乃至全世界。当然，除了化石的完整性、连续性之外，科学家还通过DNA测定发现，人类来自共同的始祖，这个共同的始祖可能就是“露西”。

人类何去何从？人类的未来在哪里？十年前，我前往美国硅谷考察信息时代的人类科技文明——AI技术，推演人类社会的未来。随后，在英、法、德等欧洲工业强国考察工业文明，分析工业革命的生产要素、生产范式，回顾工业强国通过工业革命迅速提升生产力，进而称霸世界、殖民全球的历史，以及如何创造所谓的“工业文明”，并成就自身的繁荣。继而，我在西班牙、葡萄牙考察大航海时代海上强国的发展历程，它们经过千年中世纪，通过大航海探索世界。在意大利分析宗教改革、文艺复兴对人类，特别是对工业文明的巨大推动作用。进而，我又在埃及、伊朗、印度等农耕文明时期曾经辉煌的国家，考察农耕文明的生产要素、生产模式、生产范式，探索农耕文明对社会发展的价值、意义、影响。经过一步一步学术推演，最终，我的研究转向非洲，认为：人类要面向未来，首先必须回到原点，是人的心智模型、人的特质、人的多元思维模式，决定了人类的未来发展方向。

因此，我来到非洲考察，在人类的起源地，在非洲、东非大裂谷、埃塞俄比亚进一步精练研究结论。为什么选择埃塞俄比亚？因为在320万年前，第一个人类就诞生在这里，它就是“露西”，在这里发现了“露西”的化石，它相对来说

① 潘华琼．人类的摇篮——南非的古人类化石遗址[J].中国投资，2018（2）：84.

比较完整，有力地证明了直立行走是人类迈出的第一步。至此，人类解放了双手，标志着人类开启了与其他动物完全不同的进化方向，人类解放双手、解放身体，进而解放思想，完成了人类发展的自我实现，这就是人类进化的嬗变。人类从茹毛饮血的时代进化到科技发展日新月异的今天，进入信息时代的智能生活。

人类的发展决定人类的未来，人类的特质决定人类未来的生活模式、组织方式、管理模式。正因如此，我回到原点总结十余年来研究的心路历程，初步形成文明比较研究的逻辑闭环。

十年行程五十万公里，研究八千年文明，如果在此做一个简单的归纳总结，结论是什么？我想用四句话来概括：行程五十万，文明八千年，总结两个词，“拯救”与“实现”！

2019 年 7 月 30 日

恰似非洲

从亚的斯亚贝巴乘机一小时抵达阿尔巴明契（Arba Mintch），在时而泥泞、时而破败的柏油路上颠簸了 5 个小时，终于到达金卡。

一路上，看到了埃塞俄比亚的无奈。

路边时常出现低矮的草房，有很多房子没有墙，四面透风，只有屋顶可以挡雨，家里最值钱的资产可能就是这两三间茅庐。

孩子很多，五六岁的孩子成群在路上背着厚厚青草，还有一些赶着牛羊放牧，这个年龄就成了劳动力，开始从事生产了。

无论孩子大小，男孩还是女孩，衣服全都污浊不堪，见到我们的车辆就跳扭屁股的舞蹈，然后就是伸手讨钱，这在非洲很普遍。

路边也有很多钢筋混凝土所建的房屋，有一些还有天线锅盖，家里装有电视，说明这里也在努力与现代社会融合。

与埃塞俄比亚南部的破败形成鲜明对比的是这里的自然环境，黑色土壤甚是肥沃，处处郁郁葱葱，漫山遍野植被覆盖，成排的高粱已到了成熟的季节，油光发亮。散落在山沟的是成群的牛羊，这里的牛羊都很健硕，比起干瘦孩子来，日子过得要好得多。猛一看，好似陶渊明的南山田园。

傍晚的时候，终于到了金卡镇，入住当地最高端酒店之一——奥里特酒店（Orit Hotel），昏暗的灯光，泥泞的院子，房间还好，有两张大床，床上是潮漉漉的被褥，屋顶还有几只叫不出名字的小昆虫。目测可以判断与我家乡 40 年前的乡镇政府招待所水平相当，只不过我们那时的灯光比这里会稍亮些。

院子里有十几位欧洲游客，还有一对来自南非的母子，在简陋户外酒吧喝酒。

酒店处于商业中心，对面是几家商店和饭馆，除此之外就是黑黢黢的街道，饭馆灯光幽暗，招牌上的饭菜照片就能让人自觉减肥，吃饭就算了，商店里有很多廉价商品，买了盒饼干，就着威士忌（此处竟然有正宗的威士忌，惊诧）权作今天的晚宴。

晚安，金卡；晚安，埃塞。

2019 年 8 月 1 日

从摩尔西人部落探讨文明的高下与融合

摩尔西部落是埃塞南部最偏远的部落，这里几乎与世隔绝，部落人生活在完全纯天然的环境中。但是，他们千百年来的生活方式几乎没有变化——逐草而居、赤身裸体、茹毛饮血，甚至用牛粪洗脸净身，他们始终生活在这个相对偏远、落后的村域，保留着原始的生活方式，我们是不是觉得不可思议、难以接受？是什么原因导致这些部落还保留着如此原始的生活方式，他们真的不想过现代生活吗？不禁引人深思。

在摩尔西部落，我近距离考察他们的生活场景，如他们居住的房子，他们的孩子、家人，发现这是一个很大的家族，约有两百多人生活在这里。摩尔西部落位于埃塞南部，与它的首都亚的斯亚贝巴相距千公里之遥。考察团昨天从首都乘

机一小时抵达阿尔巴明契（Arba Mintch），在时而泥泞、时而破败的柏油路上颠簸了5个小时，终于到达金卡，今天早晨，又坐了两个小时的车才到达这里。

摩尔西部落的审美与普通人的审美大相径庭。是什么原因造成审美的不同？是文化！在这里，我探求三个问题：第一，文化有没有先进、落后之分；第二，文化之间能不能进行和谐、和睦相处，文明有没有冲突；第三，人类未来文化发展趋势是什么？如何进行文化融合？

关于文化有没有先进、落后之分。这一点，我相信大家的观点和我是一样的，我们也不可回避，文化有先进、落后之分。何为先进的文化？何为落后的文化？我想，先进的文化，应该满足几点：第一，它有利于身体健康发展。当看到摩尔西部落当地人的审美，我们会感到不可思议，这种审美倾向和中国人的审美背道而驰。是什么原因？文化使然。不同的文化产生不同的审美，唇盘对身体是一种伤害，而先进的文化首先必须有利于身体健康发展。第二，先进的文化有利于身心和谐，这样才能够促进文化可持续发展。第三，考察文化是否能够推动生产力发展，推动社会发展。如果能够推动社会发展，说明它是先进的文化。我们并没有任何歧视，也没有对文化的偏见。但看到非洲的文化，看到非洲数千年来一直沿袭着传统的生产作业方式。摩尔西部落依然居住在简陋的环境之中，数千年、上万年，甚至更长时间以来，几乎没发生变化，说明什么问题？说明该文化没有太多推动社会进步，没有积极推动技术发展，没有系统推动教育提升，没有跨入现代文明。当然，或许有人会问，现代文明有什么好？摩尔西部落已经习惯这种生活方式。问题的关键是，如此生活是主动选择，还是被动无奈。

关于文明冲突。文明有没有高下？我认为，文明是有高下之分的。但是，文明的高下并不能为亨廷顿的“文明冲突论”做背书。因为，文明虽有高下之分，但文明之间是可以相互融合的，可以在和平中彼此借鉴。所以，文明的融合可以通过和平的途径，而不是通过冲突的方式来进行。

关于未来文化发展趋势。我们看到，文明有一个共同的特点，就是文明必须交流、必须融合。落后的文化现象是如何形成的？很重要的一个因素是生活环境的闭塞，环境闭塞导致文化畸形发展。摩尔西部落土著人保留着原始的生活方式，认为唇盘是一种美，而在现代人看来，这种行为是对身体的摧残，如果视其为“美”，则是非常残酷的“美”，而不是正常的、喜悦的、和谐的美。封闭的文明往往会形成“文化的自杀”，汤因比提出“文化没有他杀，只有自杀”。所以，汤因比的观点在这里得到证实。我还看到了很多类似的“文化自杀”现象。比如在玛雅、埃塞俄比亚、肯尼亚，也存在类似的“文化自杀”。在中国，古代女人裹足，损害身体，自然也是对生产力的破坏，如此落后文化，我们不赞同。文化的融合，可以让人类逐步融入现代社会。现在，摩尔西部落中也有人用手机，也有人与现代文明接轨，可见文明的融合是大势所趋。

汤因比又认为只有“博爱”能调和“自由”与“平等”，而博爱只能来源于上帝。因此人类的前途在于摆脱“自然的法则”而回归“神的法则”。这说明他没有

真正的对策与预案。

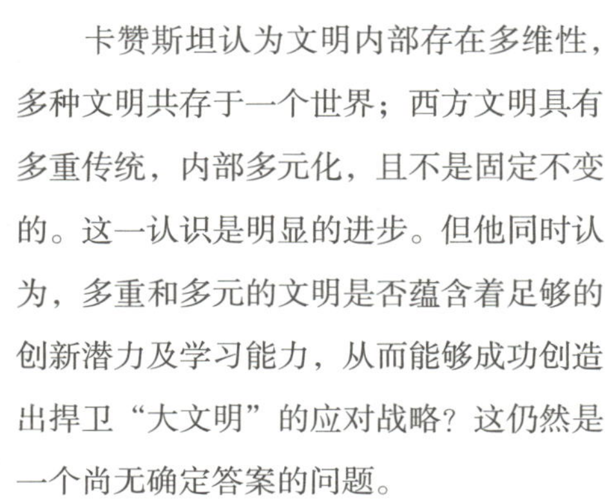
卡赞斯坦认为文明内部存在多维性，多种文明共存于一个世界；西方文明具有多重传统，内部多元化，且不是固定不变的。这一认识是明显的进步。但他同时认为，多重和多元的文明是否蕴含着足够的创新潜力及学习能力，从而能够成功创造出捍卫“大文明”的应对战略？这仍然是一个尚无确定答案的问题。

对此，笔者认为：人类文明经历了

漫长的发展进程，未来还有足够的时间沉淀与发展，中华文化将大有所为。

在学术考察期间，我从美国硅谷到哈佛大学智能中心，一路走来，直到这个最偏僻、最遥远、最封闭的非洲部落，开展归纳、演绎、总结、融合、提炼，形成初步的结论：文明可以通过融合，彼此相互成全，在求同存异中彼此相互借鉴，在相互借鉴中共同发展，彼此繁荣。文明不需要冲突。

2019 年 8 月 1 日

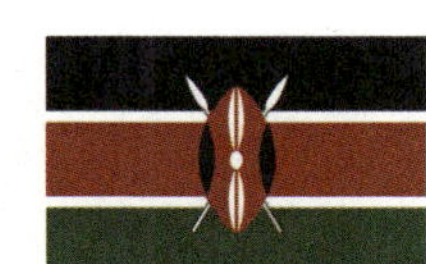

肯尼亚

Kenya

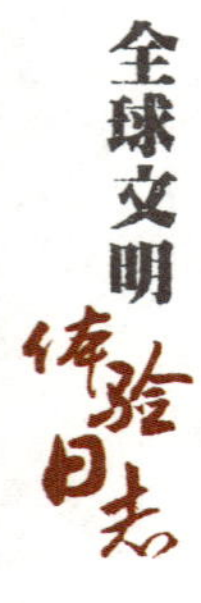

马赛马拉：人类的嬗变

一

我身后的这片辽阔草原，就是马赛马拉，位于肯尼亚东非大裂谷。我为什么来到马赛马拉？因为320万年前，人类就生活在这片草原上，在这里与野生动物毗邻而居，甚至混居在这片草原。

320万年前，人类在这片草原上位于生物链条的低端，甚至是食物链条的底层，是很多动物的盘中之餐，是大草原的“小可怜儿”。同时，就是在这片土地，人类完成了进化的嬗变，由盘中之餐、大草原上的“小可怜儿”，一下子变成了万物的灵长。人类不再是动物的盘中餐。人类何以在短短的三百万年间完成进化嬗变？人何以为“人”？“人”的特质是什么？所有的答案都在这片草原。

人类为什么诞生于这片草原？因为这里土地肥沃、草木丰美、气候湿润。人类在这里完成了“人”这一特殊物种的进化。

在200万年前，进化的人类开始走出非洲，走向欧洲、亚洲，从此在全世界繁衍生息。

今天，我回到人类的故乡，将在这里寻找人类进化的路线，知晓过去，了解现在，把握未来，这是本次调研的根本目的，探寻人和动物的本质区别是什么？人何以为人？人何以完成进化的嬗变？人的特质是什么？人的心智模型是什么？

二

动物经历千百万年，甚至上亿年，生活方式几乎没有发生变化。正如在大草原上奔跑的动物，亿万年前和今天的奔跑方式是一样的，千百万年，日日如此。而人类的生活方式却发生了翻天覆地的变化。

在马赛马拉国际机场附近的自由贸易市场，当地人穿着民族服装，他们制造、销售商品。人类制造汽车、飞机，跨越千山万水，在很短时间内到达遥远的地方。就像肯尼亚与中国虽有数万里之遥，但是我们乘坐飞机，在一天之内就能到达这片荒原，这就是人类的进步、人类的伟大。

人类与其他生物的本质区别是什么？为什么动物不能制造衣服、汽车，没有先进的交通工具，只能在草原上奔跑？人可以进行知识加工、知识传承、知识裂变，进而自主改变生活以及生存环境，而其他生物只能在自然选择中“适者生存”，这一进化过程极其缓慢。

人类的知识传承能力，又是如何形成的呢？源于抽象思维，即用概念来代表现实的能力。于是，人类创造文字，创造城市，创造国家，不仅改变了自身的生活方式，也改变了人的进化方式。

动物进化的意义在于种族繁衍，生存停留于解决温饱。而人类存在社会需求，存在实现自我价值的需求，走向自我实现，这就是人类未来发展的目标。人类自我实现的前提是心灵解放。实现心灵解放可以通过现实生活，也可以通过虚拟生活，或者合二为一，这就是人类未来的生存方式。

三

东非大裂谷宽 100 ~ 200 公里，全长约 6000 公里，直达埃及红海。东非大裂谷的谷底是非常平坦的，其中有一条怪石嶙峋的峡谷，为“地狱之门”，是东非大裂谷最精彩区段的一条“谷中之谷”。

其时，东非大裂谷气候温润，适合各类生命繁衍生息。但到了旱季，食物资源、水资源相对匮乏，所以，动物之间存在激烈的生存竞争。人类在如此原始的生存环境中并没有优势可言，在体力、奔跑能力、搏击技术等方面，都与大型动物相去甚远。人类只能自我进化，不断提高竞争力、生产力。人类开始制造、使用工具，帮助自身在与其他动物搏击中胜出。所以，在“人类非洲起源说”中，人类就是在东非大裂谷这个漫长地带完成进化的。有什么证据吗？在最近 100 年内，古人类学家在东非大裂谷的几个湖，特别是在图尔卡纳湖西岸，发现了著名的“图尔卡纳男孩”（Turkana Boy），这是一具几乎完整的古人类化石，时间大约在 160 万年前。人类学家在埃塞俄比亚和坦桑尼亚裂谷带发现了 370 万 ~ 70 万年以前的大量古人类遗址和早期人类化石。这些化石是研究人类起源的重要依据，构成了一个相当完整的演化体系，形成从南方古猿、阿法南方古猿、能人、直立人、智人到现代智人的完整化石链条，为“人类起源于非洲”提供了有力证据。

在内罗毕国家博物馆，可以看到不同时代人类化石的完整体系。所以，虽然关于人类起源有各种学说，如“亚洲说”“欧洲说”等，但是，大部分古人类学家都认为人类起源于非洲的可能性更大，“非洲说”是能够证实的。

2019 年 7 月 24 日

从郑和下西洋看东西方文明特质

——蒙巴萨

蒙巴萨是肯尼亚最大的港口城市。蒙巴萨的耶稣堡，建于1593—1596年，由大航海时代的葡萄牙征服者所建。他们把非洲的黄金、象牙运往欧洲，当然，还将黑奴贩卖到美洲和欧洲。

而中国人在葡萄牙人之前，距今约600年前，就来到过这里，是谁呢？就是郑和，郑和在这里留下文明、技术，留下中国人的友谊，留下大量文明遗迹，而带走了什么呢？长颈鹿！当时他没有见过这种动物，以为是麒麟。这就是东西方文明之间的差异，东方是馈赠，是恩泽；西方是杀戮，是征服。

蒙巴萨博物馆里陈列着中国的瓷器。这里最早的一批瓷器来自中国。从1405年开始，郑和前前后后七次航游世界，到过30多个国家和地区，曾到达非洲东岸的麻林地（今肯尼亚的马林迪）、慢八撒（今肯尼亚的蒙巴萨）、肯尼亚曼达岛、肯尼亚拉姆岛多处。其中，第四次下西洋，即永乐十一年（1413年）至永乐十三年（1415年），郑和舰队首次绕过阿拉伯半岛，航行至东非马林迪（肯尼亚），永乐十三年七月初八（1415年8月12日）回国。永乐十四年十二月初十（1416年12月28日），郑和第五次下西洋，此行到达东非肯尼亚的拉姆岛。郑和第六次下西洋，是在永乐十九年（1421年）至永乐二十二年（1424年），曾抵达幔八萨（蒙巴萨）。

当时，郑和的船队有多少人呢？有2.7万人，浩浩荡荡200多艘船只，曾航行至蒙巴萨，带来的不仅有瓷器，还有中国的各类技术，包括工匠、种植、凿井技术，他们传播灿烂的东方文明。

郑和下西洋比哥伦布早87年，比达伽马早92年，比麦哲伦到达菲律宾早116年。

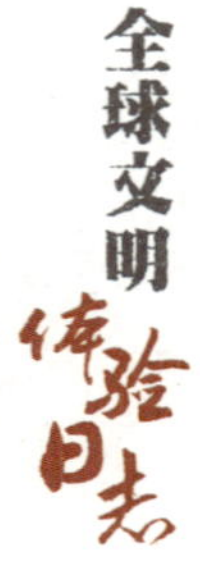

郑和的船队有2.7万人，而哥伦布首次出航只有87人，差距巨大，实力悬殊，再次彰显中国和西方文化的不同，郑和与哥伦布、达伽马、麦哲伦的区别在哪里？

馈赠或掠夺，恩泽或征服，这就是东方与西方的文化差异。

2019年7月26日

拉姆岛：郑和行船最远处

在晨曦照耀的拉姆岛，曾经有一位伟大的航海家率领伟大的航队来到这里，他就是郑和。郑和曾七次下西洋，永乐十四年十二月初十（1416 年 12 月 28 日），郑和第五次下西洋，此行到达了人类当时所能够到达的最远地方，就是今天的东非肯尼亚拉姆岛。

郑和船队有 2.7 万人之众，船队规模达 200 余艘船。其中，最大的宝船长 151 米，宽 61.6 米。宝船有四层，船上 9 桅可挂 12 张帆，锚重有几千斤，要动用二百人才能起航，一艘船可容纳千人。除宝船外，还有马船（快船）、粮船、坐船、战船、水船等船舶，"是一支结构精良、种类齐全的特混船队"。

哥伦布自 1492 年至 1505 年曾先后进行 4 次美洲之行。第一次远航时，只有 87 名水手，3 艘轻帆船，其中最大的旗舰"圣玛丽亚"也不过 250 吨，仅为郑和宝船的 1/10。在郑和之后的公元 87—114 年之间，哥伦布、达伽马、麦哲伦等所有到达肯尼亚的人加在一起，不足当年郑和船队人员的 1/5。

那么，郑和航行的目的是什么？是维护天下和平。当时东南沿海海盗猖獗，郑和下西洋有一个很重要的目标，就是为保障整个南中国海，甚至印度洋，能够航路畅通，番人安宁，就是让外国人也能够安居乐业，这就是当时郑和下西洋的重要目的。"循礼安分，勿得违越；不可欺寡，不可凌弱。""不服，则耀武以慑之。"有没有实现呢？郑和下西洋，多次平叛海盗、劫匪，特别是生擒匪首陈祖义，带回北京施以绞刑，粉碎锡兰王亚烈苦奈儿的阴谋，还平定了苏门答腊的内乱，生擒苏门答腊的苏干剌等。于是"凡所号令，罔敢不服从"，"海道由是而清宁，番人赖之以安业"。郑和七次下西洋对于稳定国际环境起到了巨大作用，堪称是人类最早的维和部队。

当然，除了维和，郑和还有一个重要使命，就是传播文明，传播技术，传播大明声威。在 2.7 万人中有工匠、艺人、农业技术家、学者等，郑和所到之处帮助当地人打井、农耕、培养医生，极大幅度地提高了当地人的福祉。郑和船队给世界带来的是什么？文明、技术、友情，以及先进的物质文明与生产方式。正因如此，郑和受到当地民众的爱戴。

自 1405—1433 年漫长的 28 年间，郑和船队历经亚非 30 余国和地区，涉 10 万余里，与各国建立了政治、经济、文化等方面的联系。

但是很遗憾，1433 年，郑和逝世，明成祖朱棣驾崩，明朝后来的皇帝再也没有继续这样伟大的航海事业，而颁布了“片帆不得出海”的禁令。至此，海上强国、大国的中国与海洋无缘，而变成了一个完全的“内陆国”，由海洋贸易、海洋文明走向了封闭，黄土文化与农耕文明成为圭臬。也正因如此，我们与新大陆、新航道甚至“工业文明”，就此无缘。

2019 年 7 月 26 日

"一带一路"沿线的"世纪铁路"

走进肯尼亚蒙巴萨 – 内罗毕铁路项目中心，看到调度室内繁忙的路线管理系统，以及中肯双方合作人员友好温馨的工作氛围，我对"一带一路"更有自信了。

在肯尼亚人心目中，肯尼亚蒙巴萨 – 内罗毕标准轨铁路项目被视为"非洲版高铁"。2017 年 5 月 31 日和 12 月 1 日，分别正式开通客运业务和货运业务。这一肯尼亚独立以来的首条新铁路，全线采用中国标准、中国技术、中国装备，并签订了为期 10 年的运营维护合同，是一条采用"中国标准"全方位运营维护的国际干线铁路。

蒙巴萨 – 内罗毕铁路建设与管理通过"传""帮""带"方式，开展相应的专业技能培训，使当地雇员掌握相关专业技能。此外，与当地专业培训机构联合办学，建立人才培训基地，成功实现了运营及技术人才属地化转移。

未来，该铁路按照中国与非盟合作计划，将连接肯尼亚、坦桑尼亚、乌干达、卢旺达、布隆迪和南苏丹等东非六国，届时东非将互联互通，成为一体，经济发展倍增。

整个铁路的建设技术、软硬件配备几乎与国内同步，安检、管理、服务与国内也完全一致。乘坐这样的客车，没有任何陌生感，仿若在国内，就此一点，其他国家就很难做到。中国转让的技术和设备都是先进水平，而不像日本和欧美。

这就是"一带一路"，取长补短，彼此成全，互赢多赢，也只有这样的发展模式，才是世界之需。

为中国喝彩，为"一带一路"自豪。

2019 年 7 月 25 日

NAIROBI TERMINUS

NAIROBI STANDARD GAUGE RAILWAY
DISPATCHING CENTRE

印度洋施工船舶上的“一带一路”

中国首艘拥有自主知识产权的绞吸船——“天鲸号”，装机功率、疏浚能力均居亚洲第二（亚洲第一是中国“天鲲号”）、世界第三。这艘吹沙填海的神器，可以24小时不休不眠连续作业，每天油耗达40吨，可以吹沙6公里之远，创造世界造岛奇迹——每小时3000立方米！让欧美惊诧不已，而又惶恐不安。

“一带一路”对于普通国人来说是抽象的概念，对于学者是一串数字，而对于在海外一线的建设者却是实实在在的日子：常年作业海外，刚刚完成中国南海筑岛，继而奔赴印度洋，参与肯尼亚拉姆港的建设。四个半月漂在茫茫的大海上，工作生活完全在不足300平方米的活动空间内进行，半年才能回国休假一次。

由于长期不与外界交流，很多人语言能力都有些退化，回到陆地，也不适应社会交往，由于与孩子相伴时间太少，父子、父女两代往往产生隔阂。对于这些普通的建设者，尚不只如此，最大的遗憾是不能床前尽孝，“对家人愧疚”，这是他们说出的话，也是内心的隐痛。

“奉献”两字在文字中是抽象的，对于现实中的施工建设一线者而言，他们可能讲不清“人类命运共同体”与“一带一路”的内在机理与经济逻辑，但是他们知道自己干的就是“一带一路”，“一带一路”就是一路上实实在在的付出。

2019年7月27日

埃及

Egypt

埃及光影故事

我曾漫步在佛陀的故乡尼泊尔的蓝毗尼并在圣园里沉思，也曾在加德满都比较佛教与印度教的相似与差异；曾在印度的小村庄寻找印度人原有的淳朴与生活的市侩，也曾在马尼拉研究天主教文化对人的价值引导；曾在泰国感受巴利语系佛教国家的僧俗生活，也曾在美国的城乡长期体验普通美国人的世俗人生……

无论在哪里，我感受到的都是善良与淳朴。但是，为什么同是宣扬善行、宣导爱心的基督教、天主教、犹太教与伊斯兰教相处同一时空时，往往会引发仇恨与战争，结下无尽的恩怨？

谁对？谁错？伊斯兰文化究竟是什么？

到中东去！寻找真正的伊斯兰文明！在尼罗河、红海、西奈半岛、耶路撒冷，用心去聆听，用眼去见证……

法老的谶语

到了埃及，我就迫不及待地来到埃及博物馆，这是我多年文化考察的习惯，先宏观再微观，先整体再个案。

看到馆藏，我充满了自责。无数次的课程中，在讲述人类古代文明史时，我对埃及的描述都是粗线条式的只言片语。谈及农耕文明时代，我总是不断强调中国对人类文明的贡献，而对四大文明古国中的其他文明只是片段或阶段性描述。

埃及博物馆对我的冲击是直截了当的，石雕、法老木乃伊、图坦卡蒙墓葬，这三项无价之宝，无论是哪一样都会让我放弃原有的傲慢与偏见。

大门口矗立着四尊高达 5 米的古王国时期雕像，三位国王，一位大臣。四尊雕像属于典型的写实主义，眼神坚毅，炯炯有神，目视前方，仿佛在俯视着他属下的万千子民和广袤王土。高耸的颧骨、细腻的五官，无不体现着当年高超的雕刻技艺，特别是服装饰物及姿态等细节，不仅惟妙惟肖，更是一种成熟文明的象征。

而这些都出现在公元前2686年至公元前2181年间。那时，全球大部分地区还过着茹毛饮血的生活，中国尚处于三皇五帝的传说时代，农耕文明刚刚开始最初的探索。这一时期精美的雕像还有卡夫拉王坐像、盘腿书写坐像、拉胡泰普国子及王妃奈费尔特双人坐像等。

二楼的展厅陈列着第十八王朝的年轻法老图坦卡蒙墓葬品。金樽室硕大无比，三层棺匣每一层都金碧辉煌，即便3000多年后的今天，依然熠熠生辉。棺的表层由纯金镀成，并附有各类纹饰及铭文；金棺共使用约200公斤纯金，是人类历史上出土的最精致、最宏大的金制品。图坦卡蒙御座也是金光闪闪，座椅的正面两侧各有一个金制的狮子头，扶手为蛇首鹰身的雕像，分别代表上下埃及的王权。御座的靠背是一幅王室家庭生活的画面……从图坦卡蒙陵墓出土的文物有5000多件，而展示的仅仅是1700件，但件件价值连城、美不胜收。

新王国时期，图坦卡蒙在位不过10年，19岁即驾崩。由于在位时间短，且大权旁落，所以，他的陵墓最不引人关注，以至于盗墓者在盗掘其他金字塔时，把土石及废弃物随意堆积，竟把图坦卡蒙的陵墓给掩盖了。也正因如此，这才逃过一劫，给人类留下了唯一完整的法老墓葬！

英年早逝、匆匆安葬的图坦卡蒙尚有如此规模的墓葬，可想而知其他法老的随葬品又是何等的奢华？可惜的是，这一切因为被盗挖都只能付诸假想与推测了！

木乃伊陈列室是埃及博物馆最吸引人的地方，里面安放有20余具埃及历代法老及其后妃们的木乃伊。有的已有3500多年的历史，但仍保存完好，甚至可以清楚地看到头发和脚趾甲。其中保存最好的，是新王国第十九王朝的法老拉美西斯二世（约公元前1303年至公元前1213年）的遗体。拉美西斯二世在埃及历史上第一次与外敌赫梯人缔结了和平条约，所以安放拉美西斯二世遗体的展室叫“战争与和平展览室”。

“谁要是干扰了法老的安宁，死亡就会降临到他的头上。”这是图坦卡蒙国王的陵墓上镌刻的谶语，但在利益面前，人类的疯狂与贪婪还是几乎毁掉了一切。

这就是人类，既是文明的缔造者，也是文明的毁灭者！

人神的故事

到了宾馆，方知金字塔近在咫尺，抬头即可看到。一天的奔波，全身是汗，简单冲凉后，我就去观看金字塔声光秀。

夜色深沉，闻名于世的金字塔上映着如梦似幻的声光协奏，古代埃及的历史风华鲜活地投射在古老神庙的巨石上：伴随着尼罗河潮起潮落，古埃及人开始繁衍生息。他们测天象、建历法、治水利、创文字……这一切都发生在7000年前，那个时候欧洲还是一片荒芜，美洲正在茹毛饮血，亚洲的文明还在孕育……而这里，人们有了自己的神——太阳神！他们为神建立了气势恢宏的神庙，太阳神看着太阳从尼罗河水面慢慢升起，又看着它缓缓落在庙后那片沉寂的地平线之下。

古埃及人相信人的灵魂不死，他们认为人的生命就像太阳东升西落，在世的生命是短暂的，落日就进入了新的世界，开始了新的生命。落日的生命将是永恒的，涅槃更新，生生不息。他们为自己建起了规模宏大、直指苍穹的金字塔。三大金字塔，分别埋葬着祖父孙三代法老，比邻而居。在世时他们代代相承，延续着一个又一个伟大的时代；去世后，三代法老希望通过神庙彼此沟通，互诉衷肠，同时也护佑着后来的法老们法统相传，国家昌盛平安，人民安居乐业！

法老们死后，尸体被制成永不腐烂的木乃伊，脏器被单独取出，分别装入四

只礼葬瓮里保存，以供来世使用，并有通道通往外界，神庙内备有五艘豪华大船，可载法老前往天堂。或许是为了保护其身体、灵魂乃至黄金、珠宝、权杖，人们在神庙旁、金字塔前方建起了70多米长20多米高的狮身人面像。

在神话传说中，人面狮身的斯芬克斯，其人面代表智慧，狮身代表勇敢。智慧与神勇兼具的狮身人面像，忠诚地担负着守卫的职责，数千年过去了，依然傲视东方。人神之间的故事，还有许多许多，皆有文字可考，它标志着人类最早期文明的诞生。

金字塔声光秀最让我感叹的，就是所有的光影都是在三大金字塔及太阳神庙、狮身人面像等文物上展示、演绎，光影中的狮身人面像孤独而忠诚，三大金字塔神秘而高傲，神庙庄严而神圣。

看完之后，真为这些伟大不朽的建筑，为人类智慧、勇敢的探索，为尼罗河、沙漠、红海等奇妙的大自然感慨不已。

2013年6月22日于红海海滨大道途中

金字塔建造者，人乎？神乎？

多达230万块，每块重约2.5 ~ 15吨的巨石，堆叠而成原始高度146.5米的金字形等边锥形。巨石与巨石间的缝隙是如此契合，角度、线条、大小、形状都准确无误，而墓室所使用的巨石甚至产自约800公里外的阿斯旺，这样的工程即便在今天也令人叹为观止。在5000年前，没有任何现代设备，甚至没有铁器和测绘工具，30℃的高温作业，要保证完成每天几百块巨石的运输、建造、安装工程，怎么可能？

22日一大早，用过早餐，启程前往金字塔。

金字塔并非一个单体建筑，而是一个建筑群：金字塔、神庙、河道。

我在金字塔下向上望去，两线交际的塔顶仿佛直通天际。随便站在一块巨石前，顿觉自己的渺小，不要说是建造，即便只是攀登，也是困难重重。

抚摸着斑驳的巨石，我完全困惑了。如此大的石头没有升降机，何以运到顶部？没有现代的工具，如何切割得如此严整？巨石与巨石间起到黏合作用的是什么物质，竟然经得起数千年风沙雨露的侵袭，坚固依旧……

疑问未解，再添困惑。进入金字塔，只有窄窄的通道通往金字塔内部，人不能直立，只能低头才勉强通过。通道前段沿45°角倾斜向下，行走50余米后又以45°角倾斜上去，整个地道地面平整，如抛光般平滑，而两壁与顶部线条笔直，壁面平整，即便是现代机器施工，也未必如此规范，而在数千年前却已实现，真是不可思议！行进百余米后，方见一个面积并不很大的长方体地宫，据说是存放棺椁之处。

金字塔前方就是狮身人面像，比我想象中的要威武得多。硕大的狮身人面像容貌威严，相传由于拿破仑的炮轰及常年风化，面部部分岩石已经脱落，美中不足，略有缺憾！雄壮的四肢匍匐在地上，做着随时腾空出击的准备。特别是两只威武有力的后肢在大石块上雕出筋骨分明的脚掌，似乎下一秒就要蹬地而起。粗壮的尾巴盘卷上翘，可惜由于千年风化已经脱落，只能从造型上去领略王者的风范了。

狮身人面像右前方就是太阳神庙，从这个神庙的地下出土了法老的大船！神庙内的石柱及横梁坚挺依然，框架结构完整，从遗迹便可看出当年的不凡气势！

2013 年 6 月 22 日于红海海滨大道途中

君权神授？君权民授？

——卡纳克神庙下的沉思

一

任何时代、任何国家的统治者，都需要说明他们权力的合法性及法统承续的来源，否则他就会失去权威。如若庶民及国家机器质疑其权柄，甚至挑战其地位，这样的统治自然难以维系。

在没有民权意识的年代，“君权神授”之说自然是统治者最好的策略——权威、神圣、稳固、廉价。

君权神授，所以，神的塑造十分关键。偶像神的选择、树立，首先必须有民众基础，必须被一般民众所认可；其次具有普适性，国家统治的任何区域都能接受，令所有人都能感受其不朽的能量及神奇；最后就是神的威严与神圣，这不仅需要有神迹，从心理上进行震慑，同时还需要从外在的形式上进行征服，所以神庙建筑最能表现神的伟大及神遴选统治者的正当性。所有这些都围绕一个中心点：君权神授，受命于天——权力来源的神圣性和正当性。

二

站在卡纳克神庙前，神的形象无所不在。

古埃及在古王国时期的主神是鹰神荷鲁斯，后来改为太阳神拉，中王国时期则主要崇拜阿蒙，新王国时期将太阳神拉和阿蒙相结合，形成了独一无二的至高主神阿蒙拉。

在新王国时期，埃及通过武力扩张积累了空前的财富，几代法老在位期间都修建神殿，卡纳克神庙就是这样建立起来的。

只有走近了才会发现，你对当年工匠的技艺、法老财力的想象力还是太匮乏。因为卡纳克神庙，哪怕是今天残留的遗迹只是过去的一部分，看了也会让你目瞪口呆！

就在卡纳克神庙大门口处，43 米高、131 米宽、15 米厚的大城墙敦实坚固，两排狮身羊头像整齐排出长达 3 公里的神道。大门口矗立着拉美西斯二世的雕像，庙内建筑气势恢宏，更让人称颂的是，所有的石柱、照壁及墙面都有雕刻，而且全都是浮雕！上面大书特书国王与太阳神的故事，歌颂着国王们的丰功伟绩及神的英明威武。

卡纳克神庙的大柱厅面积达 5000 多平方米，共有 134 根圆形巨柱。神庙的体量可以装下一个巴黎圣母院，占地超过半个曼哈顿核心区，有 1.2 平方公里 30 万平方米的建筑群，几乎每一处都有精美的浮雕，令人目不暇接，赞叹不已！

据说先前中央有 10 根大石柱，最大的高 23 米，直径 5 米，柱顶呈纸莎草画状，是古代建筑中最高大的石柱，直立挺拔，直插云霄。而石柱上精美而丰富的雕刻，无不显示着君权神授的真实性与严肃性。更令人称奇的是经历 3900 年的风沙侵袭，色彩依然斑斓可见。令人遗憾的是 10 根大石柱，如今仅留下一根好的，其他都折为数截，安躺在一旁。

在卡纳克神殿前，还遗留着图特摩斯一世方尖碑。这座方尖碑高约 29 米，硕大无朋，棱角切割精准，方尖碑四面雕刻着铭文与典籍故事，为奉祀阿蒙神所建，原本有 4 座，分别由图特摩斯一世及三世所建，如今只剩下这一座矗立于原处。

三

卡纳克神庙始建于中王国时期第十二王朝（约公元前 1991—前 1783 年），但真正把神庙扩建成今天大致规模的，仍是新王国时期、第十八至第二十王朝（公元前 1570—1090 年）的那几位法老王。主体完成于新王朝的拉美西斯二世和拉美西斯三世时期，陆陆续续修建了 1900 年。

其间的耗费难以估算，如此浩大的工程即便是今天也要花费千亿以上，把三峡水库、鸟巢等技术难度与之相较都可谓小巫见大巫，更何况在 3900 年前，一定是穷尽全国之力！

法老们为何不惜血本建造神庙，说到底还是恐惧与不自信，他必须通过神为自己正名，方能维护其统治！这也表明了专制的特点——“白色恐怖”！这一切都被一种创于 3200 年前，被称为圣书体的象形文字所明晰记载，它对于每一个事件都有详细描述，可谓是名副其实的信史。

约公元前 4000—前 3500 年，埃及出现了私有制和阶级关系的萌芽。出土的陶器画着一个象征王权符号的荷鲁斯（鹰神）的形象，这是王权的标志之一，说明王权已萌芽。中央政府的重要性不断上升，法老们建立了强大的王权，使其对国家土地、劳动力、资源的控制合法化。为了加强法统，法老们开始神化自己，认为自己不仅君权神授，而且自己本身也是神，可以灵魂不朽，因而耗费巨资修建陵寝，以保证死后人们对自己的崇拜。

但这些都没有使法老们的江山千秋万代，反倒是外侵不断，最后江山易主，而自己的坟墓也都被盗抢一空！

公元前 671 年至公元前 667 年，亚述人开始攻击埃及，占领孟菲斯，洗劫了底比斯神庙。到公元前 653 年，普萨美提克一世借助希腊雇佣军驱逐了亚述人。公元前 525 年，强大的波斯帝国在冈比西斯二世率领下，开始了对埃及的征服，最终在贝鲁西亚之战中抓获了法老普萨美提克三世。公元前 332 年，统治埃及的波斯长官 Mazaces 将埃及拱手让给了亚历山大大帝。

公元395年，罗马帝国被分成东西两部分，埃及归东罗马帝国管辖。642年，埃及被阿拉伯人占领，随之开始阿拉伯化。至12世纪，埃及已普遍使用阿拉伯语，皈依伊斯兰教，延绵数千年的古埃及文明被阿拉伯文化取代。1517年，埃及开始为奥斯曼帝国统治，1798年至1801年受法国统治，1869年后英国侵入。直到1922年，埃及终于获得独立，1953年建立共和国，却已经是一个标准的阿拉伯国家了。

四

埃及前总统穆巴拉克想以法老的方式传承法统与权力，而用专制与独裁维系了30年。他修改宪法，按照修订后的宪法，他大权独揽，可以把总统的职位传于他的儿子，他的儿子再传给他的孙子，这样子子孙孙无穷匮。

为什么阿拉伯国家容易产生独裁专政者？萨达姆、卡扎菲、穆巴拉克……这不得不从文化环境中探寻其滋生的土壤。

伊斯兰要求忠诚、顺从，且有两千条规定约束人的行为，这一点很像秦汉以后的中国文化，加上统治者不断的奴化教育，人民俯首甘为顺民。

在这样的文化环境中，人们往往丧失了独立思考的能力，希望英雄横空出世，为其伸张正义、谋求权利，于是这种代理人的角色就应运而生！

此外，由于美国与以色列结盟，损害了阿拉伯国家的利益，统治者不断树立美国的负面形象，突出伊斯兰文化与基督教文化的差异，借此升华为宗教矛盾。这样反美者就成了民族英雄，所以伊斯兰世界的专政者多是反美的，否则就很难树立权威，自然难以独裁。独裁者还巧妙利用了巴勒斯坦与以色列的领土矛盾，进一步强化美国的幕后黑手形象，使反美成为全民族的共识。

事实证明，强化悲剧意识及民族苦难，无益于解决问题与长治久安！法老的时代已经过去，社会的发展已使社会结构悄然变化，越来越多的知识分子通过互联网对外部的世界有了全新的认知，看透了独裁者的权术伎俩，更加看重个体诉求的表达及权力的行使！

独裁者擅长贪污腐败、玩弄权术，最不擅长的就是发展经济，穆巴拉克一人在瑞士银行就有千亿美金的存款，但他忽略了一个国家赖以生存的基础：民生。就以埃及为例，石油、苏伊士运河、旅游、农业，可以说样样都是宝。任何一项

产业发展好了，都可以让人民安居乐业。拿苏伊士运河来讲，每天都坐拥5亿美金的收入，是一个名副其实的“聚宝盆”！

然而，就是这么一个物华天宝的埃及，竟然有一半的青年无处就业，近半的家庭生活困难，人均收入不及中国的一半！所以打倒穆巴拉克的不仅仅是政治，更有民生问题，而在阿拉伯革命中站出来的突尼斯、也门、叙利亚……无一不是如此！

这就是阿拉伯世界革命的本质：反独裁要民主，强经济保民生。

当然，这背后有西方国家，尤其是美国推动乃至煽动，这是外因，但更主要的是内因。

遗憾的是，穆巴拉克的倒台没有换来真正的民主与经济崛起。首位民选总统穆尔西没有兑现他改善民生、建立廉洁高效政府的承诺，从更为腐败的政府、日益严重的失业、飞涨的物价和开罗满街飞舞的垃圾，稍做观察就可知他的能力与水平。

更遗憾的是穆尔西签署了一项新法令，防止任何法院推翻他做出的决定，其内容主要包括：总统有权任命总检察长，强调在新宪法颁布和新议会选出之前，对穆尔西发布的所有总统令、宪法声明、法令及决定等，任何机构和个人无权更改，也不得上诉。

埃及人民担心民主成果不保，私下里骂穆尔西为“新法老”。

2013年6月25日，我从卡纳克神庙返回开罗的路上，就看到了紧张的局势，军人荷枪实弹站在各要卡值守，成群结队的汽车准备加完油后驶往首都参加抗议示威。26日，我离开埃及前往阿联酋，28日，亚历山大等城市已经开始了骚乱。

截至2013年7月2日，全埃及有1400多万人参加了反对或支持穆尔西政府的大规模游行。暴力动荡已造成至少16人死亡，近800人受伤。

社会分裂已异常严重，埃及将不可避免地进入一个新的动荡期。

君权神授？君权民授？法老们煞费心机编制的专制谎言，最终淹没在了一堆废墟里，刻在石柱上的文字也成了其灭亡的谶语！

阿拉伯革命及埃及动荡也预示了未来世界发展的方向，不论文化背景、社会结构、经济条件如何，民主是唯一可行的政治制度。暴力和谎言建立起的独裁，无论怎样具有欺骗性，都不能摆脱最终覆灭的命运！

2013年6月23–25日草于卢克索，修改于开罗，7月3日成稿于北京

埃及的图腾

——方尖碑

方尖碑源于古埃及，表达的是对太阳神的崇拜。

古埃及人认为人能死而复生，而太阳是人和万物的生命之源，只要尸体保存完好，就有机会复活重生，于是建造了金字塔和太阳神庙，金字塔保存尸体，太阳神庙则是等候太阳神阿蒙拉复生的召唤。

每座神庙的大门旁，则都屹立着两座方尖碑，碑尖用金银镶嵌，一见阳光，金光闪耀，似乎在指引太阳神驾临。

后来在宗教的功能上附加了纪念性，用以表彰法老的功绩，其实也是向太阳神表现自己，争取早日复活重生。

所以方尖碑具有极其重要的历史文献研究价值，同时也是极其精美的艺术品。这些方尖碑全部都是从阿斯旺运到下埃及的各地，距离数千公里，而当时如何开采、运输、竖立、加固，至今依然是谜，这也是证明当时生产力发展水平的铁证。

现存最古老完整的方尖碑属于古埃及第十二王朝（约公元前 1991—前 1786 年）法老辛努塞尔特一世（约公元前 1971—前 1928 年）在位时所建，竖立在开罗东北郊原希利奥坡里太阳城神庙遗址前。这块方尖碑高 20.7 米，重 121 吨，是辛努塞尔特一世为庆祝国王加冕而建的。

我在埃及的卢克索拉姆西斯二世（约公元前 1303 年—前 1213 年）神庙里见过断裂的一个和竖立的一个方尖碑，在埃及博物馆前见过一个，均为其精美程度震撼不已。

最近又在法国巴黎协和广场看到一个，非常雄浑、庄严、壮美。方尖碑高 23

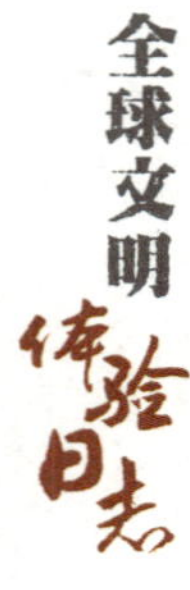

米，重230吨，碑身是由整块的粉红色花岗岩雕出来的，上面刻满了埃及象形文字，主要内容是赞颂埃及法老拉美西斯二世的丰功伟绩，原供立于卢克索神庙前，由埃及总督作为礼物供奉给法国。

在罗马，几乎重要的广场都矗立着埃及的方尖碑。如万神殿前面的德拉罗腾达广场上的方尖碑，属于拉美西斯二世时期建造的。碑高14.5米，最初是海里奥波利司的拉神庙中一对中的一个。

梵蒂冈圣彼得大教堂前的方尖碑落成时间已不可考，奥古斯都征服埃及后将它从亚历山大里亚带回来。这个石碑比波波洛广场上的更大，有25米高，330吨重，于公元37年运到罗马。

纳沃纳广场上的四河喷泉方尖碑，碑上面装饰了女神将代表上下埃及的皇冠献给图密善，而他正以法老的姿态接受的图案，估计建造于公元81年他就职时，随后被运到罗马。

这样的方尖碑在意大利有13座之多，罗马帝国吞并埃及，将其纳为行政省后，便掠夺埃及各处的方尖碑运至罗马，以衬托罗马的威严和伟大。

由于古代和近代的文物掠夺，如今埃及本土只剩下9块方尖碑了，其他的方尖碑全都流落异乡，散布在世界各地。

2015年8月15日

从埃及政变看群众路线

埃及的穆巴拉克统治持续了30年，一夜被推翻，同样失去民心的总统穆尔西执政一周年就倒台，现代社会已进入信息时代，革命再也不需要几十年，甚至几年都用不了，一觉醒来也许就会天翻地覆。

群众路线是我党的生命线，也是制胜法宝！无论是抗日战争还是解放战争时期，人民群众都是最坚强的后盾，脱离群众就会失去一切力量！在和平发展的时代更应当坚守群众路线，因为革命胜利后，人们的价值观、世界观、人生观都会随着立场、地位、角色的改变而发生变化，精神上的追求动力会衰减，最终就会因为分工和职能定位而产生利益上的矛盾，影响社会安定。

我们当深刻分析形势，居安思危，尊重群众、热爱人民，真心实意服务于大众，这样我们的政府才能获得不竭的动力，才能无愧于人民政府的称谓，我们的党才能不断进步、发展，才能引领社会不懈前行！

2013年7月5日

亚历山大灯塔与亚历山大图书馆

我来到久负盛名的亚历山大顶塔所在地。公元前 280 年，埃及处于托勒密时代，当时的法老准备迎娶一位欧洲公主。很遗憾，来自欧洲的大船在驶入亚历山大港时迷航，触礁沉没，欧洲公主也随之葬身大海，埃及法老托勒密二世非常悲伤。于是他下令在海湾入口处修建一座灯塔，为来往船只照亮航线。经过 40 多年修建，一座高达 135 米的三层巨塔终于屹立起来，为亚历山大港的船只指引了 1000 年。直到公元 956 年，一场地震袭击了亚历山大港，灯塔严重受损。于是，当时的埃及人就用灯塔基石建起了这座城堡——卡特巴城堡。

今天彪炳史册的亚历山大图书馆，大家看到的建筑是完全现代化的。亚历山大图书馆在历史上非常著名。亚历山大征服埃及之后，英年早逝，他的部下托勒密为纪念亚历山大，就建设了当时世界规模最大的图书馆。因为当时亚历山大还曾经征服波斯、印度、埃及，这些都是文明强国、文明大国。征服之后，亚历山

大没有毁灭，而是保留了他们的文明。所以，托勒密在建造图书馆时，把印度、埃及、希腊的文化都移植过来，当时的馆藏达到70万册之多，是世界之最。

很遗憾，在公元前48年，恺撒火攻亚历山大，不小心引燃图书馆，造成40万册图书被烧。直至狄奥多西一世，作为一个虔诚的基督徒，他反对希腊和埃及的多神，所以又把剩下的30万册中的一部分毁掉了。阿拉伯帝国崛起之后，他们信奉真主安拉，当然也对埃及和希腊的多神不能容忍，又把剩下的图书都拿到浴室作为燃料烧掉了，足足烧了6个月。从此，这个世界上最伟大的图书馆就此消失。

2020年1月22日

中埃文化比较

埃及之行历时十天，从开罗、亚历山大，然后沿着尼罗河而上，来到阿斯旺，最南我们走到阿布辛贝神庙。现在，我们到了埃及的红海之滨，这样，整个上下埃及，我们都走遍了。在途中，拜访了中国大使馆文化中心、埃及各阶层人士，走访了他们的一些大巴扎和市场。

对埃及和中国，我认为在此可以做个小小的比对。埃及和中国这两个国家有很多相似之处。两国都是文明古国，是四大文明古国之一，都为世界文明作出了杰出贡献。

两个国家都是大河文明，埃及尼罗河浩浩汤汤，哺育了沿河的两带和尼罗河三角洲，成就了北非的粮仓，甚至整个西亚的粮仓。中国有黄河、长江，中华文明的农耕技术、农耕水平和农耕文明成果举世瞩目。

两个国家的历史也有相近之处。两个国家都曾经遭受外来文明入侵，只不过埃及比中国更加多灾多难。埃及经历了亚述、波斯、希腊，以及罗马、阿拉伯、奥斯曼、英国、法国多个国家前后长达数千年的入侵，而中国也经历过一些外族入侵，还有一些少数民族对中原的入侵。1840 年，我们受到以英国、法国为首的八国联军的入侵。所以这两个国家都是多灾多难的，非常相似。

在相似之外，我们看到两个国家不同的命运，甚至不同的发展结局。埃及经过亚述、波斯的入侵，虽然曾经一度灭国，但文化没有灭，后又复国，不幸又经历希腊入侵，但希腊没有消灭埃及文化，相反，把希腊文化和埃及文化融为一体，使埃及文明又延续了数百年。后来罗马入侵，因其信奉一神教，埃及文明被毁灭清理，埃及文化开始由活着的文化变成死的文化。埃及的语言、文字，都被废弃，甚至连埃及的人种也接受了改造。到了公元 642 年，阿拉伯的入侵，更是全面彻底地将埃及文化从它这片土地上毁灭。

至此以后，古埃及亡国又亡种。中国人在外族入侵时也一度失去了政权，但是我们的文化却成功地进行了反征服。你征服我的政权，我征服你的文化。最后，把对方融合到中华文明的体系中，中华文化又获得了新生。特别是1840年之后，面对西方的入侵，我们反思、奋发、图强，我们考虑为什么中国遭受这么多的苦难？是因为我们的船不坚、炮不利，船坚炮利方能自立，所以，我们开始洋务运动。洋务运动没有达到救国复兴的目的，我们接着又进行百日维新，百日维新因为保守派阻挠而失败，我们接着又开始了轰轰烈烈的辛亥革命，辛亥革命推翻了2000多年的帝制，中国从此开始走向共和政体，但是造物弄人，因为多种因素，辛亥革命也没有完成国家使命，我们又开展了新中国的建设和发展，即便是新中国，我们也没有采取完全僵化的体制。在1978年，我们开始改革开放，改革开放40多年，我们所取得的成就有目共睹，创造了人类历史上经济发展的奇迹。据不完全统计，改革开放40多年所创造的文明成果，当然主要是物质文明成果，可能超过了历代总和。

为什么中国有如此巨大的内生动力，使中国能够在每次遇到灾难之时，都能

够崛起，都能够反思、忍辱、负重，继续前行？要总结这个问题，我们还要对埃及、中国的文化来进行比较。因为，我们知道，一个地区的发展必然受文化所影响，而文化又是地理禀赋的结果，有什么样的地理环境，就会产生什么样的文化。那么，中国和埃及，它们的文化本源有何不同呢？

中国和埃及两个国家文化的最大不同在于：一种文化是和合文化，是昂扬向上、生生不息的文化；一种文化是以神本位为中心，固执、保守，甚至是封闭的文化。究其原因，还要从两个国家所处的环境谈起。

埃及的尼罗河浩浩汤汤，全长6670公里，最后注入地中海，这6000多公里的征途，两岸几乎都是荒漠、戈壁。第一次见到尼罗河很震惊，没有想到在大漠深处有这么一条大河。因为这条大河太过神奇，它不仅穿越沙漠，最关键的是，每年定期泛滥，泛滥时间前后最多不会超过一周。泛滥之后，泥土非常肥沃，埃及人就在河流两岸撒下种子，等待收获季的收成，所以，埃及人想不明白，为什么会在大漠深处有这条大河？为什么这条大河每年都定期泛滥？为什么每次定期泛滥都积淀如此丰厚的土壤、土质，让庄稼能够生长得非常丰满，最后几乎年年大丰收。所以，他们把这些归功于神，归功于太阳神对人类的恩赐。

而中国的黄河、长江，尤其是黄河，经常泛滥，泛滥之后的黄河给人民带来的是沉重的叹息和民生的艰难。所以，中国人就在不断地反思、反省，为什么这条河不定期泛滥决口？他们要研究这种现象，就产生了中国特有的文化，就是对自然深入、全面、系统的观察总结。然后，抽象出现象背后的内在机理，这就是中国文化中特有的源头。

我们知道，中国文化的源头是河图洛书，河图是定量的，洛书是变量的，定量和变量融合，构成了中国文化一动一静的特质。正是因为如此，我们的文化一开始就是一种本体学。在7000年前，甚至更早的时间，中国人就已经洞察到天地之间运行着一种生生不息的内在力量。其实，就是阴和阳在发挥作用，阴阳之间相互融合、相互成全、相互一致，构成了内在的生生不息的动力，可以用太极、两仪来表现，可以用思想、八卦来表现，所以，中国人很早就找到了本体论模型，通过模型进行推演，推陈出新，进而产生384爻。384爻是事物发展的384种可能，这384种可能其实就是大数据的推演。正是因为如此，中国人开始掌握自己的命运，通过这样的本体推演来把握未来的趋势。

正是因为如此，中国不需要神，我们通过自己的努力，可以实现对未来的预测。神的功能、神的价值、神的位置，对于中国人没有那么重要。所以，我们看八卦为什么都是三爻，三爻很简单，代表天、地、人。天地合在一起是大自然，大自然和人的融合就是天人合一，这种天人合一思想使中华文化产生了以人为本的思想，人本思想进一步发展，就是以德为本，再进一步发展就是以民为本，民本、德本和人本，这是中华文化内在的源头。

而埃及一直沉醉于神化，以神为本，结果就是人失去了思考。只能崇拜，只能盲从，只能是五体投地地来信奉神。在这种情况下，文化怎么可能会有生生不

息的动力呢？所以，埃及亡国亡种，既是偶然，也是必然。

反思埃及的文化，我们更加自信中华文化的内涵、内敛和内在动力，这就是我们的文化自信。只有文化自信，我们才能在国家治理发展中建立起自己治理的模式，才有制度自信、道路自信、理论自信。

埃及因为这样的文化，无论是基督教文化，还是伊斯兰文化，抑或是伊斯兰文化，缺乏变革的动力，缺乏变革的勇气，变革非常困难。没有宗教的变革，就没有思想的变革，这就是埃及目前的状况。

这个国家虽然有丰富的石油，有浩浩汤汤的尼罗河，有富足富饶的尼罗河三角洲，还有数不清的历史文明遗址，得天独厚的战略位置，当然还有天然的良港和海滨，但是都没有阻挡国家经济的衰败、社会的凋零。文化使两个国家走向了不同的方向，文化也成就了两个国家不同的文明。

从埃及回京，最想读的就是威尔·杜兰，走过的文明越多，想保持一份激情和理想就越难，而杜兰却做到了。他有一种使命感，终其一生，都热情地致力于将哲学从学术的象牙塔中解放出来，让它进入更多普通人的生活。

读他的语言有疼痛感，但却又不得不承认，他说的是事实。

他说：不平等不仅是自然的和先天的，而且还随着文明的复杂化而增长。

他还说：对人类来说，一个人无论下多大的决心，无论进行多少反思，他的行为举止依然不会改变，从出生到死亡，他必须做一个连自己都厌恶的人，就好像在舞台上扮演一个角色，直至落幕。

他再说：我们的人生越是成功，我们就越是无聊。欲求是普通大众无休止的痛苦之源，而无聊则是上流社会的痛苦之源。对于中产阶级，休息日代表着无聊，工作日则代表着欲求。

他又说：现有的罪恶据说都是私有制带来的，但实际上，这些罪恶完全来自

另一个根源，就是人性的恶。

这些观点与我不谋而合。

文明比较不是图书馆里的学术流水线，亦不是书斋的文学把玩。文明比较中有天机，有机理，有机制，更有机变，大可治国辅政平天下，小则规划人生修身齐家。

这是一门大学问，只有求真、求实、求通，方可有价值，否则就会坠入寻常套路，成为文字堆砌，徒耗能量与资源。

把文明比较从学术的象牙塔中解放出来，让它服务普罗大众。

追随威尔·杜兰的脚步，争取并努力比他走得更远、更远。

2020 年 1 月 24 日

南非

South Africa

约翰内斯堡唐人街：公平与效率的博弈与守望

在约翰内斯堡唐人街考察海外华人在异国他乡奋斗的历程。我前前后后曾考察过纽约唐人街、旧金山唐人街、洛杉矶唐人街、波士顿唐人街、哈瓦那唐人街、马尼拉唐人街、多伦多唐人街、利马唐人街等，走过100多个唐人街。但今天，我想告诉大家的是，约翰内斯堡唐人街是所有唐人街里面规模最小的，而且历史是最短的，为什么？因为这个唐人街是在20世纪80年代才开始发展起来的，到现在的历史也不过二三十年。在这个唐人街，目前没有古老建筑，也没有深厚的文化历史积淀，就是因为它的时间太短了。这个唐人街经历了二三十年，发展缓慢，主要原因是治安问题。这在约翰内斯堡，甚至整个南非都是很重要的一个现实问题，治安问题导致华人在此投资有顾虑。这个问题不仅困扰唐人街，也困扰着整个约翰内斯堡，甚至整个南非。

1994年，曼德拉在南非经民主选举当选总统。在此之前是白人统治南非，实行万恶的种族隔离制度。1994年之后，通过大选，黑人终于当上了总统，当家做主了。但是接着就是政府换届。换届之后，大量白人流失，也导致管理制度和管理模式存在诸多不稳定因素。

从1994年到现在，治安问题越来越严重。我在唐人街考察时，与这些在海外奋斗的华人聊天，他们提到，“在这个地方，几乎每个人都被抢劫过”。大家想，人人都被抢劫过的社会是多么可怕。所以，南非的现状引发我们的沉思，社会发展如何兼备效率和公平？在1994年之前，白人的种族制度对当地人是非常不公平的。1994年之后，黑人当政，更趋公平，但是以降低效率为代价，管理手段缺失，管理水平薄弱。这就是南非思考：如何兼备效率和公平？这是国家治理的重要课题。

2019年8月3日

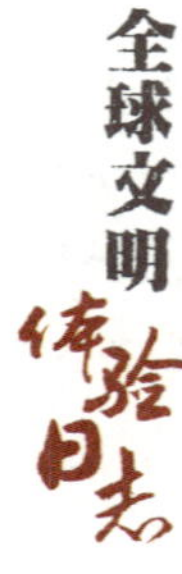

南非总统府前评述曼德拉先生

在南非总统府前竖立着一位伟人的塑像，大家知道他是谁吗？他就是南非的首任黑人总统——曼德拉先生。他一生反对种族隔离，因此，曾在监狱里被关押长达 27 年之久。在这 27 年里，他不断沉思，如何来解决南非白人、黑人和平相处问题？如何促进国家长治久安、可持续发展？他曾经主张暴力革命，是军事组织“民族之矛”的创立者、总司令，开展了 20 多年的武装斗争。在监狱的 27 年里，他思考的结论是：“放弃暴力，走向民族和解。”所以，1990 年他出狱之后，获得了社会各阶层的普遍认同。民族和解受到各个民族、各个阶层欢迎。仇恨、杀戮只能带来一时安定，但不能解决可持续的和平、可持续社会稳定的根本问题。

曼德拉因此而得到社会认同。在这一年，南非政权被迫放弃种族隔离制度。

1992 年，曼德拉先生应邀访问中国，在北京大学发表演讲，并获得北京大学所授予的荣誉法学博士学位。1993 年，曼德拉先生获得了诺贝尔和平奖，以此表彰他在民族和解、反对种族隔离领域对人类和平所作出的贡献。1994 年，曼德拉先生当选非洲第一任黑人总统，也是民族和解之后首任民选总统。在任职期间，他积极践行民族和解，才使南非没有发生重大民族冲突和种族暴力。曼德拉先生厥功至伟，也因此被称为“南非国父”。

曼德拉先生积极反对种族隔离，倡导民族和谐，使南非政权得以和平交接。但是，政权交接之后，南非经济发展停滞，治安开始恶化，民生困境重重，这一点是曼德拉先生所始料不及的。这种情况也提出了一个新的值得深思的问题：如何在推动社会和解、民族和解的同时，促进社会管理高效、管理规范、管理可持续？

2019 年 8 月 3 日

好望角的意义：创新与求索

经过数万里飞行，绕道肯尼亚、埃塞俄比亚，终于到达了我此次非洲考察之行的目的地——好望角。好望角位于南非开普敦的最南端，也是非洲的最南端。好望角美其名曰“好望角”，但其实是“风暴角”。为什么呢？因为这里一边是温暖的印度洋，一边是寒冷的大西洋。印度洋的暖流和大西洋的寒流在此交汇，形成了惊涛骇浪，岸边乱石翻滚、涛声不息、昼夜不停、危机四伏。然而，就是在这样一个九死一生的地方，在 1497 年，有一位伟大的航海家达伽马，从里斯本出发，带着他简陋的帆船和寥寥数众，竟然穿过此地，到达了他想象中的印度，从此开辟了欧亚“大航海”时代，欧亚交流更加便利。

在这里，我不想过多评述达伽马大航海的政治、经济、社会价值，只想谈一谈达伽马的航海精神。达伽马的航海精神是人类勇于探索、敢于探索、勇于追求、敢于追求的精神缩影。

人类从茹毛饮血的时代到今天的信息文明时代，动力源于何处？正是这种伟大的探索精神、求新求变的精神。

今天，人类虽然物质充沛、科技发达，但是如果舍弃了探索精神、创新精神，就此止步，则将为当下匮乏的资源而博弈，甚至征战。人类只有秉承创新精神，继续前行，继续探索，不断开启管理学中的蓝海战略，才能够走向更加广阔的新天地，才能

够摆脱当下的资源竞争，摆脱对资源过度依赖的发展模式。

信息文明其实就是一次生产要素和生产范式的嬗变，人类未来的征服、未来的开拓、未来的创新，还有漫长的征途，不可就此止步。

做学术其实也一样，我这些年来在60余国文明现场和废墟考察调研，其实就想理清文明的内在机理，了解过去，审视当下，展望未来。人类要活在未来，必须知悉过去，研判当下，而文明比较学、文明发展学、文明管理学，就是秉持如此初衷，砥砺我们去探索、去付出。当然，一个新学科，必然存在很多的不确定性，就如在航海中处处都有激流险滩，甚至暗礁，但是学术创新不可畏惧，学者更要有信心，因为学术需要创新！

2019年8月5日

以色列
伊朗
土耳其
日本
柬埔寨
印度
朝鲜
泰国
韩国
马来西亚

亚洲
Asia

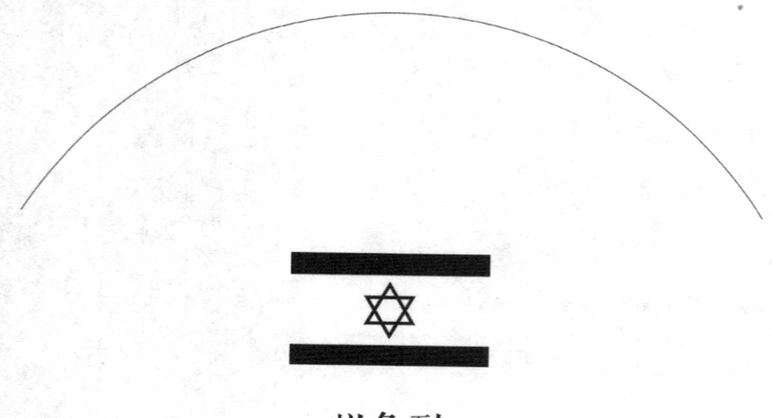

以色列

Israel

天下祈太平　学海独木舟

耶路撒冷，

这是一座怎样的城市？

让我魂牵梦绕，不能自拔！

她经历了什么样的风霜与变迁？

每片斑驳的砖瓦似乎都在倾诉着

一个民族的千年流浪！

她蕴藏着何等魅力？

让三教都对其膜顶崇拜！

她又中了什么诡异的毒蛊？

让世界干戈不息！

在这里，隐藏着世界和平的密码，不仅因为她名为“和平之城”（注：耶路撒冷在希伯来语里的原意），更因为在这里，犹太教、基督教挥别千年恩怨，握手言和，和睦相处！成为世界宗教和解的典范！

在这里，也只有在这里，伊斯兰教与犹太教、基督教终放下彼此的仇恨，和谐相处，世界和平！

三教同源同宗，究竟几多爱恨情仇？

走向耶路撒冷，近距离阅读，读你的辉煌，更读你的苦难；读你的沧桑，更读你的未来。

我为文化而来，沿着斑斑血印，触摸历史兴替，求索新文明的崛起！

为此，纵然我的脚步已经走过罗马、德里、菩提伽耶、蓝毗尼、加德满都、开罗、阿斯旺、马六甲等古城的沧桑，领略过纽约、华盛顿、伦敦、巴黎、东京、多伦多等都市的繁华……

无论是发黄的照片，还是惊艳的一瞥，都埋藏着深沉的追问：我们何去何从？

河流流向哪里，人类就在哪里繁衍生息，我就追问到哪里。

于是，从黄河、长江到恒河、印度河、尼罗河、底格里斯河、幼发拉底河、塞纳河、泰晤士河、密西西比河……

一路走来，不惧风雨。

约旦河与三教圣城再次吸引了我的目光。

宁静与冲突，多元与唯一，文化、历史与宗教孕育了古老的文明，再次指引前进的探索方向。

临行前，北京天蓝云白，暖暖冬阳，窗外微风不燥，春意融融。

依依惜别，从亚细亚东方之都，奔赴亚细亚最西处。

为考察不得不再踏征程，除夕夜即兴轻诵诗一首，用于自省、自勉并壮行之。

天下祈太平

壮心新岁切，湖畔独潸然；

冬夏伏案头，除夕终得闲。

即日奔大食，考究三教源；

人间怨与恨，何日得释然？

蓝缕五洲路，泛舟四洋边；

万卷读过半，独步天地间。

天下本一家，同根何相煎？

愿得一人苦，四海皆安澜！

2016 年 2 月 9 日

巴哈伊空中花园

我高中一年级的时候像中了魔一样，对“二战”产生了浓厚的兴趣，通读四大领袖、三大魔头以及双方代表性人物的传记。即便如此，依然有很多问题困惑不解。

比如，原本只是三流画家的希特勒面对落花尚且感伤掉泪，为什么会对600万无辜的犹太人残忍地举起屠刀？

留学美国的山本五十六为什么效忠几乎精神分裂的裕仁天皇？

日本的神道教到底凭什么能够让年轻的日本兵不惧生死？

斯大林战胜纳粹是运气还是信仰的力量？他的“大清洗”是出于理想信念还是为了维护个人权力？

这些困惑查来查去，似乎都与宗教、信仰有关，继而我对宗教学产生了狂热。

那时的我精力充沛，凭借着无处发泄的荷尔蒙的支撑，夜以继日地阅读，把当时在县图书馆几乎所有与宗教相关的书籍读了个遍，特别是世界上的新兴宗教，甚至包括邪教，都进行了粗浅的研究。

于是便知道了巴哈伊教，知道了有一个一心要创建世界大同的狂人以及在建的空中花园等。

不曾想，今天我就站在了巴哈伊花园的门口。恍若隔世，而又冥冥注定。

整座花园背靠逶迤起伏的卡梅尔山，自山脚至山顶垂直高度约225米，花园中心是巴孛陵寝，金色半球形穹顶位于40米高的乳白色圣殿之上，在阳光下熠熠生辉，宛如一颗璀璨的明珠。

巴哈伊教认为：上帝唯一，人类一体，宗教同源。不同的宗教和宗教历史是上帝对人类旨意即天启的不同阶段。全人类已经到了一个在世界范围内团结平等、

和平相处的时代。

由于这一新兴宗教具有更为现代化的内容及简化的宗教仪式，因而曾发展迅猛，但亦经历曲折。

巴哈伊教起源于伊朗，由对“千禧年”的信奉演化而来，信仰者期待着新千年的出现。1844 年是伊朗国教什叶派伊玛目所谓隐遁的第一千年。因此，他们被认为是伊玛目派的分支。

巴孛在伊朗的设拉子建立，巴孛意为大门，信奉者期待着他的出现能开启新纪元。

不过，巴哈伊教在兴起的过程中，因其教义杂糅了道教、基督教、伊斯兰教等多种思想，在正统的基督教、伊斯兰教看来是一种异端。新兴宗教的传播使信众与统治阶级产生矛盾，巴哈伊教信众的起义亦遭到残酷的镇压。

很快巴孛就因涉嫌煽动暴乱被当局镇压，于 1845 年被捕，1850 年被处死。被处死之前，他预言救世主——“上帝昭示天下者”很快就会降临。大约 2 万名巴孛的追随者在波斯各地的一系列屠杀中丧生，剩余的信徒后来逐渐发展成巴哈伊教徒。

1891 年，后任教主巴哈欧拉亲选先知巴孛的长眠之地，陵寝工程开工。

1921 年，巴哈欧拉长子阿博都·巴哈去世后，巴哈伊教的圣护守其曾孙守基·阿芬第继续其未完成的事业。

1948 年，巴哈伊教被联合国承认。1962 年，巴哈伊教在海法建立总部——世界正义院。

巴哈伊教约于 1924 年由美国的罗德女士传至中国广州，并在某种程度上得到孙中山先生的认同，却未见有什么发展。

2001 年 5 月 22 日，这一耗资 2.5 亿美元，前后历时达 100 多年的建筑工程——巴哈伊花园终于落成。巴孛的遗骨埋葬在庄严的金色圆顶神殿里，遥望波光粼粼海法湾，四周环绕着美丽的空中花园。

在文化意义上，所有的宗教都曾是革命者，所有的宗教都曾经是新兴的力量（邪教除外）。

宗教认同的差异引发族群冲突，抑或达成和解？在拉宾广场，在巴哈伊花园，我都感受到历史的声音。

2016 年 2 月 10 日

圣城拿撒勒

拿撒勒是耶稣基督的故乡。福音书中描述他的父母木匠约瑟夫和圣母玛利亚住在这里。

在拿撒勒，天使长加百利到玛利亚那里告诉她，她将因圣灵怀孕，所生的是救世主，耶稣降生后就是在这里长大。

拿撒勒在教会早期就被基督徒视为圣地。7 世纪后，此地开始由阿拉伯帝国统治。

十字军东征时，拿撒勒城被占领。

1291 年，阿拉伯人重新占领拿撒勒。

1300 年，方济会士在拿撒勒建了一座修道院及教堂。不久，方济会士被逐出拿撒勒，直到 1620 年，重返拿撒勒，建立了教堂、修道院及学校。

今天拿撒勒是以色列最大的阿拉伯人为主的城市。

拿撒勒最瞩目的建筑物之一是报喜堂。报喜堂在历史上经过数次拆毁和重建，如今的建筑是在同一地点上建立的第五座教堂，位于天使向圣母玛利亚问安报信的地方。报喜堂的绘画来自不同国家，圣母与圣子像别具特色。报喜大教堂旁边是在古代农舍废墟上建起来的圣·约瑟夫教堂，相传圣母玛丽亚的丈夫约瑟夫曾在这里经营木工店，教堂是在玛丽亚的故居上修建的。

昔日的拿撒勒只是一个四面环山的小小村庄，今却成为全球数亿基督徒向往的圣地，因为这里有世界上最伟大的女性——圣母玛丽亚。我心怀敬畏地步入报喜堂，感受这里的庄严和神圣。室内保留着天使报喜岩洞，传说是圣母玛利亚生活的地方。一层地面是一块围起来的马赛克地面，是十字军时代的遗迹。百合花状的穹顶、彩色玻璃、繁复的细节装饰，处处散发着难以言表的瑰丽，衬托着一幅幅安详的圣母圣子像。宗教与世俗生活在这里融合。

我始终认为，审慎、辩证、客观地看待宗教文化，是学者做研究最基本的姿态。

2016 年 2 月 12 日

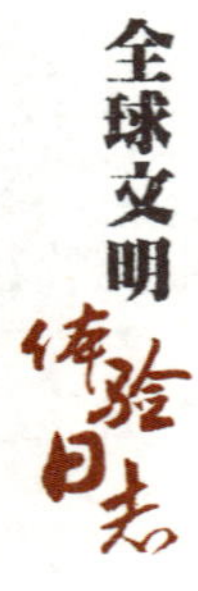

苦路虽短 救赎漫长

2000年前，耶稣因犹大的出卖，被判有罪，千万城民要求钉死这位号称是“弥赛亚”（救世主）的人。在这里他的头被戴上刺冠，身负沉重的十字架，受尽鞭笞皮肉之苦、嘲弄唾骂之辱，最终被钉于十字架。用生命救赎世人的这条“苦路”，伸展在耶路撒冷老城中心，如今已是穆斯林聚集的生活区。

在这里翔实地记录着耶稣受审、定罪、第一次跌倒、遇见母亲玛利亚、古利奈人西门帮耶稣背十字架、妇女薇若妮卡为耶稣擦汗、被钉在十字架上、被从十字架上取下及埋葬、复活等人生最后的14个生死历程。

也是这条路，使犹太人背上了出卖耶稣的罪名，从此犹太教与基督教相互仇恨达千年之久。

耶稣被钉死，成就了基督的救赎义举。

人类的发展历程就是一条苦路，由于受到现实生产力的限制，对世界的认知总是非对称的；由于认知的有限性和宇宙的无限性，面对大自然，人类将处于而且永远处于被动状态。人类犯错误是必然的，而且将继续下去，错误的认知必然与人类共始终。

在这样的状态下，人类怎样自我纠偏，才能使错误成本不致过度放大，这需要有人挑战现有的规则，进行创新。而由于认知的惯性及现实利益，社会与既得利益者都会加害叛逆者，叛逆者都会付出相应的代价，而这种代价的付出，往往最终的受益者为社会和普罗大众，所以这就成了救赎，为普罗大众的错误认知付出代价。

无论宗教改革，还是政治改革、社会改革、文化改良等，莫不如此。

判处耶稣钉死十字架的不仅仅是彼拉多，“彼拉多想要释放耶稣，无奈犹太人喊着说：‘你若释放这个人，就不是恺撒的忠臣。凡以自己为王的，就是背叛恺撒了。’”（《约翰福音》19：12）。

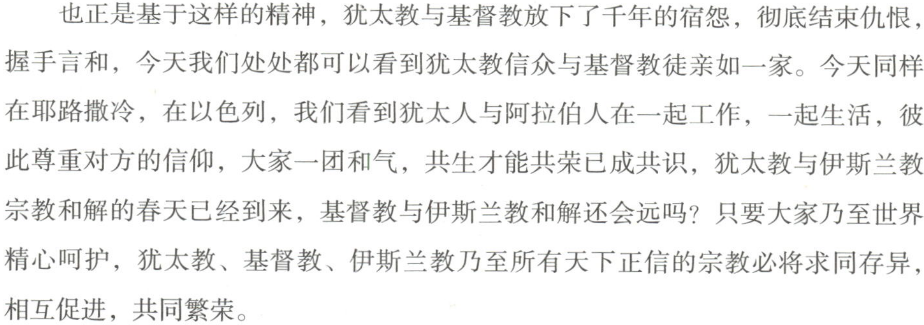

救赎者为被救赎者献出了生命，被救赎者自省后良知不安，愧疚感开始神化救赎者，于是耶稣就成了“弥赛亚”！

苦路，是救赎者的苦难之路、奉献之路、人格升华之路、人类忏悔之路。

苦路也是思想碰撞、文化冲突的和解之路。

耶稣为众生的和睦与和平，以自我的牺牲，寻求社会和解，谱写大爱的真意：人类要相互爱，不要相互恨。

也正是基于这样的精神，犹太教与基督教放下了千年的宿怨，彻底结束仇恨，握手言和，今天我们处处都可以看到犹太教信众与基督教徒亲如一家。今天同样在耶路撒冷，在以色列，我们看到犹太人与阿拉伯人在一起工作，一起生活，彼此尊重对方的信仰，大家一团和气，共生才能共荣已成共识，犹太教与伊斯兰教宗教和解的春天已经到来，基督教与伊斯兰教和解还会远吗？只要大家乃至世界精心呵护，犹太教、基督教、伊斯兰教乃至所有天下正信的宗教必将求同存异，相互促进，共同繁荣。

2016 年 2 月 29 日

哭墙祈福万世太平

哭墙，长约50米，高约18米，由大石块垒筑而成，是古犹太国第二圣殿护墙的一段，也是第二圣殿护墙的仅存遗址，距今已有2000多年的历史。[①] 对于流离失所的犹太民族来说，这个久经沧桑的犹太国遗址无疑成为其最神圣的精神家园。

在哭墙下祈祷是犹太人生活非常重要的一部分。祈祷时，男女分开进入广场墙前不同的区域，且男士必须戴上犹太人传统的帽子。许多徘徊不去的祈祷者，或以手抚墙面，或背诵经文，或将写着祈祷字句的纸条塞入墙壁石缝间。历经千年的风雨和朝圣者的抚触，哭墙石头也泛泛发光，浸着水珠，如泣如诉。

哭墙是民族心灵的伤痕，在这堵残垣之上谱写着犹太人千年流浪的血泪。他们曾被迫沦为埃及的奴隶、巴比伦之囚，被希腊人统治，被罗马人灭国，四处流

① ［英］阿伦·布雷格曼，著．以色列史［M］．杨军，译．上海：东方出版中心，2016.

亡……斑斑血泪，世上很难再找出这么苦难的民族了。更甚的是“二战”期间，600万犹太人冤屈惨死，让人类永远记住纳粹的滔天罪行，以自己几乎亡种灭族的惨痛代价警醒人类，历史决不能重蹈覆辙！正是基于此，以色列在全球同情的目光中立国，犹太人终于有了自己的国家。

哭墙告诉我们：铭记历史的痛，活在当下，开创未来，让仇恨之根开出大爱之花。

以德报怨，方为伟大；以爱消恨，成就崇高！

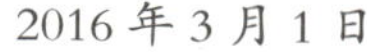

2016年3月1日

宁为自由而死的马萨达精神

公元66年，犹太人首次掀起反对罗马残酷统治的起义。罗马的第九个皇帝维斯帕先于公元70年8月派重兵攻破耶路撒冷，无数犹太人惨遭屠杀。义军残部撤退到马萨达要塞，顽强抵抗罗马军的围攻，坚持了2年多的时间，也曾给敌人以重创。

公元73年4月15日破城，所有守城将士集体殉难。

殉难前，起义领导人爱力阿沙尔发表演说："我们是最先起来反抗罗马，也是最后停止抗争的人。感谢上帝给了我们这个机会，当我们从容就义时，我们是自由人！不论敌人多么希望我们做俘虏，但他们没有办法阻止我们。遗憾的是我们没能打败他们，但我们可以自由地选择与所爱的人一起去死。让我们的妻子没有受到蹂躏而死，孩子没有做过奴隶而死吧！……我们宁愿为自由而死，不为奴隶而生！"

这次自杀殉难总计960人。

从此以后，犹太人失去国家，流落世界各地，在艰苦卓绝中漂泊了近2000年。

马萨达是犹太国的生命绝唱，正是这一决绝的"为自由而战、自强图存"根植于民族基因的精神，犹太人纵然颠沛流离2000年，依然牢记民族的文化、信仰，无论环境如何恶劣，不改初衷。

马萨达用犹太人血的代价，换来了民族的"永不陨落"。

"二战"使600万犹太人被纳粹大清洗，使犹太人痛定思痛回到祖先的土地上去，复兴大卫王的光荣与辉煌，梦想染红了他们重返耶路撒冷的道路。

犹太人几乎亡种灭族的悲惨遭遇，让世界为这个不幸的民族默默垂泪，因而才有了对其立国的支持，成就了犹太人复国的梦想。

1947 年 11 月 29 日，第二届联大通过了 181 号决议，规定在巴勒斯坦的土地上建立两个国家，即阿拉伯国和犹太国，耶路撒冷市由联合国进行特别管理。

1948 年 5 月 15 日，犹太临时政府单方面宣布成立以色列国（而没有采用“犹太国”做国名），次年 2 月立宪会议召开，通过一部临时宪法，宣布国家为民主共和国。本·古里安就任以色列第一任总理。

在本·古里安宣布建国 17 分钟后，美国宣布承认以色列。

5 月 17 日，苏联宣布承认以色列。世界各国纷纷响应。

一个古老而现代的国家由此诞生。

一切似乎冥冥注定。“我在怒气，愤怒和大恼恨中将以色列人赶到各国，日后我必从那里将他们招聚出来，领他们回到此地，使他们安然居住。”（《耶利米书》32：37）但神毕竟只是心理暗示，主因在于文化动力和自身的勤奋。

犹太人凭着永不陨落的马萨达精神，创造了一个又一个奇迹，在这片荒凉的大地上建起了高楼大厦，发展高科技，一改往日放羊牧驼的游牧方式，把荒漠建成绿洲，在沙漠里种蔬菜，出口世界各地。以色列，这个神赐的名字，凭着马萨达精神，犹太人把这块土地变成了真正的“流着奶和蜜之地”。

犹太人的骄傲不只如此。世界上获诺贝尔奖的科学家中，17%是犹太人。人口不多，大师辈出：哲学大师弗洛伊德、思想家马克思、科学家爱因斯坦、音乐家门德尔松、艺术大师毕加索、原子弹之父奥本海默、传奇商人哈默、政治家基辛格等。

一个人的成功在于自身努力，一个民族成功必定是文化使然。

文化不灭，民族必兴！

马萨达，永不陨落的追求自由精神，自强自立的昂扬精神！

2016年2月16日于耶路撒冷

穿越时空的阿克古城

我们看历史，想当然地认为信仰就是现实的全部。

事实上，在以色列北部，我看到在这个世界最古老的城市之一阿克古城，生活才是人们的第一选择。

每个人都要结婚生子，柴米油盐，工作挣钱，出国度假，与其他人别无二致，政治与信仰没有我们想象的对巴以人民那么重要。

在这里，阿拉伯人、犹太人及不同肤色、种族的人们和睦地生活在一起。犹太教、基督教、伊斯兰教、巴哈伊教、天主教各念各的经，各诵各的号。

相安无事。

不错，这就是阿克，一个有着5000多年历史的老城，它曾经是迦南人的一个部落，后来逐渐发展成为从地中海东岸通往西亚内陆的重要商业口岸。这里曾是十字军东征时所建立的耶路撒冷王国的首都和最后据点，完好地保存了千年之前十字军时代的城堡、清真寺、商栈和土耳其浴室等古建筑和古城垣、客栈等古老遗迹。

1291年，阿克被阿拉伯人攻占。

今天，古城里依然生活着不少阿拉伯人。

走在这里，恍如隔世。

在这座千年的城市里，阿拉伯人依然在这里繁衍生息。千年的生活方式，千年的街道、圣殿、客栈……都在这座老城里沉淀、封存，而又鲜活地展现在人们的面前。

恍惚是必然的。

究竟是在中东的阿拉伯国家，还是犹太人的以色列？

究竟是千年前的中世纪，还是21世纪的今天？

有时，历史与现实，没有那么截然的分别。

2016年2月11日

佩尔格废墟之上

公元前2000年，早期的赫梯人在此定居，并初创文明，这些在安卡拉的博物馆里都有着系统的展示。

公元前7世纪，来自爱琴海和小亚细亚的希腊人征服了这一地区。1个世纪后，波斯人和亚历山大大帝等相继成了这里的主人。公元前2—3世纪，佩尔格又处在罗马人统治下，在东罗马帝国时期与奥斯曼帝国时期为东地中海重要港口，因为位置重要，在迎来鼎盛时期的同时，自然就成了兵家必争之地，也成就了多文明的荟萃。到了公元5世纪，基督教的文明传播到这里；而进入13世纪，塞尔柱人又成了佩尔格古城的新主人；奥斯曼人最终在15世纪时统治了佩尔格。

城头变换大王旗，不同的文化背景，不同的图腾，不同的制度，却留下了相同的东西——废墟！也即岁月沉淀下来的痕迹。行走在废墟上仿佛在与历史对话，句句叩问心灵。

爱奥尼柱式凝固着希腊人的独特审美，而精美的科林斯式石柱却在诉说着久远罗马的浮华。

这样的废墟我见过太多，在意大利、在约旦、在以色列，以至于有时精神恍惚，无法回到现实。无论如何，一切都过去了，曾经的征服者化为了灰烬，曾经的被征服者也成了尘埃，而唯一能够留下的，且永垂不朽的却是文化，在文化价值的天平上没有征服与被征服，只有是否厚重，能否传承于世。

2016年2月15日

圣诞教堂　文化自觉

圣诞教堂坐落在约旦河西岸的伯利恒，相传是耶稣基督的诞生处，是迄今最古老的基督教堂，先后被罗马人、波斯人、阿拉伯人、十字军和土耳其人等占领，历经沧桑，多次遭遇毁坏、修葺和改建，现由希腊正教会、天主教会、科普特正教会、叙利亚东方正统教会和亚美尼亚使徒教会联合管理。耶稣就是于此处一个13米长、3米宽的地下岩洞的马厩中诞生。最初的泥马槽早已被替换成了大理石圣坛，耶稣降生的具体位置也已为镶嵌着一枚空心14角的伯利恒银星所示，其上镌刻着拉丁文：圣母玛利亚在此生下基督耶稣。15盏代表基督教各派的银制油灯悬挂上空，昼夜不息地照耀着这一神圣的角落。

耶稣的诞生，驱逐了黑暗，点亮了穷人的精神世界，让底层的民众不惧现实，对未来拥有了信心。

弥赛亚，信则有，不信则无。因为时间的轴线是无穷的，总有一天，万物自会轮回，正义必得彰显。虽然未来是遥远的，但因为有末日审判，未来就是可期的，甚至是触手可及的。

所有的宗教都相信善恶报应，都相信终极的正义，所以人们才会遵守道德和律令，这才是宗教存在的价值与理由，也是宗教传承的内在动力，人民需要，社会需要，国家更需要，它低成本地完成了人的自我教化，弥补了法律刚性之外的柔软，使社会变得温情，这样国家才能长治久安。

从这个意义上讲，宗教就本质而言是一致的，再大的矛盾与冲突都可以调和，无非是利益边界的划定。无论获得再大的利益，都必将因为炮火而化为灰烬，基于此，所有的矛盾也都是可以调和的。

2016年2月28日

铭记大屠杀　人性再修炼

大屠杀纪念馆于2005年在耶路撒冷的旧馆基础上建成，占地4200多平方米，为棱柱三角结构，代表着六角大卫星（以色列国旗标志）的下半部，预示全球近一半的犹太人被屠杀。该馆共有10个展览室，棱柱体长廊是纪念馆的中轴线，每一间展馆诉说着大屠杀浩劫史的不同章节。馆内通道狭窄，两面高墙向内倾斜，光线惨白，所有的时空、光影都在暗示着夹缝求生的犹太人所受到的压抑和迫害，出口处的光明则代表犹太人对自由和美好生活的向往。

走在纪念馆中的每一步都是沉重的，600万无辜生命就此陨落，其中包括150万儿童！在儿童馆，一片漆黑，只有无数的小亮星悬在夜空，凝重的空气中传来念诵每一个儿童名字的声音，声声入心，仿佛在拷问人类：人性何在？

人由动物进化而来，但进化得并不彻底，还残留着兽性的基因。

人类基因中有着兽性的同类相残，特别是在特殊的背景下，如：生存竞争、利益分配、文化冲突等。

这种基因缺陷没有自我修复的能力，必须靠外在的力量干预。

一种干预是提高生命科学的水准，通过基因改造实现物种的优化，如同现在已经取得的转基因技术在农业方面的应用；另一种干预则是文化的疏导，通过文化引导，实现文化自觉，进而保留并提高人性中高尚的方面，剔除人性中的劣根性。

科学技术是工具理性，优点是可能从根本上解决人类的残暴性，使人类基因彻底优化；缺点是风险极大，一旦失败，将等同自我毁灭。转基因食品的潜在风险尚不确定，何况人乎？

文化引导属于价值理性，优点是成本低，易操作，可行性强；缺点是不能根治，容易复发。

科学技术如西医治癌，进行化疗，目标是根除病灶，但往往杀死癌细胞的同时也杀死了正常细胞，要么痊愈，要么加速病人的死亡。

文明教化如同中医，八纲辨证施治，由内自外激发人的抗体，但周期长，难以根除。

最好的策略就是中西医结合。基因改造要大胆假设，小心求证。文化引导要持之以恒，循序渐进；由量变到质变，日积月累，通过人类进化，亦可实现基因优化。只有如此方能实现人性的塑造，为人类的基因缺陷打上补丁，纳粹大屠杀的暴行才不会再次上演。

2016 年 3 月 1 日

拉宾广场朝圣和平

“砰”！

胸口一痛，一股暖流从心脏处喷薄而出。

五光十色的世界，顷刻间，周遭蒙蒙的红晕，浸染着所有的空间。

身体柔软地坠落下来，如沙堆似地瘫在地上。

“砰”！

又一声，有些沉闷，子弹从身体穿过时，像是树上的熟果跌落到河中，不知不觉，一股气息从身体中飘出去，袅袅娜娜，如夕阳下的炊烟，散在渺渺夜空……

永别了，苦难之邦；永别了，“上帝的选民”。

以色列，特拉维夫，拉宾广场，拉宾被谋杀处。

今天我就站在这样一个地方，仿佛穿越时空，回到1995年拉宾遇害的现场。21年来，我脑海中无数次涌现拉宾遇刺的场景，为和平而殉道的悲情画面。

拉宾出生于以色列本土，戎马半生。

在以色列独立战争中，他指挥了耶路撒冷防御战，为以色列建国立下了赫赫战功。

1967年，他指挥著名的“六日战争”，大胜埃及、约旦和叙利亚。此次战役成为军事史上的经典案例。拉宾被誉为以色列的民族英雄。

1974年，拉宾第一次当选总理，时隔近20载的1992年，他再次当选。

这位从战争中成长起来的将军，深知以血还血，只会血流成河，穆斯林和犹太人并没有血海深仇，有的只是民族主义主导的宿怨。

只有忘却仇恨，才是对先人最好的纪念。

所以，他不顾种族、肤色、语言的差异，坚定地站在和平的一边，极力推动中东和平进程。

1994 年，和平条约的签署，结束了以色列与约旦两国长达 46 年的战争状态，拉宾与佩雷斯、阿拉法特共获当年的诺贝尔和平奖。

然而这位以色列总理却被以色列极右势力视为“犹太民族的叛徒”。最后被一位同胞以爱国之名刺杀身亡，举世震惊。

拉宾遇害后，为了纪念这位为和平而倒下的总理，特拉维夫国王广场更名为拉宾广场。

如今，在拉宾广场边的地面上清晰地标记着当年拉宾被枪击的准确位置。

今天，我站在拉宾广场，站在拉宾倒下的地方，感伤不已。

回忆起拉宾遇害的当天，我从电视上看到新闻报道，在大学图书馆的阅览室里潸然泪下，并写下纪念长诗《永生的天使——悼拉宾》，后来该诗发表在校报上。

哀伤是我对英雄的缅怀，更是对世界宗教大和解、人类永久和平的期盼！

人类的相互屠杀，无论冠以何种主义，其本质都是对真理、对宗教的无知所致！

而今的特拉维夫平静祥和，很多巴勒斯坦人在这里工作生活，他们与犹太人和睦相处。

夜色中的特拉维夫，海风和煦，海涛声声，酒吧里坐满青年男女，欢声笑语，大街两侧霓虹闪烁，与电视新闻上报道的动荡不安的以色列截然不同。

这才是我们期待的特拉维夫。

2016 年 2 月 9 日于特拉维夫子夜

耶路撒冷

——文明融合实验室

“纸上得来终觉浅，绝知此事要躬行。”

真相与真知可能就在现场，万里路有时更胜万卷书。

本着知行合一、体用不二的治学理念，踏上以色列与约旦的文化考察征途，其间脚崴伤了，一路颠簸终成现实。

9天之行，遍及各大废墟、古城、社区、小巷，马不停蹄。但毕竟是走马观花，很多史籍未查，所以，一切都是碎片，一切都是随思，甚至是臆想。经不起推敲，不能以学术标准规范待之。

姑妄言之，姑妄听之。此行受“文明冲突”思想影响，我很不认同其观点，故有此行，以探究竟。

塞缪尔·亨廷顿（Samuel P. Huntington）的《文明的冲突与世界秩序的重建》一书出版后风靡全球，他认为：冷战后的世界，冲突的基本根源不再是意识形态，而是文化方面的差异，主宰全球的将是“文明的冲突”。

其弟子弗朗西斯·福山（Francis Fukuyama）在其书《历史之终结与最后的人》中指出，伊斯兰世界的问题“不是文化冲突，而实质上是政治激进主义，与文化无关”。

亨廷顿看到了意识形态的阶段性和文化的可持续性与稳定性，但他依然用工业文明的视角看待文化的冲突，而忽视了文明更迭中新文明时代背景下的矛盾形态的转换。

信息文明在颠覆工业文明生产要素的同时，亦必然颠覆意识形态的对立关系，未来的世界不再是非此即彼的博弈，融合发展是基本趋势，共生共存既是基本态势，也是不可改变的现实。

文化将在融合中相互发展，共生共荣，逐步趋同。

福山看到了伊斯兰的现状，却没有觉察到现状背后的成因，伊斯兰面临的是信息文明背景下的文化融合与文化革新问题，用农耕文明的规则对应信息文明，必然不合时宜。

政治激进主义就是文化的保守主义，不是与文化无关，恰恰相反，是与文化完全正相关。

两人都看到问题的一个方面，但都忽略了文明更替中生产要素变更必然带来的上层建筑的变迁，属于用旧眼光看待新问题，仅仅看到了问题的物理表象，而没有看到化学反应的质变动因，可谓知其然而不知其所以然。

对于这一点，只要站在耶路撒冷，就会一目了然。

在耶路撒冷，犹太教、基督教、伊斯兰教三教你中有我，我中有你，一座教堂，三教朝圣，是共同的精神家园，怎么可能分割？一座城市，犹太人、阿拉伯人、亚美尼亚人（逃难至此）都视其为家园，怎么能分割？

现实不可分割，必然要学会和平相处。

信息文明将进一步弱化空间的概念，全球化将使世界变成地球村，同在屋檐下，同饮一江水，已成事实。

空间缩短人与人之间的距离，文化以空间为载体，也必然进行融合，不同特质的文化融合，必然发生化学反应，产生新的文化，这就是文化创新。

创新的文化蕴含各方文化的共同点，文化趋同自然而然。

站在耶路撒冷看耶路撒冷，未来的耶路撒冷必将成为人类不同文化、不同信仰和睦相处的典范，这是不可改变的现实使然，也是文化发展的趋势使然。

站在耶路撒冷看世界，未来的世界必然是个大家庭，不分肤色、地域、文化、宗教，彼此取长补短，逐步趋同，美美与共，世界大同！

世界潮流，浩浩荡荡，信息文明滚滚而来，识时务者方为俊杰！这就是耶路撒冷之行的感想，如果将来有机会结集付梓，意取其名曰“文明的融合”。

2016 年 2 月 17 日

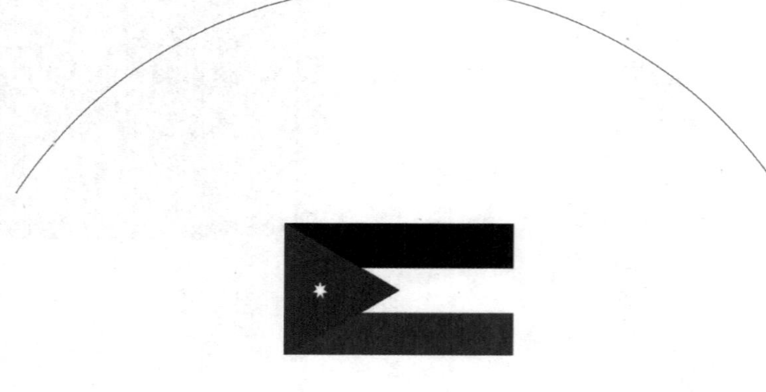

约旦

Jordan

废墟折射的文明

——佩特拉

佩特拉，又一座废墟；既让人惊叹，又让人惋惜！

古城位于约旦南部沙漠距首都安曼约 260 公里、海拔 1000 米的高山峡谷中。整座城市几乎全在岩石上雕凿而成，被誉为“隐于沙漠峡谷的玫瑰古城”。

佩特拉为纳巴泰人（古代阿拉伯部落）的王国首都，是他们在大约公元前 3 世纪到前 2 世纪时所建的城市：金碧辉煌的国王金库、规模宏大的大剧院、蜿蜒曲折的引水渠、气势磅礴的国王陵墓、庄严巍峨的大神庙！

这一峡谷，曾让攻城的罗马军团一筹莫展，侦察兵最终发现了纳巴泰人的软肋：水源囤积在城外。公元 106 年罗马帝国军队掐断其水源，佩特拉不攻自破，沦为罗马帝国的一个行省，但繁华依旧。3 世纪起，佩特拉开始衰落。7 世纪被阿拉伯军队征服时，已是一座废弃的空城。

纳巴泰人自公元 3 世纪后突然在历史的长河里消失了，音信杳无。而佩特拉直到 1812 年才为瑞士旅行家重新发现，湮灭千年的古城得以重见天日。

这个民族的两万族众去了哪里？这么宏大的建筑，没有精确计算无论如何是做不到的，他们的营造法式是从哪里学来的？他们创建了这么大的城市，其管理必然要有规则法度，这些记录都在哪里？其典籍又藏在哪里？甚至连他们坟墓里

的尸骨也荡然无存。

比纳巴泰人创造更辉煌文明的古埃及人、玛雅人去了哪里？乃至宋辽时期的党项人又在哪里？

纳巴泰人不过区区 2 万人，而古埃及人、玛雅人、党项人则多达几十万乃至百万！

这些人代表的文明短则数百年，长则数千年，文明命运谁主沉浮？

哪里是文明的支点？

太多的悬疑，让文明的进程扑朔迷离。

文明的进程有无规律？文明的博弈有何规则？文明间的优胜劣汰谁人裁定？

当今的霸主美国建国不足 250 年，雄霸全球不足百年，其未来命运几何？

衰落的欧洲何去何从？会不会像纳巴泰人那样消失在历史的长河？

日本的经济气数是否已尽？还有没有回光返照的可能？

曾经与美国逞强斗狠的俄罗斯的经济会崩溃吗？其能否起死回生？

21 世纪是中国的世纪吗？未来的中国能否复兴？

引领全球的模式究竟是什么？中国的文化能支撑吗？

论据，离我们越来越近；论证，路径越来越清晰；结论，必将水落石出。

拨去重重迷雾，触摸文明的废墟，踏着文明的轨迹，求索新文明的崛起。

2016 年 2 月 15 日

罗马之外的罗马：杰拉什古城

跋涉在西亚、欧洲与北非，无论你的脚步行走多远，都绕不开一个伟大的名字——罗马。

有人问我最喜欢国外的哪个城市？

罗马！每次都是脱口而出。

踩在罗马城的大地上，腿都会感到软绵绵的，因为脚下就是3000年的帝都文明，每一步都在度量着文明的深沉与厚重。

我沉醉于文明，更沉醉于文明的废墟。

文明是喜剧，但废墟则往往是悲剧。悲剧就是把美好的事物撕裂给你看，让你看后有撕心裂肺的疼痛，疼痛之后就是沉思，之后就是反省，继而是思想沉淀。

社会科学就是在反省中蹒跚前行，它不是装饰品，也不是奢侈品，更不是面子工程，而是实实在在的实践性学科。服务现实，推动社会，发展国家是其职责所系，也是其存在的价值。

管理哲学就是这样一门社会学科。

如果用哲学的眼光看罗马，可能更多是哲学与政治学的价值；

如果用管理的眼光看罗马，则是独立成册，可圈可点处不胜枚举；

如果用管理哲学的眼光看罗马，它依然是未开启的宝藏，大家只是在门前徘徊。

谁来轻叩这座庄严雄伟的宝藏之门？

罗马太遥远，我们先从眼前这座“罗马之外的罗马”开始吧！

杰拉什古城，是一片废墟。这片废墟将数千年的历史呈现在人们面前。虽然两河流域文明和古希腊、古罗马文明已经湮灭，但这些雄伟的建筑遗迹，耸立于山顶的宙斯神庙、气势恢宏的月神阿耳忒弥斯神庙、古希腊竞技场、富丽堂皇的椭圆形广场、如队列般整齐的科林斯式石柱组成的罗马大街、哈德良凯旋门……仍然折射着辉煌文明成就的光芒，就是这片废墟无声述说着罗马往昔的鼎盛。

公元前 1600 年，杰拉什就有人居住生息。公元前 64 年，罗马军队占领了叙利亚及其南部包括杰拉什在内的一些城镇之后，杰拉什才逐渐按照罗马建筑风格发展，建起许多神殿、庙宇，并成为古罗马帝国的重镇，是罗马行省最大的城市之一。当年罗马帝国从这里出发，向西征服了叙利亚。

哈德良（公元 117—138 年在位）是罗马帝国安敦尼王朝时期，罗马帝国最发达和最繁荣时代的第三位皇帝。公元 129 年，为了迎接罗马皇帝哈德良的来访，杰拉什人专门在城市南部兴建了一座雄伟的凯旋门，命名为哈德良凯旋门。

公元 3 世纪初叶，由于罗马帝国政治动乱，杰拉什一蹶不振。以后随着拜占庭帝国的兴起、波斯人入侵和王朝的更迭，杰拉什又经历几度盛衰。公元 8 世纪中叶，阿巴斯王朝兴起，定都巴格达，后由于杰拉什经历几次强烈地震，许多建筑毁于一旦。公元 9 世纪，具有悠久历史的杰拉什销声匿迹。

1806 年，德国旅行家欧里赫发现了杰拉什。于是自 1920 年起，考古队在该城不断发掘出沉睡了几千年的文明古迹，杰拉什终得以重见天日。

杰拉什古城经历了古希腊、古罗马和拜占庭、阿拉伯伍麦叶王朝和阿巴斯王朝，几度盛衰，是在希腊和意大利之外世界上保护最完好的古希腊、古罗马城市，有着“中东庞贝”的美誉。

条条大路通罗马，指的就是这直通罗马的杰拉什！

2016 年 2 月 14 日

伊朗

Iran

波斯与伊朗的时空交错

四下中东，此行只有一个目的地——波斯，为此次田野考察，我一年来查阅了《伊朗史》（埃尔顿·丹尼尔）、《剑桥伊朗史》《伊朗伊斯兰教史》《中东二千年》（伯纳德·路易斯）、《中国伊朗学论集》（姚继德主编）、《二十世纪伊朗史》（冀开运、蔺焕萍）、《伊朗文化及其对世界的影响》（萨法）等上百万字的史料和文献，针对文明比较中所有可能涉及的关注点和价值点，做了必要的梳理，特别是困惑处，需要现场印证的，我都做了路线的计划，恰好北大清华组团，路线合适，带着儿子，借助寒假，得以成行，省去一人背包的不少麻烦，亚兹德－设拉子－伊斯法罕－德黑兰，一路走来我将一一求证此前的种种假设。

中国和伊朗的交往，可以追溯到公元前 2 世纪。西汉时期，张骞派副使到安息（伊朗），打通了中国至罗马的商贸通道，也就是古丝绸之路，自此中伊两国文化交流源源不断，虽非主流，但不可或缺，两千年来不曾中断。

历史的节点发生在 1979 年。1979 年 1 月，伊朗发生了伊斯兰革命；而前一个月，1978 年 12 月，中国共产党十一届三中全会召开，中国实行改革开放。40 多年来，两个古文明大国的国运盛衰沉浮，预知其中端详，还要认真研究一番关于这个国家的前世今生。

这就是文明比较学，其交叉性强，知识跨度大，研究方法烦琐，田野考察成本高，科研结论抽象，做的是吃力不讨好的苦差事，甚至在圈外人看来是纯粹犯傻，但这样高成本低收益的不务实研究，在我看来未必就没有价值，恰恰是不能当下变现的学术往往经得起岁月的洗礼。

不错，此行波斯首站就是被称为“地球上最古老的人类居住城市”——亚兹德，拥有 5000 年以上的历史，地处戈壁深处、沙漠边缘，就是这里，还保留着人类最早的宗教之一——琐罗亚斯德教，也称为“祆教”或“拜火教”，我将登临举行天葬的寂静塔，查看其构造，并观览保存1550年圣火的火神庙，思考中国五行文化、印度的“地、水、火、风、空、识”、六大元素和基于二元对立宇宙观的祆教有无逻辑原点？琐罗亚斯德教和犹太教、基督教、伊斯兰教彼此间交互关系及其竞争性又如何？

在南部的设拉子，那里有波斯波利斯——“波斯之都”，这里掩藏着大流士一世薛西斯一世的雄心，也有着亚力山大的滔天仇恨，在这座孤独废墟，我就求索这个世界最早创建横跨亚欧非三大洲的帝国——波斯第一帝国的盛衰荣辱，波斯波利斯对波斯这个民族性格塑造产生了哪些影响？为波斯文化培育了哪些基因？

回程向北，走向伊斯法罕，在伊斯法罕皇家广场，萨法维王朝历代帝王曾在这里居住，1502年，伊斯玛仪自立为伊朗王，建立萨非王朝，并宣布伊斯玛仪为“隐遁”的伊玛目的代理人，立什叶派十二伊玛目派教义为波斯国教，史学家称其为“真正的波斯伊斯兰什叶派国家的缔造者”。这涉及苏菲派，在这里我尝试着帮大家理清逊尼派、什叶派错综复杂的关系，并尝试解读派内生派、党内有党的中东穆斯林之间的恩怨情仇，以寻求同教之间的宽恕与和解。

我们会在10天考察后回到德黑兰，参观尼雅瓦朗宫，在1979年伊朗大革命之前，这里是巴列维王朝王宫，这个王朝终结了波斯，开启了伊朗，德黑兰完成了波斯与伊朗的时空交错。

1979年，一切都改变了，伊朗成了当今世界上唯一一个政教合一的伊斯兰共和国，在这个神权宗教国家里，最高领袖哈梅内伊提出“不要东方，也不要西方，只要伊斯兰”“伊斯兰教是解决问题之道”并对外输出革命。人均GDP从原来的世界人均水平的一倍多，直线滑落到不足世界人均的40%。巴列维时代，德黑兰时尚、摩登、繁华，是东方的巴黎，革命前1978年伊朗的人均GDP是2310美元，全球第九大经济强国；革命后封闭的40年后，2017年的GDP总量全球排名为第27名，整个国家的GDP赶不上我国上海一个城市。

40年前中国GDP只有3679亿元，人均GDP只有384美元，在全球200多个国家和地区中排在倒数第七位，不足伊朗人均的1/6。40年后的2018年突破90万亿元大关，中国经济总量居世界第二，人均GDP接近1万美元，是伊朗的2倍。

反思的深度决定认知的高度。经济现代化不一定带来政治现代化，一个致力经济改革的国王为何垮台？

在临死前，巴列维把自己的致命错误简单地归咎于：盲目相信西方，让国家超出它所能接受的程度“实行民主和现代化”。

当初伊朗共产党人也曾期望创造一种“伊斯兰马克思的意识形态”，企图以伊斯兰信仰的力量来动员民众，然后实行社会主义制度，当然这也是一厢情愿。

1979年，伊朗没有选择现代民主化的巴列维，也没有选择共产党，而是政教合一的霍梅尼，为什么？谁在为历史做出选择？

波斯的心理、文化、历史、宗教都值得反思。亚兹德－设拉子－伊斯法罕－德黑兰，我们一路求索。

2019年1月24日

为人类而战的诸神

——琐罗亚斯德教考察随想

本次伊朗之行考察的重点之一是古波斯文明，特别是对古波斯文明所产生的宗教——琐罗亚斯德教进行田野考察。琐罗亚斯德教，大家可能比较陌生，但是如果提起另外一个名字——拜火教，我想大家座谈会有所耳闻。今天，我想从这个宗教展开，简要分享一些对古波斯文明田野考察的理解。

伊朗这个国家和中国有很多相近之处。第一，都是文明古国、文明大国，两个国家的文明都是一脉相承的，历史非常悠久。其间都曾遭遇夷族入侵，但是文化没有中断。第二，中伊两个国家在历史上都是文明的中心，形成了自己的文化圈。如中国形成整个东亚地区的中华文化圈，古波斯形成了一个影响中东和西亚的强大波斯文明文化圈。第三，中伊两个国家在很早的时候就有文化的交往、相互的渗透，具体可追溯至公元前 2 世纪。据中国史书记载，西汉时期张骞派副使甘英到安息（伊朗），打通了中国经此至罗马的商贸通道，即古丝绸之路。此后，中伊友好往来连绵不断。第四，两个国家都有自己的本土宗教，且两个宗教都分别传到了自己文化圈之内的其他国家。中国的道教影响了周边的国家，古波斯产生的宗教也传遍了整个古波斯帝国以及古波斯帝国之外的国家，包括中国这样的远东国家。所以，两国的文明发展历程有很多相似之处。古波斯文明诞生的琐罗亚斯德教，是我们本次分享的主题。

中伊两大文明古国在现代化过程都遭遇了传统与现代的继承和发展问题。两国都属于被动型、后发型的现代化。而 1979 年这一年又非常不平凡，在这一年，伊朗发生伊斯兰革命；中国开始了改革开放，中国从此走向了现代化，才有了“中国奇迹”的出现。而伊朗经历伊斯兰革命之后，开始走向一种封闭、保守，最后被国际社会孤立。两国在同一年发生改革，但战略选择的不同决定了两个国家命运的不同。

中伊两个国家，文明有很多相通相似之处。但是因为在1979年这个历史节点的战略选择不同，导致两个国家走上了完全不同的发展道路，当然结果也完全不同。回望波斯帝国，解析波斯帝国的生死轮回，将是我们下次分享的主题。

一、神秘的天葬

在初中的时候，我特别喜欢拉美魔幻文学，因为它们非常富有想象力，这种想象力对于当时的我来说很神奇。其中一个作家，想必大家都知道，加夫列尔·加西亚·马尔克斯，他的作品《百年孤独》是魔幻现实主义文学的旗帜，其中对于土地有这样的描述："一个人如果没有亲属埋在这儿，他就不是这个地方的人。"这句话，当时对我产生极大触动。为什么？因为中国也是乡土中国。中国人对土地的眷恋可能超过任何一个国家。因为我就是从黄土地上走出来的，所以对土地的感情、对土地的眷恋，可以说感受很深。所以，马尔克斯的这句话给我留下极为深刻的印象。但是，这句话只能适用于大部分的区域、民众，对一个地方不太适用，那就是伊朗。为什么，因为伊朗有一个教：琐罗亚斯德教。这个宗教有一个特点，它认为水、火、土都是很神圣的，不能被玷污。所以他们反对水葬、火葬、土葬。他们举行天葬。什么叫天葬？就是在举行殡葬仪式的时候，神职人员会把人的衣服完全扒光，赤裸地放在寂静塔塔顶，任由鸟，特别是像秃鹫等猛禽，或者野兽来撕咬尸体。然后等一周之后，再把剩下的尸骨放到寂静塔三层（男人、女人和小孩）里面对应的一层。寂静塔被认为是恶神嬉戏的地方，信徒

一般不能到这个塔，只有一些神职人员和抬尸的人才能够去。

琐罗亚斯德教相信灵魂转世。人死之后，要把尸体放在寂静塔4天，来对他的人生进行总结。第四天，要经过一个裁判之桥，这个桥就像中国的奈何桥一样，在裁判之桥上对他进行审判，那些好人就进入天国。天国又分为善思天、善语天、善行天，最后进入光明天，也就是永恒的天堂。恶人要进入地狱，在地狱里要备受煎熬，这一点和基督教、犹太教、伊斯兰教非常接近。所以，从这个教义来看，后面的三个宗教都受到琐罗亚斯德教的影响。

二、拜火教的起源与宗教比较

我专门查阅了相关文献，对于这个宗教，其实国内很早就有研究，首次系统研究发端于史学大家陈垣先生的论文《火祆教入中国考》，但是随后的研究间断了，直至20世纪70年代再次启动，澳大利亚华裔学者柳存仁宣讲论文《唐前火祆教和摩尼教在中国之遗痕》，此文由中国台湾学者林悟殊翻译发表在1981年的《世界宗教研究》之上。中国香港学者对此教的关注略晚，如饶宗颐《穆护歌考——兼论火祆教、摩尼教入华之早期史料及其对文学、音乐、绘画之影响》、林悟殊《唐人奉火祆教考辨》《波斯拜火教与古代中国》等。随着史料的发现，20世纪90年代研究渐增，1997年，古波斯文化学者元文琪先生所著《二元神论——古波斯宗教神话研究》对其做出全面深入的研究。总的来看，学者对这个宗教的研究还是比较少的，所以能够查阅的材料比较有限。这次伊朗之行，我主要是考察一些文化残存的遗迹，比如寂静塔。

琐罗亚斯德教又称火祆教，或拜火教。为什么拜火呢？因为他们认为火神圣，每次举行仪式的时候会点燃他们的圣火。这次我看到了拜火教隐藏在深山中的不熄圣火，已经燃烧约1500年了，信徒一直保留着这个火种。圣火的具体年代现在很难考证，有的认为是公元前1800年，有的说是公元前1000年，有的说是公元前628年到公元前551年。这三个时间，我做了一个分析。

第一个时间：公元前1800年。有可能。为什么说可能呢？因为琐罗亚斯德教对后来的犹太教、基督教、伊斯兰教都有影响。而犹太教真正的发展、成熟时间虽然无法考证，据推测应该是公元前1200—539年。所以公元前1800年，有这种可能，但是没有文献来确凿地证明这个圣火源于公元前1800年。第二个时间：公元前 1000 年。相对来说这个时间比较可靠，因为这个时间与犹太教发展的时间比较接近，拜火教既然启迪了犹太教，肯定要在犹太教之前，所以这个时间是比较可靠的。第三个时间：公元前 628—前 551 年。我查了很多资料都是这个时间，我反倒认为这个时间不可靠，因为公元前 539 年犹太教已经完全成熟了，所以不存在琐罗亚斯德教启发犹太教的问题。

那么，我们来看一看拜火教的产生，其创始人就是琐罗亚斯德。这个人是一个没落的贵族，出身于波斯帝国建立前的一个波斯游牧部落贵族家庭，20 岁时离家隐居修行，10 年之后得到了启示，30 岁时改革传统的多神教创立琐罗亚斯德教，在东部这些游牧地区开始传播他所谓的自己的宗教。这个教就以他的名字来命名：琐罗亚斯德教。琐罗亚斯德教其实也向东传过，曾传到过中国。我查到一个记录，大致在公元 516—519 年传到了中国。

所以，我们看宗教的诞生很有意思，很多这种教的创始人，他们都是离家去隐修，然后悟道，再开始传道。例如，中国的道教，老子当时就是去隐修，然后在函谷关留下了五千言的《道德经》；佛教，当时是释迦牟尼佛离家修行，苦修六年，最后在菩提树下得道成佛。所以很多的宗教创始人都有这种经历，包括伊斯兰教创始人、先知穆罕默德，当年他也是到沙漠深处悟道，最后得道，来传播伊斯兰教。可能都是经过隐修，经历了思想的历练、凝结，最后能够顿悟。琐罗亚斯德也是这样。

琐罗亚斯德得道之后，很长时间没有人信他。为什么？因为当时没有宗教，但是已经存在萨满式崇拜的多重信仰，万物崇拜的信仰，所以大家都信任萨满教，或者说自己的本土宗教，没有人愿意真正地去信奉琐罗亚斯德教（以下简称拜火教）。在他 42 岁的时候，他的女儿嫁给了大夏国的一个首相，所以他才有机会到上层去传教，拜火教在这个时候得到了上层认可，随之也开始逐步被社会认同，最后，到古波斯帝国的时候，甚至发展为国教。很不幸，在 72 岁的时候，他在传教中被一个与他有宗教冲突的祭司刺死了。所以他也就为自己所创立的宗教献身了。

琐罗亚斯德死了以后，拜火教反倒因为这种悲情化生出一种宗教力量，赢得了社会各界的广泛关注、认同甚至传播。到了阿契美尼德王朝，就是古波斯第一帝国的时候，已经成为国教了，时间是在公元前 550—前 330 年，这段时间大体对应着我国的战国时期（公元前 475—公元前 221 年）。希腊入侵古波斯以后，亚历山大大帝征服了古波斯，拜火教就被取缔了。但是后来帕提亚王朝的崛起又使拜火教复苏。

在萨珊王朝时期，拜火教被定为国教，一直到伊斯兰教传入古波斯地区，而后被强行取代，这个教一直延展到 10 世纪以后，即便是伊斯兰文化进入古波斯地区，拜火教仍顽强挣扎，一直到 12 世纪。12 世纪之后，完全败给了伊斯兰教，从国教变成一个小众的群体，这个群体直到今天还有，在伊朗大致有 10 万 ~ 20 万人。当然，在伊斯兰教入侵的过程中，很多琐罗亚斯德教的教徒们不接受伊斯兰教，又不愿意交更高的税负，所以他们就远走他乡，后来到了印度，就在孟买附近聚集形成了一个新的族群，即帕西人（Parsee），帕西其实就是波斯人的意思。那么现在，世界上剩下的拜火教教徒在哪儿呢？大部分在德黑兰，另外就是亚兹德。

琐罗亚斯德教把人类的历史分为三个时期：神灵的世界、物质的世界、人类的世界。在探索的过程中主张把人生前的活动分为思想、言论、行动三类，人的信仰及生前之思想、言论、行动决定人的来生。其提出灵魂不灭、善恶报应和末日审判等观点，恰恰就是犹太教、基督教和伊斯兰教共同认同的，而在拜火教之

前，并没有这么完善的体系。所以，拜火教是人类历史上第一个提出“末日审判、因果报应、善恶报应、灵魂不灭”教义的宗教。

拜火教有没有神呢？有，不是一神教，也非多神教，而是一种独特的二元论宗教。其宗教认为善与恶不断斗争，善神、最高的神、代表光明正义的神阿胡拉·马兹达，与恶神、代表黑暗的神——安哥拉·曼纽特（阿里曼），进行了长达若干千年的战斗，结局是善神取得最后胜利。正义的光明之神与黑暗之神的决斗，构成了整个教义的一个基本二元观。

在琐罗亚斯德教里面，阿胡拉·马兹达是唯一的、最高的、不必创造的神，是光明之神，是全知全能的宇宙的创造者。他是光明和生命的创造者，宇宙运行规则的制定者，他是这样一个神的化身。“是他创造了一切的世界，而不被一切所创造。”这句话，大家是不是很熟悉，对，这就是伊斯兰教描述安拉的，在琐罗亚斯德教里面有类似的教义，所以宗教之间其实是相互借鉴的。

拜火教在中国传播的时间大致在516—519年间，即中国的北魏时期。在唐朝的时候有史料记载，当时在唐朝的哈密这个地方，也就是我们今天的新疆一带，就开始有拜火教或者琐罗亚斯德教的宗庙。他们当时的宗教领袖，还觐见过皇上，被皇上册封过。所以，琐罗亚斯德教其实在中国是有传播的，但是受到了很多阻碍。因其广泛流布及其在民间的显著影响，引起了唐王朝的猜疑，统治者一再下令“禁民祈祭”。公元845年，唐武宗会昌灭佛，祆教与佛教、景教一道遭到摧残，中原内地祆教从此一蹶不振，日渐衰落下去。

摩尼教是对拜火教改造而派生出的新的宗教。其于公元3世纪中叶由摩尼创立于波斯。摩尼教是在拜火教二元论的基础上，吸收基督教、佛教、诺斯替教等思想材料而形成的一个新的宗教。曾一度盛行，后被官方宣布为异端而予以取缔，摩尼被处以死刑，信徒随即四散逃亡，在公元694年传入新疆，在中国历史上称为明教，宋代浙江地区起义的方腊就是明教徒。在元朝，汉族人反击蒙古，明教起到很大的作用，金庸先生的小说写过很多关于明教的故事。

三、拜火教的衰落原因

1. 血亲婚姻与种姓制度

琐罗亚斯德教或者拜火教，没有在中国传播开来，或者没有在世界真正地传播开，而只限于它的文化圈，甚至后来被取代，有几个方面的因素。今天，我来给大家分析其中一个，就是教规中一个非常不好的教义：血亲婚姻。这个制度或者说这个原则，是与中国文化格格不入的。

而琐罗亚斯德教在他们的圣经典《亚斯那》中提出“我向崇拜的阿胡拉·马兹达的宗教效忠，放下武器，遵行族内婚姻，这是正当的”；另外一部经典《阿维斯塔经》也提到过：“正直的人应该遵守近亲结婚的规矩，并且认为族内婚姻有助于对抗黑暗之神的侵袭。”所以我们看到这种制度，是不能被中国文化所接受的。那么，为什么拜火教会有这种血亲或者近亲结婚的婚姻制度呢？根本原因，其实还是想保留、保存、维持他们的种姓。

古波斯人把人分为四个种姓：祭司、武士、文士、平民。一说到“种姓”，大家是不是感觉很熟悉，因为我在跟大家交流印度文明的时候也谈到印度人遵循严格的种姓制度。印度种姓制度最早记录于约 4000 年以前，印度社会把人分为婆罗门、刹帝利、吠舍、首陀罗四大种姓和贱民阶层，波斯人也是把人分为四个种姓，波斯文化和印度文化为什么这么接近？因为他们是同一个民族，都是雅利安人，他们于公元前 2000 年左右从中亚地区游牧过来。大约从公元前 13 世纪开始，雅利安人从南亚的西北方侵入南亚次大陆，从此开始了印度史上的吠陀时代。公元前 2000 年初开始，雅利安人的部落还分别进入西欧、北欧、伊朗高原。所以从人种学的角度来看，印度人、伊朗人和德国人都属于雅利安人。雅利安文化天生就有这种种姓的基因，即“人分高下”，所以，对于当年的德国在“二战”期间采取种族灭绝制度，特别是对犹太人的灭绝制度，是因为他们有这样一个种姓制度的基因。源于雅利安文化，古波斯人把人分为四个阶层，为了保持四个阶层的纯净、世袭，他们鼓励家族里的血缘内婚姻。

所以，这种婚姻制度导致族内通婚成为一种普遍的现象，特别是统治者高层，像萨珊王朝的阿尔达希尔一世、瓦赫兰二世、沙普尔一世，几乎都是娶自己的妹妹、姐姐为皇后的。这种文化到了萨珊王朝时期更加普遍，甚至被各个阶层逐步接受。在这样一种体系之下，近亲婚姻制度成为琐罗亚斯德教一个非常另类的宗教文化现象。这种宗教文化在中华文明看来简直是大逆不道。

所以，琐罗亚斯德教或者拜火教传到中国之后，中国人就对它很不屑，我国古典文献是对它如何记载的呢？“诸夷之中，最为丑秽矣。”古代中国人认为中华是天地之中，四周都是夷，众夷就是指没有开化的或者文化程度不高的地区。在众夷之中最丑陋的，就是波斯人，因为他们族内通婚。

其实，族内通婚这种现象在东方比较少，只有一个地方，那就是日本。为什么？因为日本的皇室号称是“万世一系”。他们是神族，日照大神的后代，也就是说日本的皇室不是凡人，所以他们就不能和人结婚，他们只能族内通婚。这种现象在日本的皇室一直延续到什么时候呢？1959 年，当时的明仁天皇和美智子通婚，而美智子是一个平民。这是日本有史以来第一次皇族和平民通婚。第二个和平民通婚的就是太子德仁与雅子。看一下日本皇室记录就会发现，比如像第 18 代履中天皇已经 66 岁高龄，还娶了自己同父异母的妹妹做皇后，到如今的日本第 125 代天皇明仁，一直是族内通婚。近亲结婚最大的问题是什么？就是子嗣夭折比例很高，而且很多孩子畸形，先天不足。如明治天皇有 8 个兄弟，最后 7 个都夭折了，只有明治一人存活，自然而然的只能由他来继承皇位。

族内通婚这种现象，之所以会在日本、伊朗这些国家出现，就是因为有所谓的种姓制度。为了维护一族的利益，以族内通婚来保证血统的纯洁，其实是非常愚昧的。

2. 救世主的诞生时间

拜火教为什么在其他地方包括中国无法产生持续的影响？另一个因素就是教义问题。因为在它的教义中，琐罗亚斯德的出生是善神、所谓的正义之神、阿胡拉·马兹达胜利的结果，他是一个“先知”。而每 1000 年才会生出一个先知。需要等到 3000 年，生出第三个先知的时候，他才能够去救世人。也就是说，前边的 2000 年，所有的信徒都等不到救世主的出现，得不到拯救，那这就存在问题了。宗教之所以能够存活于世，或者世人需要宗教，就是需要宗教带来精神安慰，在世人苦难的时候能够拯救他，虽然这个拯救不可能马上实现，但是宗教必须告诉世人，很快就会得到拯救。但是假如告诉世人2000年以后来拯救，那他已经死了很多年了，还有多少人能够愿意去坚持信仰宗教，坚信2000年以后自己的灵魂会得到拯救？

可见拜火教的教义存在问题。所以妨碍它长期传播、向远方传播的一个很重要因素，就是宗教拯救的时间太长了。后来的犹太教就吸取了这点教训，提出弥赛亚就要到来，所以犹太人在等待，等待了2000年还没有到，那就继续等待，因为不知道什么时候可能就会降临了。犹太人没有等到救世主、弥赛亚到来，耶稣基督告诉世人说："我就是弥赛亚。"但犹太人不相信，也不认可耶稣基督是他们的救世主，所以这就是犹太教和基督教的区别。

伊斯兰教认为：耶稣基督也是一个先知，怎么能拯救世人呢，你不是弥赛亚，救世主还没有到来，我们也需要等待。其中的拯救者已经有了，是谁呢？就是伊玛目伊斯兰教。什叶派的主流派——十二伊玛目派，尊奉阿里及其直系后裔中的十一人为伊玛目，并认为第十二代伊玛目穆罕默德·马赫迪是"隐遁伊玛目"，被安拉置于人所不知的地方，将来会以救世主的身份重现，因此在等待着他的出世。

所以，我们将后边的宗教与前面的宗教进行比较就会发现，弥赛亚、救世主一定会到来，而且随时会到来，这样世人才会相信。而琐罗亚斯德告诉大家，两千年以后才有救世主，那世人等不及了，就去信别的宗教了。

3. 入教严格

拜火教还有一个问题就是入教的要求很高，是什么呢？必须是族内的人，必须是波斯人，必须了解教义，而且要主动自愿地申请加入。严格的入教要求，就限制了其他民族对它的信仰。犹太教也有类似教义，上帝只帮助犹太人而不帮助其他民族，这导致其他民族对犹太教很反感。为什么？因为你的神只帮你，不帮我，所以犹太教在世界上被排斥，而且这一排斥就是2000年。"二战"之后，犹太教得到了世人的同情，所以才给他们复国的机会，这就是以色列成立国家的一个大背景。

另外，教义复杂。拜火教场所很神秘，不让外人进去，所以影响了宗教传播。当然，我认为最关键的一点是，这个所谓教义缺少改革的精神，缺少宗教改革的

措施，导致了它的僵化、保守，以至于最后退出历史。

四、总结

这些年来，我研究世界文明比较，当然也研究世界各地的宗教。世界各地的宗教归纳起来，都是人创造的，宗教成就了神。这个结论，我现在认为是笃信的。

地球生命的诞生是一种偶然现象，经过阳光、水、氧、碳、氢、氮、磷等多种要素的融合、反应，最后从无机物生成有机物。比如说有机物中的氨基酸、嘌呤到后来的多肽、多聚核苷酸，终于在38亿年前产生原始的生命，又经过38亿年的进化，才产生现代智人，而我们现在这一拨人都属于现代智人。地球上，人类的诞生似乎是偶然的结果，但从概率学来分析，是必然的。因为经过数亿年无数偶然，就成为一种必然，由此而推测，在我们未知的星球，如果具备生命产生的条件，智慧生命的存在完全有可能，只是彼此科技发展程度不足以让我们建立联系。

当然，人类最初诞生的时候，在食物链中，在丛林法则之中，是处于劣势的，面对那么多的凶猛动物，最初的人类存在生存的压力，面对大自然的变化，如火山爆发、海啸、暴雨等，感到力不从心，甚至无能为力。怎么办？他们需要一种精神，需要力量，这种力量一定要超越大自然，这就是宗教的起源。宗教的起源是什么，就是希望拥有自己得不到的力量，这种力量就是他信仰的神秘力量，这就是宗教的起源。所以，宗教是什么？宗教是我们人类需要依靠的一种精神力量。这种精神的力量必须是神秘的、超自然的，才能满足对于人类心灵的安慰、安抚和支撑。从这个角度来说，宗教是理性主义，是理性主义逻辑推演的一个结果。因此，我现在可以得出一个结论，即宗教是人类价值理性的起点，宗教是人类认知世界和探索世界的逻辑推演的价值理性起始。

从人类战争史观察，很多战争是宗教战争，即便不是为了宗教，在战争前、中、后都会有宗教祈祷、祭拜活动，都会祷告彼此的神为之助战，所有战争几乎都是各自大神的战斗，说到底就是权力和利益的斗争。

所有的战争都是为人类而战，为自己的族群而战，为自己的子民而战，为自己的信众而战，不管怎么样，都是为人而战。但是我想告诉大家的是，所有的战争中，神一个都没死，谁也没看到，神与神之间，最后哪个神死掉了，而我们看到死的都是活生生的人。通过这个逻辑的推演，我们可以验证前边所说的结论，那就是：宗教是由人创造，神是由宗教所创造的。

这是我对琐罗亚斯德教实地考察，开展宗教比较研究的一点心得。

2019 年 1 月 28 日

波斯王朝的生死轮回

一、波斯的起源

“伊朗”这个名字的时间并不长，是在巴列维王朝时期才改为“伊朗”的。它原来的名字是“波斯”，“波斯”原是伊朗高原南部地区及移居到此的印欧游牧民族的名字。从公元前600年开始，希腊人就开始称这个地方为“波斯”，具体叫法是“Persis”。后来就用“Persis”这个词来称呼古代的伊朗，代表古代的伊朗人和他们的帝国。

但是伊朗人并不这么称自己。最起码从萨珊王朝开始，伊朗人称自己是Iram，就是“雅利安”的意思。“伊朗”和“雅利安”是同一个古词的变音。所以，伊朗人自称是雅利安人。一说雅利安人，大家好像就比较熟悉了，因为，希特勒就称自己是雅利安人，然后采取一些极端措施，甚至种族灭绝的政策，对犹太人进行残害。从人类学的意义上来说，雅利安人是指什么呢？是发源于乌拉尔山南部的一个部落和他们的后裔。这个民族有什么特点呢？就是肤色较白，身材较壮，个子比较高。所以他们就感觉自己血统高贵，并把具有这种体征、血统的人称为“雅利安人”。

在中亚、西亚和印度，很多民族都号称雅利安人。特别是在印度，大约在公元前2000年，雅利安人从北方进入德干高原，征服了当地人——达罗毗荼人，然后建立了种姓制度。德国人也号称雅利安人。实际上，“雅利安”只是一个区域的种族，经过若干年的发展，这个血统已经融合得非常充分了，“雅利安”只能说是一个文化概念。就像很多中国人说自己是炎黄子孙一样，其实炎黄子孙也是多次血统融合的结果，所谓的炎黄子孙，更多的是一种文化意义上的认同，认同中华文化，认同以儒家为核心的中华文化体系。尽管这个人可能不是纯正的炎黄子孙血统，但是我们也把他看成是中华民族的一部分。所以从这个角度来看，“雅利安”应该是一种文化象征。如果以血统来界定一个民族，其实是很荒唐的。

伊朗的经历与中国很像，历经朝代的多次更迭，经历过外族的入侵、内部的叛乱，一直凭借一套中央集权专制实现统一。伊朗也一直奉行专制主义，东方式经典的专制主义。

在雅利安人来到伊朗高原之前，这个地方已经形成了一套文明体系，就是埃兰文明。埃兰文明是波斯地区最早的文明。它的发源地在哪里呢？在今天伊朗的西南部。从史料分析，他们和达罗毗荼人的关系十分密切，印度最早的文明是在印度河流域以达罗毗荼人为中心兴起的，他们使用的文字都是楔形文。埃兰这个国家存在的时间很长，从公元前3200年左右到公元前639年，前后经过了2500年。在这2500多年间，它不停地被灭国、复国，反反复复。埃兰曾经也强盛过，公元前1176年，曾经攻陷巴比伦，但是公元前639年被亚述所灭。所以这个国家的文化在亚述之前，是非常成熟的。公元前612年，亚述又被米底和新巴比伦王国所灭。

波斯帝国的形成经历了漫长的过程。大约在公元前2000年，波斯人从中亚一带迁到了伊朗高原的西南部，也就是今天的法尔斯省地区，他们在此形成了大约10个部落，其中6个部落从事农耕，被当地的米底王国所统治。经过一系列的战争，波斯人进行了民族的、部落的统一，随即他们非常神奇地打败了三个大帝国——米底帝国、吕底亚帝国和巴比伦帝国，建立了一个从爱琴海到印度河，从尼罗河到高加索的庞大帝国。而统治这个庞大帝国的君主是谁呢？就是居鲁士大帝，这个人非常了不起，统一了整个波斯，比秦始皇还早200年。

但是200年以后的中国，秦也很强大。所以波斯人也知道，有一个强大的帝国秦，所以他们称呼中国为“秦”。后来，这个字不知道是因为变音或者其他什么原因就变成了China、支那等。

居鲁士大帝创建的这个横跨欧亚非的大帝国，奠定了古代伊朗或波斯的版图。古代伊朗，把两河流域的亚述和伊朗高原西南部的波斯、伊朗高原的米底、今天中亚的巴克特里亚，视为伊朗传统的四个版图，视为国家的本部。所以只要这四个本部没有脱离版图，这个国家就是完整的。这就像中国对九州的概念一样，当

时大禹治天下时放九鼎在九州，如果九州是完整的，就基本界定国家是完整的、王朝是统一的。

正因为居鲁士大帝的伟大，波斯放射出不朽的光芒。最关键的是，居鲁士大帝之后又出现了冈比西斯二世、大流士一世、薛西斯一世等闪光的名字，他们都是居鲁士的后代，一个比一个有作为，使波斯帝国创造了当时举世瞩目的辉煌和荣耀，让波斯之光照亮了整个两河流域、伊朗大地，甚至整个欧洲和亚洲。

二、居鲁士大帝开创第一帝国

我们拿一点时间来和大家分享一下居鲁士大帝这个人。居鲁士大帝将波斯从米底统治下的一个小部落发展成为一个大帝国，创造了很多传奇，包括他的出身等，因为我们不是讲历史，所以我们将这些故事都忽略。我们现在谈一谈他的文治武功。公元前 559 年，他统一整个古波斯部落，建立了王朝，就是阿契美尼德王朝。公元前 550 年，击败米底，使波斯成为一个君主制帝国。

公元前 547 年，又征服了当时小亚细亚西部的吕底亚王国，国家进一步强大，接着又征服了帕提亚、阿利亚、巴克特里亚、德兰吉亚那、格德罗西亚、阿拉霍西亚、马尔基安娜、锡尔河与阿姆河之间的中亚河中地区（索格狄亚那）、乾陀啰、克兰斯米亚等地区。公元前 539 年，居鲁士大帝武力入侵征服在美索不达米亚的新巴比伦王国的首都巴比伦，但是不幸在公元前 529 年的战斗中身亡。

他征服了这么多地方，最难得之处在于，他征服这些地方却不扰民，尊重当地习俗，因为他信奉的是琐罗亚斯德教，即拜火教。但是他并不把这种教强加给他所征服的国家，这是第一。第二，他还释放奴隶。比如说犹太人，犹太人的国家被灭国以后成为奴隶，被巴比伦统治，但居鲁士大帝竟然把犹太人全部都释放掉，还用部队护送他们回家，让他们在家乡好好建设，重建家园。所以犹太人对居鲁士是非常尊重的，认为是居鲁士帮助他们重建圣殿、重建宗教。而像犹太人这样的人还有很多。

2500 年前，欧亚大陆就出现了这么一个民族大团结的国家，这个国家就是阿契美尼德王朝，也就是波斯第一帝国，这个帝国横跨欧亚非。其创造者就是居鲁士大帝。

设拉子，就在现在伊朗的南部。在设拉子的东北部约 130 公里处，就是居鲁士大帝的坟墓。这个坟墓已经有 2500 年的历史了，还比较完整。一个重要因素是石头造的，所以能够经得起长时间的风吹雨打。最关键的一点在于，虽然他建立的帝国后来多次被征服，但这些征服者都对他肃然起敬，坟墓没有被破坏，所以保留得比较完整。比如，亚历山大曾经征服波斯帝国，但他对居鲁士大帝的坟墓进行了很好的保护。所以，居鲁士大帝的伟大不是因为战争，而是因为他的仁慈、他的文明。他的文明让治下的少数民族和谐、共荣、团结，散发波斯之光。居鲁士不是摧毁其他文明，而是发展和保护，所以让帝国经历了两个世纪的太平盛世。可以说，居鲁士是文明的使者，也正因如此，他得以善终。

在他坟墓旁边有一处铭文，是这么写的："我是居鲁士，世界的王，伟大的王，合法的王，巴比伦的王，苏美尔和阿卡德的王，四方的王"，他的后继者，像大流士一世、薛西斯一世等继续开疆扩土，也达到了顶峰，完全改变了当时的世界政治格局。而这些卓越的后代，最终都葬在帝王谷，离居鲁士坟墓不远的一个地方。帝王谷埋葬着他的优秀子孙，直至最后一个国王：大流士三世。

三、波斯波利斯与第一帝国的覆灭

此行，我还特别考察了一处文明的废墟，那就是波斯波利斯。波斯波利斯是当时帝国的一个行宫，宫殿建造得非常宏伟。即便今天看上去也感到非常震撼。我后来又专门买了一些相关的材料，包括一些模型，我想在那个时代，2500 年前，

修建这么一个大的皇宫，是非常不容易的，从中也可以领略波斯帝国的文明程度。

这个行宫是由大流士一世、薛西斯一世、阿尔塔薛西斯一世共三代，经历了 60 年才建成的，主要用于举行国家重大典礼，其中最重要的庆典是梅赫尔甘节。到了这一天的时候，帝国当时管辖的附属国家就会来进贡，然后大宴群臣，举行盛大的祭祀活动、宗教仪式等，当时的波斯波利斯可以说是整个世界的文化中心。

帝国当时都征服了哪些国家呢？从文史资料来看，大致有 23 个。比如印度、埃及、希腊、小亚细亚、腓尼基、巴比伦、阿拉伯、粟特等，23 个国家向大陆上最伟大的帝国——阿契美尼德帝国臣服。所以，壁画上显示得很清楚，他们来朝贡，很有点像中国的君临天下、万国来朝的盛景。其中，有一个民族粟特，大家可能比较熟悉，这是一个西亚的民族，他们曾经通过北方的大草原，对当时的汉族政权也造成了一些侵扰。这个民族曾有两个人对中国当时非常强盛的帝国——大唐王朝，构成了致命的威胁。这两个人就是大唐王朝“安史之乱”的始作俑者——安禄山和史思明，他们都是粟特人，严格来说也都是波斯人，他们其实是粟特和突厥的混血，都是大波斯一族。

波斯波利斯是一个巨大的宫殿建筑群，整个皇宫巧妙利用地形，依山造势，非常恢宏。它把背靠的大山做成拜火教的一个道场，上面还有很精美的浮雕，现在还清晰可见。所以，波斯波利斯是当时人类的一处建筑奇迹，甚至可以说是那个时代人类建筑的一个巅峰。即便如此，居鲁士的后代们依然不满足于现状，大流士一世还对其他地方进行征服，例如希腊，这个征服长达半个世纪，这就是著名的希波战争。但是很遗憾，这次并没有完全彻底地把希腊征服。后来，大流士一世的儿子薛西斯一世继续征服，在公元前480年，攻入雅典城。当时竟然把雅典城抢劫一空，而且把它烧了，这给希腊人造成了巨大的心灵伤痛，成为后来希腊人报复波斯的一个很重要原因。希腊军队即将被打垮，他们退守到海边的萨拉米。在萨拉米海战的背水一战中，希腊人竟然创造奇迹，打败了波斯。从此以后，希腊开始崛起。

希腊的崛起也意味着波斯的颓废。到了大流士三世的时候，帝国其实还是很强大的，但是与希腊相比，就没有那么强盛了。即便如此，波斯帝国依然是一个强大的帝国。有些地方，比如像埃及还曾经想借这个机会叛乱，被大流士三世一举荡平，再次征服。但是很遗憾，这位梦想着成为中兴之主的大流士三世，没有能够完成他的愿望，因为经过这几代的发展，整个国家政治相对来说比较混乱，比如说当时的宦官开始当政，领土内有一些地方政权蠢蠢欲动，内忧外患十分严重。特别是，他很不幸遇上了一个伟大的帝国创造者或缔造者，那就是当时仅有20多岁的亚历山大，他是马其顿王国的国王，他经过三大战役，以少胜多，完胜波斯。三大战役之后，波斯国内最重要的武装力量几乎被摧垮了。

而大流士三世也在他登基四年之后，被一个叛变的总督——贝西斯刺杀。希腊人就是为了报复波斯人当年洗劫雅典城、烧毁雅典娜神庙，所以烧毁了波斯波利斯。据说大火烧了几个昼夜才把宫殿烧完。当然在烧完之前，亚历山大用了5000头骆驼，花费几个月，把波斯波利斯的金银珠宝等贵重的珍宝、财产运走。可见波斯帝国当时的富饶。就这样，波斯帝国作为人类历史上第一个横跨欧亚非的大帝国“寿终正寝”。

对于波斯第一帝国的灭亡，其实仍然有很多困惑，主要困惑就在于当时大流士三世是一个非常能干的君主，而且国家相对来说还是比较富足的，甚至是强大的。虽然有一些宦官当政，有一些内政弊端，有一些附属国蠢蠢欲动，但是从总体上来说，这个国家并非民不聊生、赤壁千里。而且每次大流士三世与亚历山大对决的时候，帝国的军力都是占上风的。但很遗憾，这位坚强勇敢、精力充沛、能力超群、年富力强的大流士三世，一位近 50 岁的成熟君王，败给了 20 来岁的亚历山大。

为什么盛世波斯，盛世阿契美尼德王朝灭亡了呢？这里我们留一个悬念，接着讲述后边的故事。

四、巴列维王朝与白色革命

亚历山大征服波斯之后，就开始征服印度。但是十分不幸，公元前 323 年 6 月，他因为突然发热而病倒，十几天后就去世了，当时才 33 岁。随着亚历山大的去世，亚历山大原来关于整个文化融合、民族融合的想法也就落空了。他去世后，他的部将各自为政，其中有一个叫塞琉古的部将，管辖整个西亚和波斯，就形成了一个相对独立的军阀，后来就直接称王了。这个国家也存在了 200 多年，当然最终它被另外一个国家——帕尼部落征服，建立了帕提亚帝国，在中国历史上称其为安息王朝。萨珊王朝始自公元前 224 年征服安息帝国，存在了近 800 年，公元 651 年被阿拉伯帝国征服。

阿拉伯帝国信奉的是伊斯兰教，而萨珊王朝信奉的是拜火教，拜火教与伊斯兰教曾经在此进行思想斗争。虽然伊斯兰教很强大，但拜火教也苟延残喘了几百年，直到 12 世纪，才彻底地被伊斯兰教所取代。

萨珊王朝被阿拉伯人征服以后，被外族征服长达 850 年。阿拉伯帝国又被突厥的塞尔柱帝国征服，后又被蒙古人建立的蒙古帝国征服，慢慢地，波斯这个地方就变成了一个地理概念，而不再是一个完整的国家。

所以我们简单梳理一下波斯帝国，从第一帝国之后，先后有萨珊王朝、萨曼王朝、萨非王朝、恺加王朝。其中，恺加王朝建于 1779 年，当时定都德黑兰。其中有个国王穆扎法·尼丁，这个人特别喜欢国际旅游，尤其是到欧洲去旅游，当时国家没钱了，他就用国家的名义去贷款，贷不上款后，就把国家的一些领土卖了来筹钱去旅游。虽然他是波斯帝国的国王，但是他常年在欧洲居住，经常在欧洲的一些温泉、赌场、夜总会醉生梦死。所以，他管理的国家也是极其混乱的。

他被波斯人认为是卖国求荣，一味地贪图享受、专治，所以他的王朝最终遭到了其他国家特别是欧洲国家的入侵，逐步变成了一个半殖民地国家。当时社会经济也比较衰弱，多次发生起义。其中在1921年，有一个军官礼萨汗·巴列维发动政变，夺取政权，建立了巴列维王朝。

我们重点和大家分享一下巴列维王朝，因为这个王朝很有意思。伊朗历史和中国历史特别相近，命运也相似。越到近代，两个国家的近似程度就越高，和中国一样，波斯这个古老帝国也面临变法图强的问题，而它周围也是大国环伺，英国、俄罗斯、奥斯曼等都想占领它的土地。国家的危亡形势是非常严峻的。当时这个国家跟中国一样，也曾经变法维新，但是失败了，所以全国上上下下都感到很失望。

终于在1905年，伊朗爆发了立宪革命。6年之后，中国爆发了辛亥革命。只不过伊朗的立宪革命并没有像中国的辛亥革命一样取消君主制。我们推翻了清王朝，而伊朗的国王还得以保全。立宪革命看起来是成功的，但是这个政府并没有得到真正的、充分的发展。他们的成功只是限于表面，比如把传统的服装改成西服——废除宦官制度，但并没有改变当时军阀割据的局面，这跟当时的中国也很相近。辛亥革命之后，中国国内军阀混战，直到1928年，东北易帜，才完成了形式上的统一。这时的伊朗还处于军阀割据的状态。所以，伊朗的立宪革命并不是很成功。

1925年，礼萨汗罢黜了卡扎尔王朝的最后一位统治者——艾哈迈德沙·卡扎尔。他自立为新任的沙阿，即统治者，成立了自己的王朝，即巴列维王朝。巴列维王朝倡导改革，实行了雄心勃勃的伊朗现代化运动，包括大规模地发展工业，落实基础设施建设、修建铁路、建设公共学校，开展现代教育，进行司法改革等，可以说取得了相当的成就。

1935年，礼萨汗甚至颁布了一条法令，要求所有的外国使节在官方通信中不再使用“波斯”这个词，而是使用“伊朗”，于是，“伊朗”这个词开始作为正式的官方词汇被各个国家所接受，沿用到今天。

“二战”爆发之后，巴列维王朝跟德国的关系比较紧密，主要是因为两个国家在战略利益上相互支撑。最关键的一点，当时的礼萨汗想摆脱苏联的控制，想借助德国来对抗苏联，当然最终失败了，因为当时盟国已经成立，英国和苏联站

在一起，共同侵入伊朗，逮捕了礼萨汗，但扶持他的儿子来继位，这就是礼萨汗的儿子穆罕默德·礼萨·巴列维，也就是巴列维王朝的第二位君主——巴列维二世。

巴列维二世继位以后继续实行他父亲的改革政策，进行了一系列的改革。特别是在1963年，他发动白色革命，推行改革措施：宣布男女平等，实行土地改革，妇女获得投票权及消除文盲，全国普选产生国会，并制定新宪法。他通过土地改革，把大地主的土地廉价售卖给农民，改革末期使92%以上的农民都有了自己的土地。国有企业出售股份给全体国民，实行国有企业全民制度。私营企业也面向社会出售股份，完成企业改革。当然还在教育、医疗、国防、国土等领域开展了一系列宏大的改革。

经过十年的改革，伊朗获得长足发展。在这十年里，伊朗平均每年经济增长率达16%～17%，而中国在20世纪90年代才有16%的增长率。当时的伊朗连续十年的高增速，创造了奇迹。伊朗国民收入从20世纪60年代初的160美元跃升至70年代的2250美元。伊朗成为世界上排名第九的富裕国家。十年间，伊朗在钢铁、化工、电力、汽车、机械制造等各个领域向发达国家看齐。它有了自己的汽车制造厂、发电厂，最关键的是，伊朗还开始向电子和核能两个领域进军。1975年，伊朗和美国签订协议，要一次性购买、建设八座核电站，这是个非常庞大的计划。而40年后的今天，伊朗的计划也没能实现。现在伊朗还在为核能的问题与国际社会，特别是美国进行博弈。

白色革命极大地改善了伊朗农民的状态。伊朗农民原来落后保守的情况被彻底地改变，92%的农民都有了自己的土地，剩下的一些没有土地的农民都进入城市工作，成为市民，城市人口急剧膨胀。白色革命促进的企业改革也很成功，国有企业99%的股份在社会上出售，而且工人都可以买，没有钱也没关系，可以先欠着，等发工资、年终分红的时候再扣除。这样就保证了每个人成为企业所有者的机会。

伊朗政府当时还成立了工人福利银行、工人信贷合作社，向工人发放住房贷款，帮助工人偿还债务，教工人读书识字、开办夜校等。所以，当时伊朗的整个社会呈现出欣欣向荣的局面。

白色革命对伊朗的社会、政治进行改革，包括机构改革等，都非常成功。尤为关键的是，伊朗建立了比较完善的社会保险制度，让每个人都可以领保险，通过社会统筹给每个人提供社会保障。两岁以下的孩子由国家供养，所以，这一点还是比较先进的，现在许多国家都还没有这种福利。在50年前，这个国家已经实现了。

从1963年开始，巴列维开始对神职人员进行改造。他把神职人员从国家政权中剔除，原来政权都是由神职人员把控的，现在政教分离，不允许神职人员干预政府行为。最关键的一点是，神职人员，包括清真寺的阿訇，要自己养活自己，国家不再给发钱，神职人员通过社会服务自收自支，财政上没有拨款，神职人员只得自谋生路。

白色革命令教育也有很大的进步。因为在伊斯兰地区，以前的教育都是掌握在清真寺神职人员手中，孩子受教育都是从清真寺开始的。而巴列维建立了从小学到大学的现代教育体系，并实行免费，让现代教育来取代清真寺的伊斯兰宗教教育，用世俗的科学知识取代神学。他还以法国为榜样，以民法来取代伊斯兰法，不允许教会来干预世俗的司法。

在所有的改革中，最引人瞩目的就是伊朗妇女地位的现代化。为了解放妇女，巴列维不允许妇女穿黑袍戴面纱。我们现在到伊朗去，看到妇女都必须穿黑袍，从头一直到脚踝的地方都裹着黑袍，但这在巴列维时代是不允许的。巴列维还通过了选举法，让妇女有选举权和被选举权。经过他的改革，1968年，出现了第一任女部长、女官员、女法官等。女性真正地走上职业生涯，就是从巴列维时代开始的。

五、伊斯兰革命

这些改革对国家是非常有好处的，但是得罪了很多既得利益者。最大的障碍就是拥有传统宗教特权的宗教领袖，他们非常仇恨巴列维王朝的世俗化改革，发起了伊斯兰的复兴运动，骂巴列维是“美国的走狗”“犹太人的朋友”。这些词在我们看来很可笑，但是对当时的伊朗来说还是很严重的，在当时是很有杀伤力的。特别是犹太人在中东建立了以色列，所以伊斯兰国家对于以色列都是敌视仇视的状态。把巴列维说成是“犹太人的朋友”，这其实是很狠毒的。

当然，这些改革总体是非常成功的。是不是就没有问题呢？也有。最大的问题是当时的发展速度太快，甚至刻意追求经济增长速度，导致经济层面与社会层面的相互契合出现问题。最大的问题是严重的通货膨胀，断电、缺粮、房租高昂，价格过度上涨，给社会造成不安定。所以，保守派特别是什叶派中的保守派，就利用政府的过失，通过民粹主义、民族主义来开始围攻巴列维王朝。

世俗政府与宗教阶层的矛盾愈发激化。巴列维王朝在进行社会改革的同时，推行现代治理方式，在文化方面，导致西方一些腐朽没落的文化，如涉及色情、淫秽、凶杀的报刊影视，赌场，妓院，西方式的酒吧，夜总会等，都出现在这里。这些对于宗教人士，特别是比较保守的穆斯林来说，是不能接受的，造成了这些社会阶层的不满。再加上在改革过程中的政教分离、限制宗教上层活动、取消宗教特权、禁止清真寺征收天课、将清真寺宗教学校收归国有、关闭大量宗教学校、解放妇女等，这些都引起了宗教人士，特别是上层人士的强烈反对，于是，世俗的政府与宗教阶层之间发生了激烈的冲突，这些宗教领袖们开始发起各种抗议运动，他们上街看到妇女不戴面纱就打，看到不符合教义的就打。在这些运动过程中出现了一个人，就是什叶派的伊玛目·霍梅尼。他被政府流放到海外，就在海外开展民族复兴运动，遥控指挥街头斗争，在这个过程中，霍梅尼影响越来越大，后来成了反对国王运动的重要领袖。1978 年，伊朗国内爆发反抗巴列维的游行示威。

当然，在这整个过程中，伊朗共产党也发挥了作用。在伊朗，共产党 1948 年时就有 20 多万人，还有三个人进入内阁，八个人被选入议会，进入了上层。后来巴列维王朝一度取缔共产党，但是因为有苏联的支持，共产党的势力在伊朗也不能小觑。当时的共产党希望利用宗教影响来创造一种伊斯兰马克思的意识形态，期待用伊斯兰信仰的力量来动员民众实行社会主义制度。产生这样的想法以后，当时的共产党第一书记基亚努里也开始支持伊斯兰革命，通过各种街头政治，甚至是武装运动，来反对巴列维。

结果伊斯兰革命成功，巴列维王朝在 1979 年 1 月 16 日被推翻，巴列维二世被迫流亡海外，第二年就在埃及去世，巴列维王朝覆灭。

六、伊斯兰共和国

霍梅尼 1979 年 2 月 1 日回到伊朗，结束了 15 年的海外流亡生涯。他回来以后，马上宣布废除君主立宪制，成立了伊斯兰临时政府，他提出的口号是“不要东方，不要西方，只要伊斯兰”，从此，伊朗进入了一个严酷的宗教特权时期。霍梅尼取得政权以后，首先就对共产党举起屠刀，大部分共产党员被处死，有一部分人流亡到欧洲。1983 年，霍梅尼再次对共产党进行屠杀，当时大约有 3/4 的党员被逮捕、被处决。1988 年，又一次大屠杀，导致共产党在伊朗地区几乎销声匿迹。现在伊朗的共产党在哪里？在德国柏林、在英国伦敦，在伊朗没有共产党组织，也可能有零星的一些地下组织，但已经不能够对伊朗产生任何影响。

霍梅尼上台以后，排除一切异议，镇压所有的反对者，包括大学教授、知识分子，特别是公共知识分子，实行特务统治，安排谍报人员刺听消息，通过警察、谍报建立起高压统治。采取极端的宗教措施，如妇女必须戴头巾，不允许把头发露出来，要穿黑袍等，形成了人类历史上第一个，也是唯一一个政教合一的伊斯兰共和国。

霍梅尼对内采取高压统治，通过伊斯兰运动，实行政教合一。对外与伊拉克的萨达姆发动两伊战争，经过十年战争，两个富裕的国家变成两个贫困的国家。现在，伊拉克民不聊生，伊朗经济也几乎处于停滞的状态。随着冷战结束，特别是 1989 年霍梅尼去世，宗教对国家的控制能力在不自觉地下降，伊朗曾经还多次爆发过试图重新回到世俗化、重新建立现代化法律等的一些抗议活动，当然，一次次被镇压了。

1997 年，当选的温和派哈塔米总统致力于改革，同时向西方释放出和解信号。很遗憾，由于当时美国入侵阿富汗与伊拉克，从东西两面都威胁伊朗的国家安全，并把伊朗定义为邪恶轴心，导致哈塔米的和解政策在伊朗国内渐渐不受欢迎，受到保守派抨击。伊朗的国家民族主义意识特别强，但是伊朗的民族主义往往被极

端力量利用，就产生了对国家发展的不利影响。

其实，伊朗国内也有一些不满情绪表现出来。1999 年 7 月 7—13 日，就发生了德黑兰大学因不满改革派报纸被封而展开的和平示威，最高领袖哈梅内伊下令镇压，约 10 人死亡，70 多人失踪，还有 1000 多人被捕。2009 年，伊朗发生选举骚乱，4000 多人被逮捕。2018 年 1 月，再次出现骚乱。这说明，现在伊朗政府的决策和民众的心智并不和谐，民众迫切需要改变国家现状、发展经济，因为他们的经济确实与以前相比有很大的差距。

所以有一个问题值得我们思考，巴列维王朝改革的出发点到底是什么呢？如果要是从一家之私来说，改革对他们似乎没有什么好处，因为他们的政权是通过政变获得的，来路不正，他如果要开启民智，其实是会动摇自身统治的。我们知道在伊朗历史上曾经出现过一个首相埃米尔，其开展了现代化教育，结果就被谋杀了，为什么？因为皇室不希望开启民智，否则，专制统治就很难维系了。巴列维王朝的政权也是来路不明的，像这样的政权应该是通过愚民、抑制新思想，来维护自己的政权。但是，他这个政权并没有借助宗教来神化家族，没有通过宗教将他的政权和正统、道统、法统结合起来，以提高家族的统治合法性。他们选择了民主，几乎等于选择了自杀，因为民主体制，对于王室来说，最好的结果就是君主立宪，君主只是名义上的统治者，并没有实权，这是他们最好的结果，最不好的结果可能就是被推翻。但是巴列维王朝依然选择民主，这说明巴列维王朝当然也有一家之私，但是他有更大的格局，那就是国家利益。他们认为这个国家最终发展的趋势是民主，只有按照这个方向发展，哪怕未来的统治者不是巴列维家族，对这个国家来说仍然是有利的。从这一点来看，巴列维还算是一个有责任感的统治者。当然，他没有想到的是事与愿违。他所有的现代化改革努力，并没有使伊朗成为英国式的现代君主立宪制国家，而是王朝被推翻了，自己也客死他乡。对这个家族而言，在所有的预测结果之中，恐怕现在这个结果是他们最不愿看到的。因为，巴列维政权被推翻以后，整个伊朗实行的是政教合一。那么，为什么民众没有选择巴列维而去选择霍梅尼？假如再给民众一次选择的机会，民众还会参与伊斯兰革命吗？假如没有发生伊斯兰革命，今天的伊朗又将是什么样？有很多问题值得思考。

更有意思的是，我们把波斯从第一帝国与最后的巴列维王朝做个对比，可以发现，这两个王朝的灭亡都不是因为国家分崩离析、民不聊生，相反它们灭亡时都十分强大，甚至可以说是盛世王朝。大流士三世统治的波斯第一帝国相当繁荣、富庶，军事力量也相当强大，各个方面都好过征服他们的马其顿这个小国家。同样，巴列维王朝作为当时的世界第九大强国，军事、科技、文化等各方面都蒸蒸日上，而反倒被推翻了。这非常值得我们反思。那么，巴列维对自己的政权覆灭，有没有反思呢？据说巴列维在临死前也做过一个归纳总结，他认为他的政权之所以被推翻，错误在于盲目地相信西方，让国家超出了他能够接受的程度。但是我认为这不是全部。1979 年，伊朗没有选择民主化，也没有选择共产党，而选择政教合一的霍梅尼，这一切就此而改变。经过 40 年的发展，我们也看到，民众对于现行的经济发展和管理是不满意的，伊朗的内部也是暗流涌动。我们需要对 1979 年的伊斯兰革命进行思考，而反思的深度决定着我们认知的高度。

2019 年 2 月 1 日

我是居鲁士王，阿契美尼德族人

伊朗法尔斯省省会设拉子东北部约130公里处，埋葬着一位伟大的君王，不是因为其战功，而是因为其仁慈和文明，他的统治不是摧毁异类文明，而是发展和保护，他统治的这个横跨欧亚非的大帝国两个世纪太平无事、繁荣昌盛。

他以伊朗西南部的一个小附属国起家，经过一系列的战争，打败了三大帝国，即米底、吕底亚和巴比伦，建立了从爱琴海到印度河，从尼罗河到高加索的大帝国。

他所征服之地，严禁扰民，尊重当地习俗和宗教信仰。他把历代巴比仑国王掳掠来做奴隶的各民族人释放，并派军队护送他们回故乡，支援他们重建家园，这其中就有曾被称为“巴比仑之囚”的以色列先民。他帮助犹太人重建了耶和华圣殿，重建了犹太教，在波斯帝国实现了民族大团结，而这个故事发生在2500年前！

他就是波斯第一帝国——阿契美尼德王朝的缔造者、第一个横跨欧亚非帝国的皇帝、伊朗之父——居鲁士大帝（Cyrus the Great）。

他的后继者冈比西斯、大流士、薛西斯继续扩展帝国并达到顶峰，完全改变了古代世界的政治格局，他的这些卓越后代也都葬在他陵寝附近的帝王谷。

他自信：“我，众王之王居鲁士安息在此。”

他谦卑：“臣民啊！我是居鲁士，我为波斯人建立了这个帝国，并且成为波斯国王。不要因此而仇恨我和我的陵墓。”

他不是征服者，而是文明的使者，就连他的敌人都对他肃然起敬，灭亡波斯帝国的亚历山大大帝从希腊东征到此，不仅没有毁坏他的陵墓，相反还下令加以修缮。

居鲁士陵2500年来屹立不倒，靠的不是坚固的石头，而是崇高的人格！他成就了波斯，他以他的民族而骄傲，他在陵墓旁另一铭文刻着：“我是居鲁士王，阿契美尼德族人。”

2019年1月28日

上善若水的伊斯法罕

沙漠占据了伊朗这个高原国家三分之二的领土，水资源匮乏随着人口激增（百年内人口激增八倍，现为 8000 万）愈加严峻，扎因达鲁德河（Zayanderud）已经断水三年。

幸运的是我们前日（2019 年 1 月 29 日）下午抵达伊斯法罕时正好赶上水库放水，水到之处都是欢呼雀跃的人群，就连狗狗都亢奋不已，追着水流撒欢奔跑。

水是生命之源，贯穿伊斯法罕的扎因达鲁德河发源于大雪山，是伊朗高原上最长的河流，哺育了伊斯法罕这片沙漠绿洲，其波斯语意为“赐予生命的河流”。该河与宏伟的建筑，配上精美的雕刻艺术组合而成美轮美奂的古典城市，所以伊斯法罕有“半天下”的豪气和繁华，自古以来该城商贾云集，宾客会聚，既是政治中心也是商业重埠。其在阿契美尼德王朝、塞尔柱帝国、萨法维王朝时期都是京都。该城之于伊朗好比西安在中华文明中的分量。

郝居古桥（Khaju Bridge）是萨法维时代国王举行盛典的地方，其威严与华美一应俱全，既是政治秀场也是娱乐舞台，而三十三

孔大桥则完全是美学的教学模板。

因为水漾河岸，久违的河水让伊斯法罕人倾城而出，晨曦中，在河岸边聊天，在桥孔处赏水，在桥头嬉戏，因为水，平凡的日子变成了城市的狂欢节。

看完伊玛目广场、伊玛目清真寺、谢赫洛特芙拉清真寺、阿里卡普宫、四十柱宫，回到三十三孔大桥已是华灯初上，夜色中的桥更是风情万种，浪漫情侣在桥孔内对视呢喃，妩媚曼妙的少女们则结伴游玩，俊朗的小伙在人群中没头没脑地穿梭，伊朗比你想象得要开化与时尚。

伊斯法罕，从白天到夜晚都是风景，这一切都是因为扎因达鲁德河，有水的城市方可称灵秀。

2019 年 1 月 31 日

建筑美学中宗教

聚礼清真寺可谓是伊朗清真寺建筑的博物馆，也是凝固的纪录片。

自公元771年以来各个时期的清真寺建筑形成一定风格。聚礼清真寺，位于市中心且最早建立，因礼拜五是聚礼日，又名“礼拜五清真寺”。这是修了近1250年的清真寺，是伊斯法罕最大规模的，也是全伊朗最古老的，于2012年作为文化遗产列入《世界遗产名录》。

进入清真寺，为之震撼，看过了上百个清真寺，领略了各类奢华，这里却没有一丝奢华，只有斑驳的沧桑和岁月的雕琢，2万平方米的建筑群体里从塞尔柱时期优雅的几何风格到蒙古时期马赛克花纹及萨法维风范应有尽有，在不同建筑中观览，恍如在时光隧道中游走。通过建筑美学征服心灵，进而彰显神性，是所有宗教建筑的主旨。

更有趣的是，这里还有拜火教遗留的建筑，拜火教的柱子和图腾在清真寺内多处可见，而且很明显这是刻意保留下来的。说明当时被迫入伊斯兰教的拜火教徒，表面上崇拜着真主安拉而实则可能还在向阿胡拉·马自达祈祷。

2019年1月30日

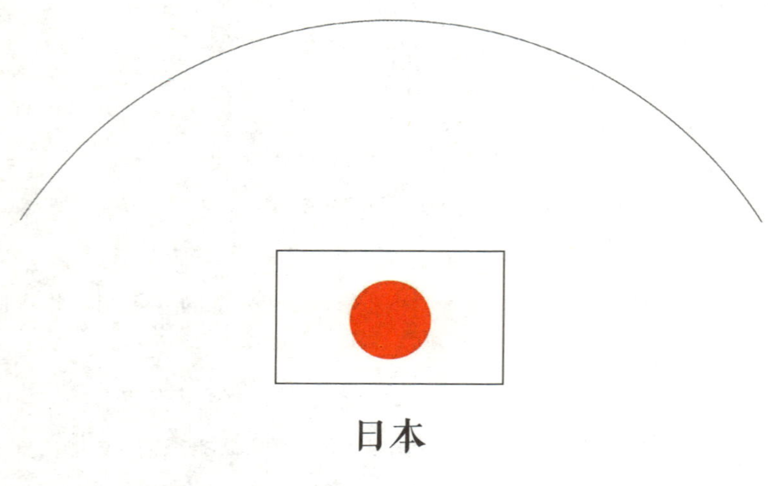

日本

Japan

日本天皇“万世一系”？

日本天皇究竟为何方神圣？真的是“万世一系”？

我对此话题感兴趣最早是在高中时期，当时读了一本名为《菊与刀》的书。后来收集和关注这一课题，读了些日本的史书，如王新生先生的《日本简史》、吴廷璆先生的《日本史》等。

中古时期的日本小国林立，最后由位于本州岛中部（奈良）的大和国实现了统一，此前多次改朝换代，绝非帝出一系。

大和国（日本）君主的正式称呼原本是“大王”。推古朝代推古天皇摄政的圣德太子给隋炀帝的国书中写道“东天皇敬白西皇帝”，“日出处天子，致书日没处天子，无恙”，曾引起过隋炀帝的极大愤懑。

唐代以后，逐渐以日本一词取代倭作为对日本国的官方称呼。中国一直以日本国王来称呼和册封日本的执政者，直到近现代，才使用“天皇”一词。

那么，天皇一词典出何处？

日本国王之前都是称“大王”“大君”，日本国内广泛使用天皇一词的时间是天武天皇时期（约公元631—686年），最早的文字记载是日本689年颁布的《飞鸟净御原令》，有模仿《史记·秦始皇本纪》“古有天皇，有地皇，有泰皇”之“天皇”之意。

秦王嬴政扫六合一统天下，“兴义兵，诛残贼，平定天下”，他自认为“德兼三皇，功高五帝”，于是创造出“皇帝”这个新头衔。

嬴政自称始皇帝，宣布子孙称二世、三世，以至万世，幻想秦王朝的统治能延续千秋万代。

然而秦朝二世即亡，其梦想竟然被日本这个岛国的统治者实现了。从神话传说的神武天皇到现在明仁天皇共 125 代，号称“万世一系”。

日本天皇家族何以延续千年？

其根本原因是日本笃信神道教，而天皇号称天照大神后裔，具有神性，所以不可取代。但真正根本的原因是天皇并没有实权，日本自 1185 年镰仓幕府建立至 1867 年，天皇被架空近 700 年之久。天皇只是个摆设而已，日本摄政政权没必要废除一个没有任何实际权力的傀儡，有了这个傀儡，“挟天子令诸侯”更是名正言顺！

我所考察的日本山口县下关市的神社——赤间神宫（Akama Shrine）就是为祭奠坛之浦合战时逝去的安德天皇所建的神社。

1185 年 3 月 24 日，一直执政的军事集团——平家一族，在坛之浦合战被另一大军事集团——源氏一族打败，8 岁的幼帝安德天皇被其外祖母、来自平家一族的“二位尼”平时子抱着一起跳到下关坛之浦的急流海峡身亡。

可见天皇的命运，并不是自己说了算。

明治维新执行王政复古、祭政一致和“国家神道”，再次确立王朝时代以来的神社制度，展开神祇官复兴运动“大教宣布”，并完成了政教合一体制，自此日本统治者自行使用“天皇”称号，日本天皇再也不是傀儡，而成为真正的统治者！

日本强大之后，在天皇的统治下就开始了一系列的对外侵略，尤其是“二战”，给世界，特别是亚洲，尤其是中国，带来了极其深重的灾难！

1945 年 8 月 15 日，战败的日本裕仁天皇发布《终战诏书》：

> ……宜举国一致，子孙相传，确信神州之不灭。念任重而道远，倾全力于将来之建设，笃守道义，坚定志操，誓必发扬国体之精华，不致

落后于世界之进化，望尔等臣民善体朕意。

麦克·阿瑟基于长久以来天皇在日本的特殊地位及对日本民众的影响，强调了日本天皇在稳定战后占领方面的“不可替代性”，给美国总统建议，保留天皇。其实质是美国为了一国之利而保留了天皇制度。

1946 年 4 月 3 日，远东委员会正式做出决议，“免除日本天皇作为战犯的起诉”。日本的天皇制度也没有被废除，一直保留了下来。

这为日本军国主义的死灰复燃留下了隐患！

2017 年 8 月 4 日

从北京到奈良

戊戌秋日，忙里偷闲，再一次背起行囊，三赴东瀛。

这一次，为我心中的盛唐而来。

匆匆七日，一掠而过的东瀛，虽盛唐不再，但唐风尚存，从玄奘到鉴真，从长安到奈良，到京都，一衣带水的睦邻，文脉相通，难分他乡与故乡。

从北京到奈良，去追寻一个久违的王朝。

威仪天下，恩泽八方，开化四夷，万国来朝。这就是大唐气象。

落花踏尽游何处，笑入胡姬酒肆中。胡姬招素手，延客醉金樽。

长安，走出剑客李白、豪客王之涣、悲怆高适、七绝圣手王昌龄等千古文人。

奈良时代被认为是日本通过与外界交流逐步建立国家、形成日本文化基础的时代，公元710—784年的74年间，这一地区名为“平城京”，历经七代天皇。

平城京规模仅有当时长安城的1/4，但完全模仿长安城的棋盘格局：其规模东西约

4.2 公里，南北约 4.7 公里。中央有宽 85 米的朱雀大路，将市区分为左右两京。天皇坐北朝南，有左京、右京、朱雀、白虎之门，和长安城是一模一样的。

盛唐辉煌，影印在了奈良的东大寺、唐招提寺、法隆寺等古建筑中。

“舍己为人传道艺，唐风洋溢奈良城”，自此佛教在东瀛日盛。

仿长安而建的奈良城则被誉为日本的“唐风时代”，日本从“唐风”走向“国风”之后，在唐朝基础上发展出怎样的民族文化特色？

迎着京城彩霞，沿着鉴真大师的步履，三入日本，探寻沉淀的盛世中华。

在路上，从北京到奈良、京都、东京……

2018 年 9 月 30 日

唐招提寺熏唐风

参访唐招提寺是多年夙愿，今得偿所愿，甚是快慰。

唐招提寺由鉴真大师亲自督建，其所带弟子工匠一手营造，绝然唐风。亲睹该寺之美，心为之一颤：古朴、典雅、庄严。汉唐之风都透着这样的自信。

另一有趣的事是鉴真东渡实则是偷渡，与玄奘西行一样均属“非法”之举。玄奘西行 19 年九死一生，终于到达印度习到了正宗的佛教经典；鉴真先后五次“偷渡”，险些葬身海底，第六次得到黑社会老大兼海盗头目冯若芳的资助方得成功，成为中日文化使者，被日本誉为“文化之父”“律宗之祖”。

2018 年 10 月 4 日

在奈良平城感受大唐盛世

这是一座废都，湮灭在野地，在荒芜的杂草丛中，我想追索久违的唐风。

青龙白虎朱雀玄武，耳熟能详，却早已化为废墟，直到1998年才开始挖掘整理，方得一见真容，其文化力至今尤盛。

710年，日本天皇迁都平城京（奈良），按唐都长安1/4的比例修建，通向平城宫的朱雀大路将平城京分为左京和右京，完全仿照长安，自此开启了“奈良时代”（710—794年），历时85年，历经八代天皇。此时的日本受中国盛唐文化的影响尤深，中国佛教宗派不断传入，逐渐形成六宗：三论宗、成实宗、法相宗、俱舍宗、华严宗、律宗，特别是儒学的传入，开启了日本第一次文化大繁荣。

中国的平城也是北方汉化的开始。

北魏道武帝拓跋珪于天兴元年（398年）七月迁都平城（山西大同），至太和十八年（494年）孝文帝迁都洛阳，在平城建都97年，历经六帝七世，一直是我国北方政治、经济、文化的中心。太和十四年（490年），孝文帝正式亲政，立三长制，实行均田制；太和十八年，他以“南伐”为名迁都洛阳，实行全面汉化改革。

两个平城，既是中华文化诚服四夷的佐证，也是大中华圈形成之始。中华文化自此登上世界历史舞台，直到1840年，辉煌世界千年之久。

2018年10月5日

京都春秋大梦

华灯初上的二条城
洒满江户风月
三年坂酒幌下
矗立着千年宿命
花见小路
汝浓施粉黛
云游书生
不巧撞断尔三味线
富代美茶室
绰约舞姿
书生酩酊大醉
一梦千年
从奈良到京都
由长安至汴京
祇园的舞伎
青绮门之胡姬
何为此生
怎为哪世
生生世世　世世生生
朝雾尘露恰于此时
清水寺观音像前

钟声佛声声声如盟

许我来年银杏叶飘坠

千本鸟居东南双飞

2018 年 10 月 2 日

在东京皇居反思东京审判

这是日本东京的皇居，就是皇宫，我按照所定参访计划前往考察。

这本是德川幕府第一代将军德川家康1590年修筑的江户城，明治维新后，幕府大政奉还，1868年将首都从京都迁到东京，还直接把德川氏的官邸变成了皇宫。

在这里，至今已历经明治（1867年1月—1912年7月，在位45年）、大正（1912年7月—1926年12月，在位14年）、昭和（1926年12月—1989年1月，在位63年）、明仁（1989年1月7日—2019年4月）四任天皇。

其中明治发动了中日甲午战争，昭和则于1931年开始侵略东北，1937年发动了全面侵华战争，而昭和是他的年号，大家比较熟悉的是他的名字——裕仁。

裕仁犯有战争罪、反人类罪，依法当被审判，天皇制度本当彻底废除，但美国出于抑制苏联在亚洲的影响之目的，为了最低成本地完全控制日本，美国决定不对日本天皇裕仁追究发动战争的责任，不予起诉和逮捕，而且连同23名担任高级将领的皇族亲王也受到保护，全体不被起诉，这是东京审判最大的败笔。

1945年，皇居被炸成一片废墟，但却未炸毁天皇制度。

“二战”审判的不彻底性导致天皇制度保留至今，从神话传说的神武天皇到现在明仁天皇共125代，于是就有了“万世一系”的说法。

2018年10月7日

新干线不“新”了

东京的地铁之便利名副其实，步行五分钟内必有地铁口，几乎无所不能及。地铁人流与北京类似，车厢里乘客摩肩接踵，这里无论多拥挤，人们都排队先出后入，井然有序，不侵犯彼此的尊严。

新干线乘车较为复杂，如果不提前做攻略，必然手忙脚乱，仅新干线出入口就有十多个，彼此间距离不近，今天我提前半小时在东京站换乘前往京都，问了十余人，每个人都很热情，但总是说不明白。日本人似乎人人都会说英语，但水平不一，外语水平可能不及北京。

对日本人的礼貌印象深刻，人人之间彬彬有礼，由于地铁及新干线服务人员很少，所以经常要问行人，每人都行色匆匆，但被问到的都会很客气地给予详细答复，还有的会给你带路，带你要去的站点，这一点让人感触挺深。尤其是东京的警察，更是热情、认真，直到你问题解决，他才会离开，敬业精神让人感佩。

新干线首条线路于1964年开通运行，是当时世界上高速铁路的先驱，和法国TGV、德国ICE并称为世界高铁三巨头。

我曾从伦敦乘坐欧洲之星到巴黎，行至中途居然要高峰让车，一等就是一个多小时，最高时速是300公里，二等座票价高达1800元人民币，而东京－京都新干线，时速250公里，指定席13910日元，合838元人民币。舒适程度相当于中国高铁一等座，但却是中国同距离票价的4倍之多。日本新干线舒适程度相当于中国国内高铁的二等座，但车体时常摇晃，不及国内舒适，价格却是国内同距离的3倍左右。乘坐车站候车环境舒适程度更是比不得北京。总体就性价比而言，中国远优于他们。我去德国是开车前往，未能乘坐ICE，不知其水准。

中国高铁的崛起，让这些高铁巨头黯然失色，不仅价廉，更关键是物美，技术、设计及美感和舒适程度都远优于前者，这就是后发优势。我们需要提升的是软件——国民教育，所谓三十年河东，三十年河西。

2018 年 10 月 1 日

土耳其

Turkey

以弗所——爱琴海的传奇

以弗所，土耳其的重要城市之一，在公元前10世纪由雅典殖民者建立，是目前世界上最大的希腊罗马古城。

站在阿尔忒弥斯神庙的遗址上，你才能读懂希腊，这座众神的乐园，用典雅与才情、瑰丽与厚重、娇媚与高贵所铸就而成的圣殿！

面对这辽阔的蔚蓝色，在大海的深处，在夜幕之下，每一个神都活灵活现。

希腊的神话不是神话，这里的神可敬、可憨又可爱。这里的神不是神，是每一个人梦中的自己，是每一个人对未知世界的想象。

你的想象有多丰富，你的创造力就有多旺盛。

所以就有了《理想国》《形而上学》《荷马史诗》《伊索寓言》《几何学原理》

《政治学》《历史》……

抛开希腊的西方只能是个空间的概念，有了希腊的西方，才成为文明的一极；言必称希腊，是因为希腊是人类文明的高峰、西方的圣地。

正是希腊成就了罗马，也是罗马让希腊永垂不朽。

你的想象有多瑰丽，以弗所就有多辉煌，这就是希腊之于罗马，也是罗马之所以为罗马！

这座罗马时代亚细亚省的省会，连接着欧洲与亚洲，连接着海洋与大陆。

在巍峨的图书馆下，在雄伟的大剧院，在广阔的商业大街，在铺满大理石的人行道上，目光所及，尽是富庶与繁华。

这里是以弗所，两千年前就有三十万人口，亚洲的大都会，鎏金烫银的文化名城。

这里是以弗所，融汇着希腊古文明、罗马风范和基督精神的一座废墟！

这里是以弗所，离开数日，依然惦念的古城遗址！

2016 年 7 月 20 日于卡帕多奇亚

迷惘与沉醉

番红花城（Safranbolu），符合我们所有生命寄居的期待：恬淡、温馨、古朴、厚重、雅致、偏远。

走过万水千山，发现能让自己留下来的就是那些能让时光停滞的地方。只有时光定格，我才能自由舒展，从筋骨到心灵；否则我总有身不由己的紧迫感和俗世竞争的压力，而我又是如此执着不甘人后，每天被时光赶着，就如同在鞭子下拉磨一般。

找一处地方，与世隔绝；找一片净土，好生休养；找一间木屋，生活起居；找一个小巷，徘徊闲逛！

番红花城，就是这样一个可以让人永眠在时光隧道的小城。

这里掩藏着600年的奥斯曼兴衰沉浮，千年的马帮驼铃；作为丝绸之路上的重镇，这里曾经兴盛。番红花城是一座以制作马鞍和皮具为中心的商业城市，也正因其发达的手工制作工艺，这座小镇积累了巨大的财富。在18世纪和19世纪，番红花城富有的居民们用晒干的泥砖、木材和灰泥修建了许多豪宅，如今，2000多座奥斯曼风格的民居被鲜活地保存着，数百年来，不曾变化，定格在我的眼前，一样的光景，一样的居民，一样的生活，一样的醇厚，就像被腌过的橄榄果，甘涩的味道，让我意犹未尽。

踏着这600年的石板路，看着这400年的民居，看着依旧还在酣梦中的奥斯曼风情，我心里无比踏实，如果北京也像您这样，我何苦万里寻梦？

爱你的与世隔绝，更爱你看似不思进取的慵懒。

番红花城，一个很文艺范儿的名字，迎来我这位文艺范儿的管理哲学的“圣徒”，两位精神饱满的“精神病患者”，相见恨晚，促膝长谈，一夜豪饮狂欢。

醉，在这里；眠，也在这里。

心有所系，即是故乡。

魂有所归，就是家园。

2016年7月18日于番红花小城

在土耳其滑翔

开始的时候，的确有点局促不安，一辆破得不能再破的面包车，几个络腮胡子的大汉，怎么看都像从阿富汗基地组织派来绑我们入伙的，但交流起来，发现这些人还蛮有礼貌，于是乎就冒险滑翔了一次。

过瘾！我以前从没有滑翔过，生命诚可贵，看着明显有风险的运动就坚决不做是我一贯的原则。今天决定挑战勇敢者的游戏，想到了自己的年龄，再不尝试新生事物，好像就没有机会了。

尝试了一下，果然不负此行。

飘在空中的感觉，似乎只有在梦里才有。

我经常做梦，梦中舞动着双臂飞翔，每次也都能飞起来，但也都累得气喘吁吁。于是想，为了追逐梦想，总是忙得不可开交的，怎么可能不累呢？

今天终于飞起来了，蓝天之下，白云之间，高山之上……我飞起来了！

飞翔的感觉真好，感谢土耳其的兄弟！

2016年7月23日

亲历政变之夜

我在伊斯坦布尔，这里发生了政变！

获悉消息，几百位朋友都来微信、短信慰问，感恩大家挂念！我们会特别小心，不一一回复了，请大家都放心！

两小时前这里枪声大作，一直不断，时常响起炮声，但声音似乎很远。飞机偶尔飞过，噪声很大，把我都吵醒了。特别是两小时前清真寺雄浑的诵经声响彻整个城市上空。

我住在 Crowne Plaza 宾馆 1804 房间，目前这里水电正常，Wi-Fi 也照常工作。我和儿子随团来考察宗教文化比较和欧亚文明的融合，一行七人，目前都很安全，请大家放心！

从窗户向外看，周围在趋于平静。这里的清真寺在高声祷告！偶尔有炮声，还有枪声，但也趋于平静！使馆已通知我们政变已被平叛，大家都安全！具体情况天亮后等通知！

土耳其走到今天很不容易，100 年前参与“一战”失败，差点完全被肢解，今天西方与极端组织“伊斯兰国”对它都步步紧逼，愿土耳其平安！愿土耳其人民永享和平！

2017 年 7 月 16 日

信息融天下　世界自大同

夕阳西下，仰卧长椅，面对蔚蓝色的爱琴海，习习海风，放下归零，心无挂碍，海天一色，不胜惬意。当日临海而居，一夜酣睡。次日要夜宿山洞，穿越崇山峻岭，山石造型千奇百怪，仿若身置银河之外，面对大自然鬼斧神工，不胜感叹；推门而入，房间依山设计，浑然天成；室内摆设考究，奥斯曼风格浓郁。灯光柔和，岩石细白，屋外泳池泉水汩汩，一幅“野奢”之态。

离开伊兹密尔半月有余，依然心有所思，于是口占打油诗一首，以资纪念：

挥别爱琴海，
心念一缕风。
同为山顶洞，
文明殊不同。

华夏与希腊，
人本同日盛。
东西两昆仑，
人类两高峰。

时过又境迁，
沧海化桑田。
希腊坠西山，
中华旭日升。

工业代农耕，
信息新文明。
文化大融合，
宗教趋相同。

儒家宪政化，
道佛精神融。
海纳百川水，
引领世界风。

未来大同日，
中道与中庸。
华美竞归合，
万国咸安宁。

2016 年 8 月 14 日子时

文化涅槃　文明更迭

在伊兹密尔的机场坐等，准备回国，候机厅里响起土耳其的音乐，听不懂，但充满着离愁别绪，不由得引发我敲动键盘的冲动。

多少篇文章就是在机场、飞机及列车上完成的，只有此时我心最静，因为这个时候不需要应酬，不需要申请课题，不需要到地方调研，唯一要做的就是安心思考问题和筹划未来。

我的未来尚有万里的征途，南美与非洲还要前往，印度也有必要再做深入考察。待各大文明走完，我的调研计划初步结束，就进入了归纳总结的阶段。

每次考察，我都要在当天或次日把考察心得记录下来，假以时日，归纳总结，形成一册《文明的融合》，以对应塞缪尔·亨廷顿《文明的冲突》所产生的负面影响。

《文明的冲突》只看到问题的表象，却不明白学者的使命并不是像记者那样如实记录，而是导向的引领。人类走到今天，依然炮火纷飞，与学者缺乏大历史观、缺乏世间的大悲悯有关。

人类是值得同情的，也是值得褒奖的，所犯的一切错是因为基因的缺陷，我们要做的就是为人类的基因缺陷打补丁。

这件事已刻不容缓，特别是核武器及激光武器乃至暗物质武器的出现或即将出现，如果人类的魔怔再犯，第三次世界大战爆发，不需要大审判，全部都要进地狱，因为这是人类的自我毁灭，而非上帝之鞭。

人类的未来就在今天，人类的今天就在历史中，而历史就在废墟里。

废墟里有文明的碎片，也有人类的罪孽。我们从废墟出发，寻求过往的动因，找到今天的病根，根除明日的顽症。

这关乎人类的未来，责任重大，使命光荣。

仿佛玄奘西行求法，九九八十一难，步履维艰：埃及考察遇到了全国起义，穆尔西倒台；泰国考察遇到红蓝大决战；这次土耳其考察又遭遇了政变。

也许，南美与非洲还有很多未知的艰难。但上天要成全一个人，必先苦其心智，饿其体肤，空乏其身，方能增益其所不能。我想我幸运中了签，必须经历这样的磨难。

天命所归，百折不回，人类求存，心智求变，文化涅槃，文明更迭。

近期我每天实际睡眠的时间不超过 4 小时，太累了，回京后要睡够一日方可！

这次土耳其之行，虽有波折，但任务圆满完成，不负此行。

2016 年 7 月 24 日

柬埔寨

Cambodia

只馆不博的柬埔寨博物馆

虽不抱奢望，但柬埔寨国家博物馆（位于首都金边）名不副实的程度还是出乎我的意料。

面积之小、藏品之少、精品之缺都创造了我所考察过的国家博物馆“之最”，唯一“高大上”的就是收费 10 美元门票，远超美国大都会博物馆（按意愿付款），堪比法国卢浮宫！

史前阶段的藏品不过两三个展柜，且摆放凌乱，既无时间排序，也无说明，起不到半点柬埔寨文化启蒙的作用。其他展品也很不系统，有拼凑之嫌。原计划半天的展览，两小时逛完，时间还挺富余。

朝鲜在暹粒创建的吴哥全景博物馆，只有两个厅，一个厅播放动画虚拟的吴哥窟建造过程，10 分钟左右的时间，效果尚可；另一个展厅则是吴哥王朝全景模拟展，实际上是朝鲜 63 位画家画的画，加上灯光，效果不错。收费 20 美元（春节期间华人 7 折）。这是朝鲜投资 1500 万美元所建。

相比而言，暹粒的吴哥博物馆算是良心博物馆了，收费 12 美元，相较而言还算合适。

博物馆分为千佛殿、高棉文明、宗教和信仰、伟大的高棉王、吴哥窟、吴哥王城、石头的故事、远古服装八个展厅。

精品最多的是千佛殿，不同时期的佛像妙相纷呈。精品第二多的是关于印度教信仰展厅中的湿婆不同时期的雕像，特别是迦鲁达、纳迦、南迪这些坐骑和护法的雕塑，我是第一次如此系统而近距离地欣赏。

关于吴哥的历史，在这里展示得相对较为系统，但也很不完善和精确，不过这对于东南亚国家来说，还算是不错了。

2018 年 2 月 18 日

巴戎寺的落日

——人神错位的阇耶跋摩七世

这是一位伟大的君主，文韬武略，对外开拓万里疆域，称霸东南亚；对内变法图强，大兴土木！

关于他的资料，记载甚少。

我搜遍了北大图书馆，关于柬埔寨的历史，最有价值的是两册——美国人大卫·钱德勒所著《柬埔寨史》和北京大学教授梁英明的新著《东南亚史》，其他有参考价值的还有《剑桥东南亚史》和陈显泗教授撰著的《柬埔寨两千年史》。

柬埔寨史大致可分为：史前和早期历史、扶南王国、真腊王国、吴哥王朝、柬埔寨黑暗时代、法国殖民时代、西哈努克时期、高棉共和国、越南占领和民主柬埔寨、现代柬埔寨。

但法国殖民之前，都很难说是信史！

关于阇耶跋摩七世（Jayavarman Ⅶ），即便在如此严肃的史册里，依然是谜。

东南亚和南亚没有著史传统，不要说柬埔寨，即便是文明古国印度，他们的通史也是杂乱无章。

这不像中国，历朝历代都设有史官，“在齐太史简，在晋董狐笔”，史官们秉笔直书，使得“乱臣贼子惧”，也使得我国史书自周以来通史、断代史汗牛充栋，史书浩繁。

史书中的阇耶跋摩七世，关于其生辰、族系、思想等所述甚少，所以关于他的一切，只能在史书里看到一个模糊朦胧的圣君形象。

在现实的世界里，他却是真真切切、实实在在的君临天下的英雄。

阇耶跋摩七世一生风雨苍黄。他做过人质，曾经国破家亡，寄人篱下；而后他起兵抗敌，驱除鞑虏，重振河山，开拓万里疆土。他怎么也想不明白，难道这一切都是注定的？如果不是精进修行，不是八正道，怎可能有如此功德？

这一切是毗湿奴设计的，还是湿婆赐予的？都不是，他们没有此功力，这一切是佛陀慈悲众生，教诲世人好自努力，有因必有果！

信天由命和事在人为，是印度教和佛教的不同之处，毫无疑问，佛教是正信的宗教！于是他由印度教改信佛教了！

他不只这么想，也是这么做的，而且做到了。

站在巴戎寺，处处都是佛的面容，54 座大小不一的宝塔，众星捧月一般簇拥着中心宝塔。每一座宝塔上都有四面佛，而这个佛既不是梵天，也不是如来，而是阇耶跋摩七世本人！

来此拜佛的善男信女，发现大梵天和佛不是别人，正是自己伟大的君王。面对这样的国王，效忠和崇拜是必须的，即便为这样的君王而死，也是荣耀的，为其战死，说不定还能往生极乐！

阇耶跋摩七世作为王族，他没有继承王位；但作为王室成员，他却做了人质，过着朝不保夕的日子。他活了 90 岁，年轻时他看到了苏利耶跋摩二世的鼎盛，看到了吴哥寺的兴建。而此时柬埔寨正遭占城入侵，国内发生叛乱和分裂，整个国家满目疮痍。

于是他决定起兵驱逐外敌。军事才华过人，百战不殆，成功收复吴哥，平定内乱，这时他已 50 余岁，于 1181 年加冕称王。

在位期间，对外，他开疆拓土，曾于 1190 年和 1203 年先后两次征服占城，掳其王，立幼王，统治占城达 20 年，其疆域包括今泰国和马来半岛的大部分，北与中国南诏接壤，东达占城和湄公河三角洲，版图超过苏利耶跋摩二世统治时期，创建了柬埔寨历史上最大的疆域，成为东南亚最强大的国家；对内，改革、变法图强，大力加强基础设施投入，修建学校、医院、桥梁、道路和水力设施，一时经济活跃，国力强盛！

有如此功业者，是人吗？

不是，人不可能如此伟大，只能是佛！

阇耶跋摩七世开始质疑自己的身份，越想越得意，于是把自己幻化成了神！

神就要有神殿，佛要有佛堂，阇耶跋摩七世开始修建自己的神殿与佛堂，于是巴戎寺应运而生！

有神子，就有神父和圣母，于是他又为自己的父亲修建了圣剑寺，为自己的母亲修建了塔布笼寺……

每一座神庙和寺院都雄伟挺拔，气势磅礴而又富丽堂皇，嵌满了珠宝……这一切都需要钱。钱从哪里来？征税！于是税赋不断增加，以致入不敷出，民不聊生，于是人民揭竿而起，起义不断，待到他儿子接任时已是国势衰颓。13 世纪中叶，泰越两国重新崛起，奋力反抗，攻占了首都吴哥城，而吴哥王朝再无招架之力。1434 年索里约波王迁都百囊奔（今金边），吴哥王朝逐渐走向衰落，国家正式进入到一个新的时期——柬埔寨黑暗时代。

他修建的医院留下了这样的碑铭："但愿我能够借助这种善行，把所有陷入苦海的人拯救出来。但愿我以后的各代柬埔寨国王，也将追求这些美德……同自己的妻子、臣僚和朋友一起，到达不再是疾病横行的圣土。"

他想为子民创建东方现实的极乐世界，带来的却是连绵的战争，琉璃净土变成了一片焦土。

人不是神，过去、现在都不是神，未来同样不可能成为神！

人不能成为神，因为神无所不知，无所不能！但宇宙如此辽阔，人所知所能都极其有限，人类的知识与世界知识总量比较只能是沧海一粟，何况宇宙还在不断成长，其速度远远超过人类知识倍增的速度！

人对世界的未知是常态，这种未知其实就是无知。

无知的人要做全能的事，不可能，一旦做了，公民败家，国王亡国！

繁华落尽，万物凋零！

用神殿装饰的人性，庄严的背后却依然是废墟的碎片！

以佛自居的阇耶跋摩七世雕像或没有头颅，或鼻眼损毁，或坍塌成尘。

石头都不坚硬，何况是脆弱的人性！

道之为物，惟恍惟惚；惚兮恍兮，其中有象；恍兮惚兮，其中有物。

神存在吗？存在！天道即神道！宇宙的规律就是天道！

太上，下知有之；其次亲而誉之；其次畏之；其次侮之。

伟大无须言说，说出来未必被认同，刻在石头上未必不朽。

巴戎寺的落日，雄浑而悲怆，无论历史、当下乃至未来，一切的一切，都融在了这一抹余晖里。

2018年2月14日

我无事，而民自富

——渴望幸福生活就是经济发展的动力

这是一个苦难之邦，一百年来先后被法国、日本、越南所统治，整日烽烟四起，民不聊生。

这是一个孱弱的小国，是美苏争霸的棋子，任人摆布，所谓的外交，就是在列强中寻找缝隙，苟延残喘。

这是一个和善的民族，绝大部分国民信奉佛教，呵护生命、爱好和平是其基本的守则，然而这里却发生过 20 世纪人类历史上最为悲惨的大屠杀。红色高棉统治期间，因饥荒、劳役、疾病或被迫害死亡的人数在 40 万 ~ 300 万人。

今天的暹粒曾经的红色高棉根据地，与宣器的金边相比，显得安静。这里有闻名世界的吴哥窟，更有着苦难的历程。

这个国家1992年被联合国进驻并被托管，算来尚不足26年。1998年，原红色高棉第一号人物波尔布特在柬埔寨北部的丛林里去世，其真正的和平到来不足20年。一旦安定下来，民众的创造和发展的动力就显现出来，这个曾经赤贫的国家于2016年7月1日起正式脱离最不发达国家身份，近几年经济增速平均超过6.9%，成为亚洲经济增速最快的国家之一。

这个国家就是柬埔寨。

“安居乐业，快乐幸福”是全人类所有民族最朴实、最直接的追求，一旦和平到来，人们就会追求美好的生活，从吃得好到穿得好，进而玩得好，这就是社会发展的动力。

当然，如果政府战略精准，措施得力，阳光高效，经济发展更是会一日千里。

“我无为，而民自化；我好静，而民自正；我无事，而民自富；我无欲，而民自朴。”

治国其实并不难，只要没有政客作祟，抑制好腐败问题，即便没有太大作为，民众也会为生活而忙碌奔波，经济自会生生不息。

暹粒的夜市，虽然简陋许多，依然不失活色生香。

扎啤每大杯0.5美元，火锅（鳄鱼、虾、牛羊肉及各种蔬菜搭配）每份18美元，足底按摩每小时10美元……

各国人等在此享受平静而安详的生活，热闹景象不次于中国著名景区，这里的价格却只有国内的三成不到，这些欠发达国家通过这些比较优势将获得世界各地的资金、技术、产业转移从而起飞，此乃经济规律使然！

我无事，而民自富。渴望幸福生活就是经济发展的动力。

2018年2月13日

人类的梦魇
——红色高棉

大年三十清早，我从暹粒飞金边，打车去柬埔寨国家博物馆，接着游览了柬埔寨皇宫，其规模很小，而且没有馆藏，很快就游览完毕。

下午去了吐斯廉屠杀博物馆（Tuol Sleng Genocide Museum）即 S-21 集中营，其由一所中学改造而来，一共有五栋楼。外表除了铁丝网之外看不出什么，但到了里边，则让人不寒而栗。

A 栋楼的每一间都有一张锈迹斑斑的铁床，铁床上有一根铁棍，上面焊着铁链。凡是进去的人，都会被扒光衣服，锁在铁床上，然后开始审讯。B 栋楼则更是恐怖，一间大房被分隔成若干 1 ~ 2 平方米的小房间，晚上躺下来都有点困难。没有隔间的，则直接十几个人一排锁在地板上的一根长长的铁棍上，一个房间锁上上百个人，用刑之后，往往有人大小便失禁，整个房间恶臭熏天。

哪些人会被捕呢？前期的犯人主要是朗诺政权时期的政府官员、军人以及学者、医生、教师、僧侣等，只要是这些职业和身份的人，都会被强行逮捕。后期被捕的是红色高棉内部人员，无论有没有任何犯罪或过错，最后审讯的结果是：全部有罪，予以处死。其中被抓捕并处死的还有许多儿童甚至是婴儿。

右图为 C、D 栋楼展示的照片、档案资料同样令人毛骨悚然。审讯前先用电击、热烙、悬挂、放血、拔指甲、入水瓮等刑，除此之外还有饥饿。用刑期间不许哭，不许喊叫，不许

质问组织（安卡），被抓进监狱的2万余人，仅7人幸存，因为他们尚未来得及枪毙就被越南军队解救！

接着我又打车赶往位于金边南郊，距离市区15公里的红色高棉钟屋杀人场（The Killing Fields of Choeung Ek），在这里被杀害的人多达1.7万，包括大量的老人、妇女和儿童，甚至婴儿。

为了节省子弹，刽子手的杀人工具有镰刀、斧头、钢撬、木棒等，对于婴幼儿，刽子手们将婴儿脑袋朝下倒提起来，然后狠狠地朝着大树猛摔致死，最后扔进坑里。而妇女处死前都会被扒光衣服，遭受羞辱。

杀人场中心一座十七层的佛塔，没有佛像，没有舍利，只有在这里陆续挖出的8000余个死者的头盖骨。走在杀人场，随处可见零碎的人骨，我的呼吸几乎停止了。

红色高棉时期杀害了200万人之众，除了本国人，还有2万越南裔，21.5万华裔，4000名老挝裔，8000名泰裔，这些数字都超出高棉人死亡的相应比例。

由于太过血腥，很多悲惨的故事不在此讲述，以后另做专题研究。

红色高棉所作所为，可能超越了历史记载的极限，特别是发生在现代社会，更是匪夷所思。

它带给人类的不仅仅是伤痛的记忆，还有悲痛的沉思。

因为气候温润，物产丰富，东南亚人无须过度竞争，都能衣食无虑，所以一向乐观且为人和善；长期被殖民统治地区的人，因为要面对强权，慢慢就会变得性情温顺；农业生产在古代因为技术简单，无须冒险创新，所以过去农业大国的民众往往敦厚而保守……

这些特征柬埔寨都具备，但是这里还是发生了人类有史以来最惨烈的大屠杀！

红色高棉得的是一种魔怔，是人类这个物种特有的病，而且容易传染，就像SARS，只要条件具备就会爆发并迅速传播。

亚美尼亚大屠杀、奥斯维辛集中营等人类所有的大屠杀都是此病作祟。但随着技术和武器的发展，杀伤力越来越大，屠杀的成本越来越低，总有一天暗物质武器和量子武器也会被发明出来，假如红色高棉拥有核武器、激光武器、暗物质武器……柬埔寨还存在吗？越南还存在吗？美国还存在吗？地球还存在吗？

万幸，这一切红色高棉都没有；万不幸，红色高棉这种病，人类都有，只要条件具备，随时都可能发病！

红色高棉之后还有 1994 年的卢旺达种族大屠杀、2014 年的 ISIS 大屠杀，这些都是刚刚发生，恍若昨日。

波尔布特留学法国，受过高等教育，他的团队里还有不少人也是海归，大部分受过高等教育，这说明受过教育的人心智也未必健全。

波尔布特自称“马克思主义者”，但他放弃城市，放弃现代生活方式，放弃高科技，放弃工业，重新开始刀耕火种。

红色高棉内部相互屠杀，人人自危，在 1975 年 10 月宣布的民族阵线的 13 个领导人中，有 5 个在 1977 年的清洗中被处决，包括内政部长、两任商务部长、新闻和宣传部长、国家主席团第一副主席等。大部分管理层被清洗，同样的“理想主义”“革命信念”也不能形成团队合力，这说明组织（安卡）的同志也不可信赖。

这些都是外在的因素，而非主因，这种魔怔会依附在任何信仰和主义之上发作，就像癫痫病，平时是好端端的人，一旦病情发作，就会六亲不认！

这种病的病毒在人类的基因里，潜伏期很长，有时几十年，有时几百年，有时甚至千年，发病条件目前来看还需要进一步研究，一旦发病就是毁灭式的大屠杀。科技越发达，发病后果越严重，而且很容易形成交叉感染，有物种灭绝的危险。

2018 年 2 月 15 日

朝鲜

Democratic People's Republic of Korea

初识平壤

29 日，抵达朝鲜已是下午 4 时，朝鲜机场飞机很少，除本国的十几架客机停在停机坪，外国飞机少见。

机场很小，很像国内三线城市的机场规模，航班也多是中国北京、沈阳的航班。当然也有一些外国人，与我挨着的是一对瑞士父子，他们一行 7 人组团旅游。

机场设施还算不错，设备与国内运城机场、普洱机场相当，各种电子显示屏一一具备，机场服务人员很多，海关职员、军人、机场管理人员到处都是。出关手续很简单，但要严格审查所带物品，特别是图书资料类，会被反复查验，所以效率很低。虽然我们人数不多，但前后也用了将近一个小时。

接待我们的是位朝鲜姑娘，名叫星星，着民族服装，汉语很流利，能说会道，处事很灵活，先带我们去火车站接从沈阳乘火车来的一波游客。

机场离市区 30 公里左右，不长的路途却经过了几道士兵把守的哨卡，要求查看通行证。一路上来往的火车都很陈旧，很多是绿皮火车，建筑也比较破旧。但靠近平壤就是另一番天地了，时尚的高楼大厦不时出现，马路也开阔起来，但车辆很少。导游说，大部分人主要靠公交电车，人们秩序井然排队上车，车厢总是塞得满满的，50 朝币（约人民币 3 角）可以坐全程。还有相当一部分人骑自行车，另一部分人步行，政府鼓励市民徒步健身，每天走 10 公里。整个平壤确实没见到特别胖的人。

很快到了火车站，由于有空闲时间，她让另一位名叫小泉的导游带我们参观火车站。该火车站于 1965 年由金日成所建，在今天看来有些陈旧了，当时应当是很有档次的。火车站前边是个大广场，到处都是人，聚集在广场休息，大家都很悠闲，丝毫没有媒体上所宣传的剑拔弩张的紧张气氛。广场上有个很大的屏幕，声音洪亮地播着军队的文艺节目，有点像中国文工团表演的相声与小品，但一点儿也不搞笑。

这是首次近距离接近朝鲜人，他们有西装革履的，有着中山装的，有着该国特有的土绿色制服的，比原来想象的装束要丰富许多，但无论何种衣服，左胸口处统一别有金日成单人像章或金日成、金正日父子的红色像章。

等到乘火车而来的人员到齐后，46 人的队伍显得热闹许多，我们直奔第一个景点：金日成广场。

金日成广场宏大空旷，金日成父子的巨像悬挂在主楼正中，无论从哪个角度都清晰可见。

整个广场，除了中国团，还有一个西方小团，在能容纳 10 万人的广场上拍照，显得很宽绰。

马路很宽，车辆很少，除了公交电车，就是几辆出租车，多是比亚迪，还比较新。

马路一边有两栋大楼，好像是公务机构，稍显陈旧，但隔江的主体思想塔却很高大宏伟，高高竖起的火炬很有气势。隔着的这条江就是大同江，江面宽阔，江水清澈，一两艘大游轮沿江巡游，江边的朝鲜国旗成行飘扬。

江风习习，夕阳西下，国旗招展，领袖像光彩生辉。

晚餐安排在一家涉外饭店，每人面前一只火锅，各类菜品齐全，有猪肉片、鸡蛋、各类蔬菜，还有炒鸭肉、凉拌粉丝，味道很不错，比想象的丰富些。特别是每人一杯大同江鲜榨啤酒，冰爽，绵醇，滋润，口感好过燕京，很不过瘾，又加了一瓶，口感略逊色于鲜啤，但依然不错，要价 5 元人民币，也不算贵。

夜宿羊角岛，晚上的平壤大街，车流稀少，路灯昏暗，大部分楼没有霓虹灯，但依然看到几栋很不错的现代建筑。

羊角岛宾馆是朝鲜特一级酒店，居然没有装饰灯，些许的亮光与它的地位很是不符，进去以后发现还很现代，各类装饰虽略陈旧，但豪华大酒店的功能还都具备，旋转餐厅、咖啡吧、电梯、健身室、游泳馆等一样不少。还有赌场，据说是何鸿燊开办的，亏得厉害，于去年关门了。

我们被安排在 18 楼，我是单间，房间很不错，干净整洁，设备虽旧，但都还好用，电视能收到凤凰卫视、澳门莲花电视台、中央台新闻及中东的半岛电视台等。

打开窗户看风景，外边黑黢黢的一片，远处大楼的微弱灯光还能证明这是一座城市。

2017 年 4 月 29 日于平壤羊角岛酒店

出平壤，一路向东南

从平壤出发，来接我们的是一辆金杯面包车。我们一行五人，但旅行社安排了两位导游一位司机，共三人带团。

一路向东南，朝着韩朝边界的金刚山出发。

出平壤后，车辆就很少了，几乎没有公交车，基本都是越野车和轿车。越野车有路虎，也有奔驰，无论什么牌子，车身都很干净。离开平壤，路面就开始变糟了，一小时后，路上就开始出现了坑洼，行车稍有颠簸。

道路两边都是依山开垦的农田，田无三亩平，地无一陇直。丘陵和山地，发展农业着实困难，路边不时出现牛耕的场面。

一路上都在修路，因为是五一劳动节，修路的人有农民、工人和军人，义务志愿劳动。

由于联合国制裁，缺乏沥青，所以朝鲜修路只能用水泥在坑洼处修修补补。昨天路上我们见到有人烧轮胎熬胶补路，滚滚的黑烟与春和日丽的天气和清秀的环境极不相称。

行车一个半小时，就来到东明王陵了，这里安葬着高句丽建国始祖东明王朱蒙。高句丽立国从公元前 37 年到公元 668 年，长达 700 多年。

2004 年王陵被联合国定为世界文化遗产。陵区有陵门、陵墓、文武官石雕和陵堂等，这与中国的中原王朝别无二致，文字也都是繁体中文，所以是中华文化圈的成员。

陵墓由于当年被日本侵略者盗窃，所有文物和墓葬被抢劫一空，只余建筑和封土。1993 年金日成主持改建，才有了今天的模样。

出了王陵，继续向东南行驶，路况每况愈下，每隔数百米就有修路的。很有意思的是，哪怕很小的一个活，都有一堆人在干，如果工程稍大点，就会有几十人甚至上百人。而且女人们组成啦啦队，在现场手持红旗载歌载舞，助威鼓劲。这样的场面我只在儿时见过，很模糊了，在朝鲜，让我想了起童年的时光。

中午在元山就餐，主要是鱼，炒得好，味道不错，大米也很香。元山是朝鲜第三大城市，也是海滨城市，海水蔚蓝洁净，沙滩很白，整个城市建筑略显陈旧。

过了元山，继续向东，就有了小平原，深褐色土质，一看就很肥沃。这一带经济条件要好上许多，路两边有很多村庄，房子都是一个样式，白色的墙面，灰色的顶，很有点乡间别墅的感觉，各家都有独立的院落，院子不大，三分地的样子，可以种植蔬菜和瓜果。

我们最担心的就是加油问题，路上的加油站都没有油，由于受到制裁，不产油的朝鲜真是让人“步履艰难”。

一路上遇到最多的就是军人，多是一个人在路边拦车，希望能搭上顺风车。这种现象中国现在很少有了，但在朝鲜似乎很普遍。由于没有公交车，偶尔见到大货车车斗里挤满了人，大家相互搀扶，很是拥挤。人们的出行主要靠自行车和步行，自行车既是交通工具又是运输工具。但无论在哪里，从事什么工作，大家都着装整洁。

进入旅游区，要过几道军事岗哨，办理不同的手续，终于到了金刚山，路上行程已将近 7 个小时。

2017 年 5 月 1 日

一见金刚山

金刚山，久闻其名，今日得见真容。

早上在金刚山酒店用早餐，整个大厅只有我们五人，菜品有烤三文鱼、炒葫瓜、炒鸡蛋，主食有大米饭、馒头和红米粥。

早餐后，乘车出发，半小时内过了几道关卡后，就到了金刚山下。

沿着山道，拾级而上，硕大的石头横在山溪涧，水声哗哗不绝。不远处就是一处凿石穿洞接出的山泉水，我喝了几口，凉爽、甘冽，比买的矿泉水好喝多了。

继续前行，山溪越发充沛，绕石盘旋，冲击而下，形成若干小潭。

整个大山只有我们五位游客，两名导游，一位司机，八个人行走在大山深处。山道弯弯，十分空荡。行至半道，同团的两对老夫妻被我落在了后面，我一人遥遥领先在空阔的大山，既寂寥又惶恐，前行，担心我一个老外在空无一人的前方，万一有猛兽与歹徒出现怎么办；回去，实在舍不得雄伟的高峰，和一泓碧水的柔情。

或诱惑于山清水秀，或鉴于誓要登顶金刚的诺言，我决定继续前行。

小潭渐成小渊，石头色白发亮，古树林立，鸟声婉转，金刚山峰已在眼前。

导游小姜和司机赶上了我，身后跟着一对夫妇，另一对夫妇已经决定放弃了！

终于到了九龙瀑，站在观瀑亭上，九龙瀑既没有想象的壮观，也没有想象的雄伟，可能是正值枯水期。并不大的山泉水依着山壁飞流直下，如从天际垂下的白绸带，经过三叠，落入下边的潭中，潭水碧绿无瑕，如同龙宫的镇宫珍宝，晶莹剔透，熠熠生辉！

这也不失为一大景观，难怪没有到过此地的苏轼闻景后赋诗曰："愿生高丽国，一见金刚山。"

从九龙瀑下去，拐道前往龙潭。

没想到路途更加艰险，陡峭的钢铁焊接的梯子层层向上，层层艰险，待爬上山顶，我的双腿已不听使唤了。但在山巅所看到的景致着实令人欣喜。九个大小不一的碧潭依山势排开，潭水碧绿若蓝，如翡翠，又如蓝宝石，镶嵌在山涧，如一串上天遗落在人间的项链，让人惊叹造化之神奇！

由于没有带水上来，出汗不少，我口渴难耐，急于下山，并没有体会到"上山容易下山难"。下到山溪处，脚踩两石块，双手捧水，入口甘爽，沁人心脾，全身畅快淋漓。

午餐安排在宾馆附近的一家涉外餐厅，设施相当现代，装修也很典雅。主要是炒菜配米饭，配有啤酒，我又单点了大同江啤酒，酒至半酣，服务生为我们献歌，歌曲主要是《阿里郎》《卖花姑娘》等，她们倾情表演，我们纷纷献花，虽然她们这些服务都是免费的，但我依然给了小费，着实感动于她们的真诚、善良与好客。

下山后，又去看了三日浦，湖面宽阔，明澈秀美，波澜不惊，好像一面用翡翠做成的镜子镶嵌在群山之中。

2017 年 5 月 2 日

朝鲜的知识分子

今天上午 6 点从金刚山出发，8 点终于在元山通过后门，在旅行社加到了汽油，又一路前行近 5 小时，终于抵达平壤。

首先我们体验了平壤地铁，平壤地铁是世界上最深的地铁，深达两百米，乘坐电梯下地铁，很有新奇感，平壤共有两条地铁线路，最早始建于 1969 年，比北京还早，当时在世界也属领先，其装修当年也属于高大上，今天看来风韵犹存，这得益于当年金日成使经济得到快速发展的“千里马”运动，当然核心还是技术，何人帮其完成的设计？何人帮其施工？这是我当时的一个很大困惑。

由于不是上下班期间，所以人并不多，车厢内秩序井然，出入的人群衣帽整齐，其中相当部分着装还很时尚，不像我们猜测的那样。

接着我们参观了主体思想塔。

朝鲜的建党纪念碑，是工人农民和知识分子，而且知识分子位居其中，也就是说从 1945 年建党，劳动党就开始重视知识分子，其政策延续至今，且愈演愈烈，知识分子如今成了特权阶层：特殊住房、特殊物质供给、特殊文化享受，在朝鲜知识分子有特殊地位。

中国的知识分子是工人阶级的一部分，但在“文革”中，知识分子是臭老九，是要被打倒的“孔老二”，到了 80 年代，更是“搞导弹的比不上卖茶叶蛋的”，直到小平同志提出“科学技术是第一生产力”，知识分子才开始真正翻身，享受国民待遇。到了 90 年代初，小平同志南方谈话之后，知识分子的价值才开始全面得到认同，21 世纪初，知识分子价值得到全社会认同，其社会地位得到全面提升，而今成为社会的高端阶层。但由于某些原因，精致的利己主义成为当下对部分知识分子的诟病。

晚上，我们参观了未来科学家大道，在这个时尚、高端、大气的建筑群内，我们所看到的最豪华的建筑，全是科学家、学者、教授、著名画家的公寓楼，装修一新，现代家具配置，只需拎包入住。200~300平方米大房子免费供给，楼下是专配各类肉类、蛋类、酒类及奢侈品的专供商店，咖啡厅、酒吧、餐厅一应俱全，知识分子完全被“包养”，剩下就是全力搞研发和“主体思想”了。

所以，我们所到之处，看到朝鲜很多设备相当现代，除了农业还有二牛抬杠的耕作模式，其他与现代社会已经别无二致。

2017年5月3日于平壤羊角岛酒店

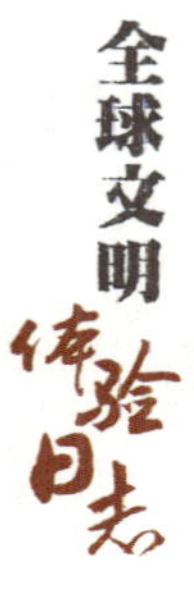

媒体渲染与真实见闻

——朝鲜行纪有感

朝鲜，一个始终牵动东亚命运的国家。

新罗、高丽、朝鲜、大韩，从前世到今生，穿过人类文明的历史长廊，从来处来，到何处去？这是一个学者要思考的问题。

从平壤到板门店，从东明王陵到金日成广场，有多少血雨飞溅，空怅惘人寰无限。

踏着历史的尘埃，迎着核武的阴霾，从北京出发，走向这片难以言传的土地。

经过六天考察，关于这个神秘的国度，感触最深的就是朝鲜比我们想象的要好，而且好得多。

科技、规划、建设、社会秩序、卫生文明比东南亚的许多国家要好些，即便是经济也没有想象的那么不堪，但朝鲜的问题依然严重：模式僵化，效率低下，封闭保守。

这些极大限制了朝鲜的可持续发展，特别是核武器问题，各方都陷入僵局。朝鲜改变核武战略的可能性很小，国际制裁不可避免，朝鲜的能源、电力将更加紧张，基础建设所需的沥青、钢材等越来越匮乏。

但我们也看到了希望，虽然农村生产力依然低下，牛耕依然大量存在，手工还是主要的生产模式，但是金正恩开启了农村改革之路，现在农民都有了自留地，自留地所产物品可以在农贸市场交易，农民的生产积极性有很大提高，广大农村已基本解决温饱问题，经济结构变迁，经济得到很大的改善，黎明大街、未来科学家大道、平壤科技馆的建设，可以看出朝鲜有望走上中国式改革之路。

问题是因为核武，朝鲜可能失去这样的纵深改革机会，使改革被扼杀在萌芽状态，朝鲜或被迫进一步强化先军政治，与各方鱼死网破，这将是一个多方共输

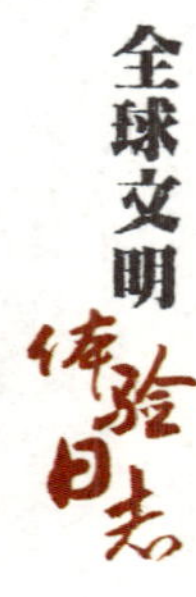

的局面。朝鲜因为生存压力，认为核武器是自保的唯一筹码和捷径，绝不会轻言放弃，考验政治家们智慧的时机到来了！

特别想再说一点：朝鲜不是大家想象的那么落后，温饱问题基本解决，科技发展能力尚可。当然由于朝鲜不能自由行，只能随团走，调查很不充分，这些只是有限的观察与感触，可能与真实的朝鲜有差距……

2017 年 4 月 29 日

印度

India

新德里的江湖掠影

一杯红酒，开始了我的印度禅修之旅。茕茕孑立，独身一人，背包前行。孤独也是修行的法门。

从香港起飞，直飞新德里，但对于这次旅行，我似乎一无所知，只知我要到佛陀的诞生地去礼拜一位大哲，到佛陀的弘法地去参悟佛陀悲悯的心怀，到佛陀的涅槃地去追寻先哲不朽的灵魂！

生命就像被抽打的陀螺，在娑婆的尘世，我时常感到疲惫不堪，这次甚至连安排行程的时间都没有。想当年，玄奘法师没有降妖除怪的本事，但他只有一个信念——向西。就这样，一路西行，他终于到达西天，取得真经，修成佛果。此番，我也决定一路向西，相信向西就会与佛陀相遇。

坐在飞机上，金色的阳光从窗外投进来，层层片片的云彩金光四射，真有点像西天圣境（《阿弥陀经》里对西天有着详尽的描述）。

来到新德里，才知道印度出租车司机的英语水平比想象中好多了，他们的发音虽然很怪，但你能听得懂，而菲律宾等地则完全是错误的，竖起耳朵听得累死也还是不明白。印度出租车司机长着满脸的络腮胡子，乌黑大眼，身材高大，猛一看像是屠夫，但聊起来却蛮温柔、谦逊，不乏幽默，也还算诚信，在南亚这算是少见了。聊天中发现，新德里的司机每周工作 7 天，每天 14 ~ 15 小时，每月赚 12500 卢比，约合 250 美元或 1500 元人民币——这样的收入在印度算是中等了，可以养活一家人。

街对面盖着的楼房，沟沟壑壑，两边都是小吃，小贩在垃圾纷飞的环境中挥着大铲在锅中飞舞。看到我这个老外，翻动得更殷勤带劲了，还抛着媚眼向我兜售。我再生猛，也不敢"饮鸩止渴"，生命多珍贵啊！这就是印度德里老城？狭窄的街道，满街的垃圾，流浪的野狗，快乐的小贩。

更让人震惊的是，还有一个巨大的一望无际的坟场，绕着我下榻的宾馆转了大半圈。印度人似乎并不在乎，坟场边小买卖生意依旧红火。

安顿后，觉得有点饿，鉴于街边的卫生状况，我去了街边的一家酒吧，点了份炒蛋，要了瓶啤酒，加小费 255 卢比，约合 5 美元或 33 元人民币。酒吧里还有乐队，六人中有两个女歌手，唱的什么我听不懂，全是印地语，但音调都不错。

这一晚，噪声使我几乎整夜未眠——前半夜楼下的狗狂吠不息，下半夜起早贪黑的小贩开始作业。第二天"醒"来，早点设在顶层的阳台，在此用餐，坟场更是一览无余。我点了份"北印风格"，菜端上来以后才知道是加了些蔬菜的煎面饼，火烧大了，黑乎乎的。就这样，面饼加奶酪，加上本地的咖啡，也成就一顿大餐！

早餐后，与店老板商量我的行程，我本来只去蓝毗尼，结果他告诉我要先乘飞机去加德满都，而且机票单程就要 1.2 万卢比。我看出其中有诈，想着赶紧结账走人。结账时老板又想骗我 100 卢比，被我识破后，悻悻未遂。

这么一来，指望酒店帮忙叫车已无可能，于是我独自拎着行李去打车。走不远就见一堆出租车，其中一个司机看见我，问去哪里。我说去印度门，那边有几家好酒店，想好好地休息下，补补昨日的失眠。没想到对方竟要价 400 卢比，没等我讨价就把我的箱子拎到了一个破得连仪表盘都没有的面包车上，把我交给了坐在车上的司机。这个司机开车就走，我看其面相不歹，料想不会是劫匪，也就从了。

破车在人群和车流中穿梭一番，不到十分钟就到了印度门。天哪，这段距离打表不过 50 卢比。司机看出我的愤怒，就主动绕着印度门转了一圈，还给我拍照，让我火气渐消。但想想还是很亏，干脆不休息了，直奔火车站去蓝毗尼！司机也许良心发现，二话不说就直奔新德里火车站。

走着走着，司机却在一家公司门口停下，说要在这里帮我买票，才能等火车。我推门进去一看，是家旅游公司，很整洁的办公桌前坐着一个很帅气的小伙，明白了我的旅行计划后，再次建议我先乘飞机去加德满都，一问机票竟要1770美元，合8万多卢比，加上酒店的费用高达8000美元！在尼泊尔三天带往返要8000美元？！可恶的骗子！这些钱够得上在尼泊尔生活一年，天天星级宾馆，美味大餐！这家伙够狠！

对此价格，我没表示异议，但希望他帮我规划下行程和路线，小伙子很认真帮我查地图，制订计划，完毕后，我拿上计划纸，告诉他我和朋友商量好后再来找他。小伙很恋恋不舍地看着我离去，临走反复叮咛来电订票！我一边说“好的，等着吧”，一边拿着行程单直奔机场。

印度的骗子很多。到了机场，我直接奔柜台购买飞往加德满都的机票，很遗憾，当日的票售罄，只好买了次日早上7：30分的航班。这个时间很尴尬，返回市区，需要明早一大早来机场，不回的话，这段时间浪费掉就太可惜了。思来想去，决定住在机场附近的宾馆，恰巧一位拉客的司机安排车把我接到了他们的宾馆。宾馆离机场直线距离不足500米，倒也方便！宾馆很整洁，但没有空调，透气不好，且价格太高，2400卢比，约合人民币300元，在市区可以住很好的宾馆了。货到地头死，再加上自己很累，也就只好认宰了。

安顿好后，反倒没有了睡意，下楼溜达时发现隔壁是几家简易的饭摊。在印度吃饭是种勇气，也是场赌博，在污浊不堪的环境中，在脏乎乎的锅案灶台里，看着上下翻飞的饼和炸包，不要说吃，看着就想吐。在这赌博中，我是胆小的输家，两天就吃了两顿饭，但竟然毫无饥饿感。

就在随意溜达中，我发现了一个新天地——一个全然不同的印度。在Airport Hotel的后边有一个大村庄，是我通过一个小胡同进去后才发现的。

村庄很大，有很多条街道，只不过街面很小，地面也很脏，排污的下水道散发着恶臭。但这里的人见到我都很和善地点头，然后低头做自己的事情，这情形让我觉得特别舒服。因为之前的印度人都想从我这个外来客的身上榨点油水，所以其殷勤和伪善让我很警觉。而这村里的人看我的目光里则透着亲和与好奇，恐怕很少有外国人来此光顾，我没准是第一位中国人。

村里的人都很平和，大声说话的很少，大家都是默默无语，微笑着工作和生活。他们对我这个中国人很好奇，但都保持适当的距离，与他们谈话，他们都会和善地回答，但绝不会过度亲昵。

这才是真正的印度人！那些总想骗点钱财的，都是过度商业化和世俗化的结果。这在发展中国家是个普遍现象。

此外，这里的印度人很自信，无论你怎么拍照，他们总是微笑着配合，没有任何造作和不耐烦。也没有像其他国家的人，感觉生活不如意，就不愿外界看到自己糟糕的生活环境。他们很随意，可能认为生活本来就这样，没什么可遮掩的，更不会和国格、人格等扯在一起。

村里有很多孩子，小孩子长得都很帅气，眉目间透着一种灵气，小女孩更是清秀。但不知为何，灵动英俊的小孩子怎么长着长着就会变成满脸络腮胡子、满身臭汗的大邋遢；小女孩也会渐失清纯可爱，变成了身披纱丽、满脸愁容的中老年妇女。岁月真是“毁人不倦”啊！

2013 年 1 月 15 日

尼泊尔

Nepal

追寻佛陀的足迹

从新德里飞往加德满都，在一万米的高空，窗外的白云与远处的雪山连在了一起。远处的山上全是积雪，山脉走势清晰可见。陡峭、挺拔、伟岸，这就是喜马拉雅山了！那个最高峰可是珠穆朗玛峰?！这座山在我心中充满了神秘，但因为担心高原反应，从未与之亲近！不曾想，在异国他乡，竟在空中不期而遇！

在加德满都，几乎所有的街道都有神龛寺庙，有的寺庙仅供人礼拜，并无专职的修行人。

我走进的这个寺庙很小，只有一间小房子，住着一位法师。这位法师看我在关注他，特别拿起了法器，很专注地为我持咒诵经，并摆出姿势让我拍照。虽然听不懂尼泊尔语，但我在抑扬顿挫中感觉到了神秘与庄严！法师唱诵完毕，又用朱砂为我点额，以示吉祥如意，并以百合花灌顶。

在印度教看来，前额的眉心是人的生命力的源泉，是人的活力中心，所以平日必须涂朱砂和药膏加以保护。基于此，我更详细地看了这个寺里的神像，忍不住大吃一惊：佛陀的神像旁边竟然是哈努曼的神像！哈努曼（Hanuman）是印度史诗《罗摩衍那》的神猴，风神和母猴所生之子，聪明非凡，力能排山倒海，善于腾云驾雾，是智慧和力量的化身。

其实在印度和尼泊尔，佛教与印度教是孪生兄弟，印度教信众要远远多于佛教。阿育王及迦腻色迦王时期，佛教成为印度的主要宗教，婆罗门教便相形式微；4世纪时，婆罗门教受到笈多王朝的大力支持，又进一步杂糅了佛教及其他学派的思想，于是发生了较大的转变，而以“新婆罗门教”自居，企图恢复旧有地位，这就是今日的印度教。

8世纪以后，印度教的主要思想家商羯罗，依据婆罗门教的根本教义，又吸取

耆那教及佛教的优点，使印度教宗教实践的成分加大，简化原有烦琐的理论，印度教遂一跃而成为当时思想界的主流。圣雄甘地说，佛教给予印度教新的生命、新的意义、新的解释。因为这种渊源，两教的关系极为融洽，甚至同场修行。在尼泊尔，真正的主流宗教是印度教，因为官方信奉，上行下效，但到了社会底层，则信佛教者众，但佛教信徒依然不及印度教的1/8。①

佛教与印度教思想有别：印度教说有“我”，佛教则说“无我”；印度教说“梵”为宇宙之体，佛教则说诸法因缘生灭的本体是空；印度教严格区分阶级制度，佛教则提倡一切众生平等；后期印度教的派别中出现以苦行或乐行的修持，佛教则主张“中道”为修行主体。

印度教信仰多神，但在多神中以梵天、毗湿奴、湿婆三神为主神。印度教认为梵天是主管创造世界之神，毗湿奴是主管维持世界之神，湿婆是主管破坏世界之神。在三个主神中，又往往把毗湿奴或湿婆立为一个主神，其他神都在其下，并都是毗湿奴或湿婆的化身，所以是具有特殊性的神教。

黄牛在印度教里是神，因为是大神湿婆的坐骑，所以也受到人们的崇拜。我看到即使是头残疾的牛，竟也生活得怡然自乐，泰然自若地接受人的奉养。

其实在印度和尼泊尔，不仅牛，其他动物与人也都关系不错，彼此间互不影响。

19世纪，英国殖民者曾用20年时间对印度教做了系统的调查。当年英国外交部曾宣布无法对印度教做出一个准确的定义，它既是有神论的宗教，又是无神论的宗教；既是多元论的宗教，又是一元论的宗教；既是禁欲主义的宗教，又是纵欲主义的宗教；既是宗教信仰，也是生活方式。

印度教思想来源于佛教和婆罗门教，他们认为，人需要经过多次轮回才能进

---

① ［德］韦伯．印度的宗教：印度教与佛教［M］．康乐，简惠美，译．桂林：广西师范大学出版社，2010.

入天堂。

苦行僧之所以折磨和虐待自己的身体，是因为他们把自己的身体看作罪孽的载体。苦行僧希望通过把物质需求降到最低来获得心灵的解脱，得到神的庇护和恩赐，从而摆脱无尽的轮回之苦。尼泊尔的苦行僧多来自印度，被叫作 Baba，意思是“圣人”，他们被看成是来凡尘普度众生的“神的使者”，受到人们的尊重。

尼泊尔三个杜巴皇家广场同时被列为世界文化遗产，它们分别位于帕德冈、帕坦和加德满都。14 世纪初，尼泊尔分裂，而且帕德冈和帕坦是敌对的。这个国家屈从过许多侵略，包括 1349 年来自孟加拉的穆斯林。1380—1395 年在马拉王朝统治下重新统一，15 世纪帕德冈、帕坦和加德满都很繁荣兴旺。16 世纪初，这三个城市还分别是三个王国的首都，其中帕坦杜巴皇家广场由 12 世纪国王 Vaskar Deva Varma 兴建。繁华的帕坦杜巴皇家广场南侧是库玛丽寺，在这里我看到了坐在顶层里接见信众的“活女神”，Kumari 在尼泊尔语中意为“处女”，被印度教认为是力量女神“卡莉”的化身。根据印度教圣典，女神是智慧女神的化身，亦是力量神的象征。“活女神”被人们相信是印度王权力和庇护的神源，也是其教徒的精神支柱。

从蓝毗尼机场进入蓝毗尼区，我的眼里满含泪水。蓝毗尼两旁的行道上绿树茂盛祥和，树下几只散漫的牛在咀嚼着青草，小狗在路上散步，羊儿在割过的稻田里卧着打盹。路上的妇女全身裹着土布的纱丽，头顶着稻谷，沿路而行，有的男人则骑着自行车。

这里的人神态都很平静，仿佛这个世界与其无关，即便是谈生意，也是不紧不慢，并没表现出太大的热情，好像钱挣不挣都无关紧要，坐摊生意也不讲究门脸，随便搭个架子就是商铺了。

作为佛陀的故里、佛教的圣地，蓝毗尼的人绝大部分不信奉佛教，甚至对佛教的知识也知之甚少，仅限于知道佛陀名讳，但随着越来越多的旅行者到来，佛陀给他们带来了商业机会，使他们感受到了佛陀的慈悲与关怀。他们很满足于当前的生活，即便极其贫穷，也过得舒适、安逸，这让奔波在名利场上的俗人感叹不已。因而，在蓝毗尼，我有一种说不出的宁静，似乎这里的人和动物乃至树木

和青草都拥有同等的尊严，彼此之间互相尊重，和睦相处。这种和谐也恰恰是我们古圣先贤所追求的天地合德。

我从佛陀的诞生地，来到了他的城国——释迦族聚居的迦毗罗卫国。中国的法显、玄奘都曾到过此城，但两人对其位置的记述有所不同。印度考古学家穆吉克根据玄奘的记载，以 1895 年在尼泊尔泰雷地区发现的阿育王拘那舍牟尼佛石柱及 1896 年在蓝毗尼发现的阿育王释迦牟尼佛诞生石柱为线索，于 1899 年在提罗拉科特试掘后进行了认定。穿过陶利哈瓦镇（Taulihawa），便到了蒂劳拉堡（Tilaurakot），这里被考证为迦毗罗卫城遗址的所在地。它东西长 400 米，南北长 550 米。释迦太子曾在这里生活了 29 年。目前尚留存西门、夏宫及佛陀当年出家所走的东门遗址。

身体的疲惫与心灵的饱满同时充斥着自己，这是我考察尼拘陀园精舍的感受。尼拘陀园精舍是佛陀回国省亲、修行讲学的道场的遗址。当年佛陀悟道后，在邻国舍卫城祇园精舍说法，从者云集。父亲净饭王派使者请佛陀回国，一是解思念之苦，二是请佛陀为国民说法。佛陀应命回国省亲，并在此为父亲、姨母和祖国的大臣、民众说法。在尼拘陀园精舍内，佛陀的儿子罗睺罗思念父亲，前来看望。罗睺罗时年 7 岁，聪慧过人，佛陀拉着他的手，悲悯地说：我没有财产给你继承，再多的财富也有用尽的时候，我让你继承的只有佛法，这是最伟大最永久的事业。罗睺罗表示要追随父亲寻求人生真谛，于是佛陀亲自为其剃发，并为其制定了沙弥十戒。

尼拘陀园精舍管理员见我礼佛虔诚，特意带我前往另一处佛教遗址——前世拘留孙佛出生地遗址、前世佛舍利塔遗址。塔前有柱，形同阿育王塔，估计是阿育王时代所建。随行的来定法师在此居住了一年，尚不知有此遗址，其他人所知更是寥寥。《观佛三昧海经》卷十念七佛品中说：“拘留孙佛亦放光明住行者前，其佛身长二十五由旬，圆光三十二由旬，通身光五十由旬，相好具足如紫金山。见此佛者，常生净国，不处胞胎，临命终时，诸佛世尊必来迎接。”

随后，在去佛陀舍利塔遗址的路上，我看到了第二座阿育王塔，塔一断两截，下半部斜插在地下，上半部歪躺一旁，两截在地上的部分有 5 米之高。上有孔雀标志的雕刻和铭文，据学者考证，确为阿育王所立。

阿育王之名的意译为“无忧王”，是孔雀王朝第三任国王。他的祖父旃陀罗笈多创立了孔雀王朝，并击败了入侵的希腊人。他的父亲频头沙罗巩固了这个国家，并向南扩展了国土，累计消灭了16个国家。

站在祖父两代的肩膀上，阿育王有着创造更大历史业绩的有利条件。他统一了大半个印度，后皈依佛教，在全国修了84000座佛舍利塔，布施供养三宝，又派许多大德高僧，到全国各地乃至国外弘扬佛教。东至缅甸，西到埃及、希腊，都有他们的足迹。由于阿育王爱护人民，保护生命，护持佛教，所以被当时及后世的人们尊为“护法明王”。

在佛陀的出生地和舍利塔的遗址，我最想做的事就是捡几块残片带回国内，让佛陀的智慧点亮我们的心灯，让佛陀的慈悲温暖我们冰冷的心房。求佛，能求得的也只有智慧和慈悲，其他的拜佛夙愿，都违背佛陀的初衷。

人类的天堂或西天极乐就是基因的自我修复，这就是管理哲学的使命！

按照佛家的观点，人与生俱来有贪嗔痴三毒，这是人类的命门，若攻击之，必使其丢盔弃甲，束手待毙。

2013年1月20日

尼泊尔的活女神

今天我们把目光再投放到喜马拉雅的南麓——南亚山国尼泊尔，让我们来看看他们奇特的女神文化！通过了解尼泊尔女神文化的历史与变迁，感受现代与传统的碰撞、文化与文明的博弈。

在尼泊尔，最著名的广场当属杜巴广场，其实就是当年的老皇宫。在老皇宫的对面，有一座三层红色小楼，在这里就住着这个至高无上的女神，她就是活女神库玛丽。

尼泊尔人敬奉活女神是有传统的。活女神，首先是活的。因为每天活女神都会在12时和下午4时在神庙的窗口出现。

那是2013年1月，我到印度和尼泊尔去考察他们的宗教文明和南亚文化。我下午4点的时候正好经过库玛丽女神庙，看到了当时的女神，她穿着红色的服装，头戴银饰，一个小女孩，七八岁，长得蛮可爱的。

一、为什么尼泊尔会有活女神呢？有哪些历史渊源？

“活女神”是个俗称，真正的名称为库玛丽（Kumari），从梵文派生而来，意为“处女”，一般为年轻的未婚女孩。尼泊尔是信奉印度教的，这个教有很多的神，有人专门做过统计，在印度教里到底有多少个神，可能出乎你的意料，有3300万个神。3300万个神，有名有姓有故事，当然这些神大部分都是只在想象中，能够真正看到的活着的只有一位，这就是活女神，而且只能在尼泊尔看到。

为什么尼泊尔会有这样的活女神呢？这跟他们的传统有关系。因为在整个印度教文化圈，也就是在南亚，有一种灵童崇拜的传统。这个传统可以追溯至10世纪，他们认为少男少女可以充当灵媒。什么是灵媒呢？就是具备与神沟通的能力，能够预知未来，所以这些具有这种特殊功能的少男少女就特别受到统治者的青睐，因为统治者都希望得到他们的护佑，或者是通过他们来进行国家的统治。

从 12 世纪的马拉王朝开始，挑选、敬奉以及更换活女神成为一种制度。

关于活女神的传说很多，大多数都和玛拉王朝最后一位国王泽雅普拉卡施·玛拉有关。相传尼泊尔国王有任何决策，均会偷偷询问女神塔莱珠的意见，但过程绝不能被第三者看到。可是有一次竟被国王的女儿看到了，女神一怒之下返回了天上，这个王朝也几近走上亡国之路。于是，继任国王恳求女神重现人间，女神最终答应，但只有在尼瓦尔的拉特纳洼里才能找到她，因为她将附身到释迦族少女的身上。释迦族，是不是听着很熟悉，不错，就是佛祖释迦牟尼的这一族群，因为佛祖本身就是出生在尼泊尔的蓝毗尼，后来家族迁徙到了加德满都谷地，是血统高贵的刹帝利，依然是贵族！这就形成了尼泊尔在人间寻找“活女神”的这一传统。

这有点像我们西藏的达赖或班禅活佛灵童转世。

二、活女神和我们经常说的西藏活佛是一回事吗?

首先需要说明的是，活佛是活着的佛吗？蒙藏佛教对修行有成就，能够根据自己的意愿而转世的人称为“朱毕古”（藏语）或“呼毕勒罕”（蒙语）。这个字的意思就是“转世者”或“化身”。“活佛”乃是汉族地区对他们的称呼，这可能与明朝皇帝封当时西藏地方掌政的噶举派法王为“西天大善自在佛”，以及清朝皇帝给达赖的封号也沿用这一头衔多少有些关系，这种封号和称号在佛教教义上都是说不通的，其实蒙藏佛教中并没有“活佛”这个名词。这也是汉族人习俗上错叫出来的，他们自己并没有这种称呼。①

进一步来看，无论是活女神，还是女活佛、蒙藏活佛，皆源自“化身说”。印度佛教中一直就有转世轮回的思想，有“三佛身”的说法，其认为，佛有三身，即法身、报身和化身。“法身”是佛的真身，所谓“三世十方诸佛，皆同一法身，共以一真如理性为体”。“报身”，也称为“受用身”，是佛修行积集的福慧所感召的果报身，即完成佛果之身。

---

① 赵朴初．佛教常识答问［M］．北京：北京出版社，2018.

佛经上说，佛的报身有“三十二种相，八十种好”，但这些非凡夫俗子所能见。“化身”，又名应化身、变化身，“以众生变化种种形之佛身也。有广狭二门，广门化身者，谓对二乘凡夫示现之种种佛身及六道异类之身，总为化身。狭义之化身者，分上述之化身之应身与化身二者，即佛形之应身，现他异形为化身”。通俗来讲，“化身”就是佛为度脱世间众生，随三界六道的不同状况和需要而现之身形。

藏传佛教将印度教的“化身理论”结合西藏古老的灵魂观念，为解决教派和寺院首领传承问题，而发展形成了自身特有的“活佛转世”传承制度。

尽管活佛之间躯体是不同的，但是精神是相通的，目标也是相同的，也就是汉传佛教所说的普度众生、利益众生。

但在南亚这些国家中，只有尼泊尔崇拜青春期前的少女，也就是没有月经的少女，他们经过遴选奉其为活女神，这样的文化经过多年的发展，就形成了一个根深蒂固的传统，所以尼泊尔这个传统一直延续至今。

全球大约有 10 亿人信奉印度教，从人数上来说，印度教是全球的第三大宗教，其他两大宗教分别是基督教和伊斯兰教。

前两大宗教都是吸收、发展犹太教思想体系演变而来的，本是同源同根的基督教和伊斯兰教发展至今却变成两大截然不同的教派阵容，甚至无时无刻不影响着世界政治格局的变化。

三、活女神是神还是人？

尼泊尔也是一个以印度教为主的国家，2300 万人口中，大约有 86% 的人信奉印度教，只有 8% 的人信奉佛教，但在 8 世纪之前主要是信奉佛教。婆罗门教的宗教理论家商羯罗吸收了佛教的教义，进行宗教改革，婆罗门教发展为印度教。传到尼泊尔后，尼泊尔人改信印度教，但信奉佛教者依然大有人在，在尼泊尔就形成了一个很有意思的现象，印度教和佛教能够圆融和谐发展，而且两个教都同样崇拜一个神，这个神就是活女神。

这也不失为印度宗教文化的一大特色，既然是神，那么就有神的标准，他们必须经过皇家的祭司进行遴选，然后通过国王认同，才能成为真正的活女神。这个标准严苛到什么程度？第一，她的出身必须是佛陀释迦牟尼佛的家族也就是释迦家族，而且女童必须要世世代代生活在加德满都河的两条圣河之岸，一条是巴格马蒂河，另一条是威斯奴蒂河。这个出生的女孩，身上不能有任何的斑点，不能流过血，不能有伤疤，要非常健康。其中不能出血要求最严格，比如说，一看出血了这个女神就不灵验啦，就必须要退休了，所以这个女孩子一旦到了月经期，也就是到了大约 14 岁就要退任了，由下一个被选出来的新女神来继任位置。

除此之外，选活女神还必须有“三十二相”。三十二相指佛陀经过长劫修行而获得的庄严德相，三十二相的标准是比较具体的，比如说脖子必须白白嫩嫩，身体必须非常挺拔，睫毛长长，腿要笔直，眼睛和头发乌黑发亮，手和脚修长。活女神不能有凡人的七情六欲，不能大笑，大笑意味着死亡；不能哭泣，哭泣意味着疾病降临人间；甚至拍手也不行，一旦拍手就意味着国王将有不测，政治将有动荡。

活女神之所以受到崇拜，是因为宗教教义。在印度教里，特别是在尼泊尔，国王君权神授，是印度教的守护神、毗湿奴的化身。而活女神在佛教中是金刚的化身，在印度教中是卡莉的化身，是王权的保护神，因而活女神对整个国家的政治稳定具有极其重要的意义。

据说历史上有很多神迹与活女神有关，最近的一次“神迹”发生在 2015 年 4 月 28 日，尼泊尔遭受了一场历史上罕见的 8.1 级大地震，震源在首都加德满都市中心。城市中心几乎所有的建筑都遭到不同程度的毁坏，很多都坍塌了。然而众

多建筑之中只有库玛里神庙屹立不倒。当然，按现代科学来讲，这只是一种偶然，但尼泊尔人却不这么认为，他们认为这是活女神的法力所致。

尼泊尔人还认为活女神库玛丽拥有一种未来的力量，她能治愈疾病，能够帮助人达成心愿，能够使人得到庇护，所以尼泊尔人十分崇拜活女神，活女神亦受到社会的尊重，政府对在职的活女神库玛丽有一些经济补贴，每个月补助 6000 卢比，约合 600 元人民币，还有 1000 卢比约合 100 元人民币的教育补贴。也许有人觉得这加一块不才 700 元吗？这钱太少了，然而这笔钱在尼泊尔可不是个小数目，是普通人工资的好几倍，可以养活一个家庭。即便是退任以后，库玛丽也依然可以获得每个月 3000 卢比约合 300 元人民币的补贴，而且终生享受。

当然有这样一个荣耀，也必然要付出代价，因为库玛丽是神，所以她进入神庙以后几乎与世隔绝，而且没有书可以读，所以她一生就几乎变成文盲。更残酷的是，很多人认为库玛丽退任以后血液会变得不干净，体内会产生一种邪恶的力量，所以如果要跟退任库玛丽结婚，可能难得善终。因为这种偏见的存在，大部分的库玛丽一生都将独守空房，终生不嫁。

四、活女神文化是不是落后的陋习？

活女神制度受到世界的诟病，特别是西方对这种制度批评之声不绝于耳，这就引出了另外一个话题——活女神文化是不是落后的陋习，活女神制度是不是落后的制度。这一点确实有争议，不只是西方，在尼泊尔国内也有人反对。

2002 年有一个议员班达里公开指责，说库玛丽制度侵害了妇女和儿童的权利，而且生活凄惨的退任库玛丽也开始与命运抗争，要求有工作权，要求有受教育的权利，要求结婚等。

在这样一个抗议背景之下，政府包括皇室开始重视这个问题，专门安排家庭教师给活女神进行正规的教育，让她完成一定的教育。如今就有这样一位库玛丽，她 12 岁退任以后就开始上学，18 岁时还考上了大学，成为尼泊尔第一个拥有大学学位的活女神。

此外，关于活女神应享有结婚的权利，不仅法律认同，社会上也普遍认为应该让她们结婚。在世的 13 位活女神中，除了 4 位年龄太小，其他都已经结婚了，而且都生了很多孩子，有着非常美满的家庭。

活女神制度现在除了面临这些考验以外，还面临着未来发展的困惑，这就是传统与现代究竟怎样来协同发展？文化与文明怎样共处？原来在王权时代，这个制度受到王室的保护，所以可以继续下来。但是2006年5月18日，尼泊尔议会通过了一项决议，宣布尼泊尔是一个世俗的国家，在法律上废除了印度教作为国教的传统，于是活女神也就变成了一个非官方的行为。2008年5月28日，尼泊尔国会又废除了君主制，结束了长达239年的君主立宪制，成了一个联邦共和国，也是世界上最年轻的共和国。这意味着尼泊尔的制度走上现代化，有助于消除种族隔阂，促进了社会的平等和多元文化的共同发展，但同时也意味着，活女神被印度教和佛教共同尊崇的特色文化面临着前所未有的挑战。这也是一个普遍的问题，同样考验着许多文明古国，那就是现代与传统的碰撞，文化与文明的博弈。

五、传统文化如何面对现代？

对传统宗教文化进行世俗化改革，集中体现在20世纪以来从民族独立意识崛起到现代化国家林立的这段时期。历史悠久的文明古国土耳其，曾经是横跨欧亚大陆、盛极一时的奥斯曼帝国。20世纪20年代，为促进现代土耳其的发展，国父凯末尔施行了一系列废除哈里发神权制度的世俗化改革。其中包括一个很小的方面——服饰，特别是头饰，这是传统穆斯林表明自己忠于伊斯兰社会，拒绝外来影响的一种重要外部标志。奥斯曼帝国后期的成年男子，一般头上戴一顶红色费兹帽，身上穿长袍。凯末尔发动了声势浩大的“帽子革命”，改穿西装和礼帽。改革还取缔了很多传统伊斯兰教教法，废除了多妻制、休妻行为等一切妨碍妇女自由与尊严的古老禁例。这些举措使得土耳其摆脱了传统文化中守旧消极方面的羁绊，迅速与现代文明接轨。

崇拜女神实质上反映的是人们对未知世界的恐惧与无助，为求得安宁和庇佑，而寄托于一个神性化的存在，至于这个存在物是否真正具备无所不能的神性，又落入了一个“心诚则灵”“信我必得救”、无法证伪的万能循环！

当然，随着前沿科学的发展，对这种他信的力量和神秘力量有了新的解读，这就是量子力学中的量子纠缠，唯心与唯物主义百年的争论看来有了新的科学证

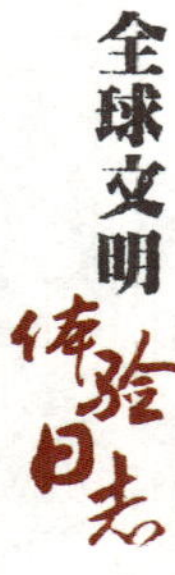

明！我们将迎来人类哲学又一次大变革时代！

那传统就都是糟粕吗？该扔掉吗？我国经历了彻底反对传统文化的历程，教训深刻，而今反思后又开始重拾传统文化，追思传统记忆，重拾道德，再立纲常，这是复兴之路、强国之本。

传统文化是流淌在一个民族躯体中的血液，可以改良，可以升级，可以与时俱进，但绝不可以抛弃！因为传统文化是你之所以为你、你之所以是你、你之所以成就你的根本所在。

2013 年 1 月 17 日

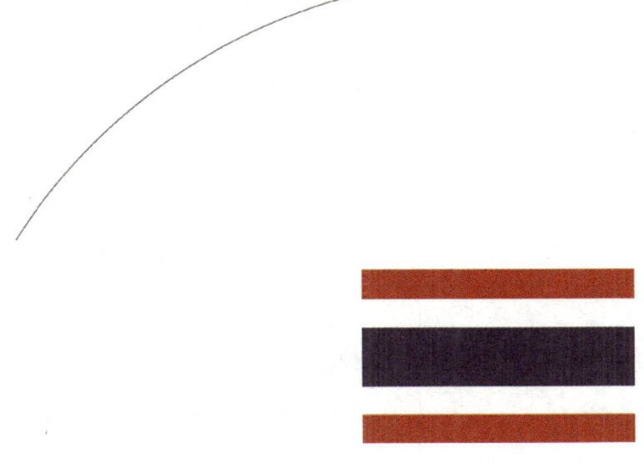

泰国

Thailand

泰国小记

一、佛国新年

我们下午 4 点从天津乘包机直飞泰国普吉岛，入住酒店时已是晚上 11 点了。酒店的名字叫 Seaside，位于巴东的核心地带，周围甚是繁华，海鲜排档、夜总会、酒吧纵横三条大街，满大街都是西方人，另外人数最多、也最吸引眼球的便是四处游荡的人妖。

Seaside 宾馆是五星级，地位显赫，门口就聚集着很多人妖，专朝单身或成群男士抛媚眼。其中一个面容姣好、眉目多情、皮肤白嫩、清秀脱俗，身材更是摇曳生姿，可谓国色天香。所谓美女，在其面前，尽皆黯然失色！这样的尤物竟然是人妖，实在不可思议！

普吉岛的海鲜与北京相较，同为排档，价格相差不大。

我们一家三口点了一份 6 两小龙虾（500 泰铢）、一份清蒸鱿鱼（300 泰铢）、一份葱姜蛤蜊，外加一份海鲜炒河粉和菠萝炒饭，共计 1180 泰铢，合人民币 260 元左右。关键是北京的海鲜排档太少，且多位于偏远、环境较差的海鲜市场附近。如果在位置较好的大饭店，比如金悦、黎昌、倪氏海泰等则要贵很多。

而普吉岛的海鲜排档竟是在最繁华的地带。

这可能是我过的最没年味的春节了。从普吉岛到甲米岛（Krabi），行程 3 小时，到这里已是北京时间晚上 11 点了，入住皇后湾的 Pavilion，酒店装潢古香古色，泰味十足，大厅里的佛像更是典雅、庄严。打开电视，才发现只能收 10 个台，而且没有中国的国际频道，忙问大堂服务员，服务员告知这里收不到中国的电视频道！

没有父母的陪伴，没有鞭炮声，没有北方的冰雪，没有春晚，没有亲朋好友的祝福、问候……

在一个无人问津、无人知晓的小岛，室外气温30多度，万籁俱寂，这还是除夕夜吗？

每年我都会在除夕这一天总结过去，计划未来，而此时此刻只想睡觉，一点感想都没有了。

哎，过年，过的就是那个味儿哟！

快艇在风浪里以百公里的时速行进，随着波浪起伏，船颠簸得就像过山车，开始大家大呼过瘾，但一小时过后就被颠得头晕脑涨了，还好小PP岛到了。

PP岛一大一小，大PP岛在北部，小PP岛在南部。小PP岛（phi phi lsland）的水，如硕大无朋的一碗翡翠，如此晶莹、透亮、碧绿，十几米深的海水，海底的鱼儿斑纹竟清晰可数。从高空看，整个海水像一块翠绿涌动的水晶，又像大大的水晶果冻。

更神奇的是岛上的沙滩，沙如面粉，细幼、嫩白，在其他海岸从未见过。一问才知，这里的沙不是石头的沙化、风化，竟是珊瑚粉和珍珠贝壳粉，所以用此沙覆体，等于用珍珠粉美体。

我在沙滩上用沙子按摩，果然如面粉一般细腻，半小时后，皮肤光滑许多。有同感者甚众，可见传说不虚！

浮潜很好玩，每个人都要戴上水下镜，而戴这个设备，鼻子必须封闭以防进水，这样就要学会用口呼吸。一开始很不习惯，可一旦学会就其乐无穷，水下世界尽收眼底。遗憾的是我因近视无法看得很清晰，但鱼儿在身边穿梭，珊瑚在海底招摇，一览无余。

印度洋的水很咸，盐度是太平洋数倍，所以浮力很大，只要穿上救生衣，玩浮潜就很安全。PP岛的鱼儿五彩斑斓，且成群结队。这时戴上镜看水下世界，才能真正领略大海的多彩与绚丽！翠绿的海水、斑斓的鱼群、粉红的珊瑚、白色的细沙，无须描绘，自成一派。

最好玩的是海上钓鱼。

面包一撒，成群结队的鱼就会游来，色彩斑斓，形态不一，但个个身手不凡，腾挪跳跃，争抢起来，各显神通，一会儿就将面包疯抢一空。

这时，泰国导游在一个鱼钩上钩住一块小面包，随手往水里一投，一个斤把重的石斑鱼就被钓了上来。从面包入水，到把鱼放进舱内，不足一分钟。不到一刻钟，竟钓了五六条之多。

而这些不幸的鱼儿晚上就成了我们的盘中餐。

挣扎着从泳池爬上来，瘫在斜椅上，阳光直射在全身，疲倦中升起的暖意涌遍全身，打开一听冰镇的可乐，一口下去，凉意唤醒了身上的每个细胞。

闭上眼睛，外边红彤彤的，温暖逐渐变成了炎热，幻觉渐渐出现。

大年初一，在远海中快艇冲浪，深海浮潜，浅海喂鱼，PP岛上洗沙浴……一番折腾，回到酒店，跳进泳池，洗去一身的海涩，在淡水中修复肌肤、复苏体力，就这样，度过了蛇年的第一天。

若无闲事挂心头，日日便是好时节。

如果天天过年多好啊，每天都是节假日，什么都不想，相伴的只有这清风、大海、细沙与蓝天！

二、大象之都

从梦幻之岛回来，去了东芭乐园。在大象园的门口，一只小象被锁在一个小小的园子里，园子四周用栅栏及低矮的金属栏杆围着，游人可以很方便地喂食小象。

起初，大家还有点紧张，不敢过分亲近，但一见着小象活泼生动的表演，又是江南Style，又是滑稽的泰式迎客礼，既调皮捣蛋又温驯可爱的样子，大家都纷纷挤过来，拿香蕉争相喂食。

小象不仅能很娴熟地用鼻子接过香蕉，而且还会用两个鼻孔剥掉香蕉皮，轻盈、利落，甚至连香蕉皮上沾着的果肉也能重新剔出来。这香蕉形如芭蕉，是当地很小的一种。

接下来的更是好玩，小象竟然和我儿子抢吃土豆片！看到儿子手里的土豆片，小象竟把鼻子伸过来，直接来抢。我赶紧拿出来喂，小象很准确地用鼻孔夹住，如此薄脆的薯片竟能完整地递送到嘴里。而且它能判断你手中薯片的多寡，少则用鼻孔，多则用鼻梢。吃完后还能将撒在地上的碎屑，一点点用鼻孔吸个干干净净，灵巧的程度令人叹为观止，甚是惊诧。

这是我第一次近距离接触大象，才发现大象智商之高。以前，只听闻大象很有灵性，今日终得见证。

喂食完毕，轮到我们骑坐大象。一坐上去，竟发现跟乘坐公共汽车一般，停得稳当，行进得慢悠悠的。有的大象可能饿了，想在路边吃点儿菠萝叶，只见驯象师用个带钩的棒子，轻轻敲几下，大象马上就又乖乖地行进了。

这不像是管理员与被管理的动物，倒更像两个朋友，彼此暗示一下，便心领神会了。

泰国的驯象师是世袭制，父亲往往从众多儿子中挑选出与大象最有缘的孩子进行培养，而且只培养一个。这很有点像佛家讲的缘分，其实泰国也确实是全民信奉佛教，而大象恰恰是佛家的吉祥物！

泰国的全民佛教信仰，使其坚守着独立和平立国的原则，而作为该国的国宝，象征和平的大象便自然成了泰国文化对外宣传、输出的最有效、最低廉、最直接的媒介。

幻多奇剧场（FantaSea）就充分发挥了这个特有优势——大象表演。

整个表演全程都有大象作为配角，既体现了故事发生地的特有风貌，又有助于情节的叙述，活跃画面。

更为震撼的是，几十只大象彼此首尾相衔（后边的大象用鼻子拉着前面大象的尾巴），形成象阵，"一"字形出场。然后又自行排列组合同台演出，整个舞台全是大象。这些看似憨态可掬，实则轻盈灵活的大象，演绎着各种高难度动作，使在座观众无不感到亲切、惊叹而又震撼。

再加上表演前，广场上以大象巡演，动物助演（如与小老虎合影）进行暖场与预热，为整个表演成功地营造了一种愉悦的氛围。

事实上，幻多奇剧场也着实让人惊诧了一番。其发展模式完全仿照迪士尼，演出形式则模仿拉斯维加斯，但场面更宏大、编排更精细、舞姿更

华丽，科技含量也可谓后来居上。

由于文化背景不同，想让外国游客去了解泰国古代的历史故事，无疑是很困难的。所以讲述这样的故事，情节不能太复杂，人物关系得简单，更关键的是画面、音效、声光电的技术要有视觉、听觉的冲击力及震撼力。毫无疑问，这些幻多奇都做到了。

三、佛教之邦

我们所到的寺院名海龙寺（Chalong Temple/Wat Chalong），是始建于500年前的皇家寺院。

规模虽不大，但规格甚高。寺内的菩提树高大茂盛，佛像神态庄严。

一尊佛陀悟道塑像让人印象深刻。只见佛陀双目紧闭，整个身体骨瘦如柴，甚至连青筋皆清晰呈现，佛陀当年苦行之态表现得可谓淋漓尽致。

佛经记载，佛陀六年苦行，日食仅一团粟米，所以形态枯槁。一次在尼连禅河洗脸时，栽倒在河内，竟无力爬上岸，靠一位牧羊女的乳汁方恢复体力，在菩提树下参禅，最后悟道成佛。

有意思的是，南传佛教本来只有一位佛，但又化身多个佛，最主要的是四面佛，实则为印度教的“梵天”。这座寺院，最著名的就是四面佛。据说许愿甚是灵验，吸引了全世界的香客来此礼佛。

首先，我们上香和供花，花为睡莲，香每面3支，共12支。

我们来到佛堂，为佛像贴金纸，接着听该寺一位老法师为大家诵平安经，洒圣水祈福。

随后，我们来到翠峰热带雨林。这是甲米岛的大湿地，咸水浩浩汤汤，其间长满了红树林，如此规模，很是少见。在充沛丰盈的河面乘坐小橡皮舟，别是一番景致。

湿地中间有个山，山上有一大溶洞，洞内竟有壁画，据说是5000年前的人类所画，而今看来依然色泽红艳。更奇怪的是，如此高的洞顶，当时的人是如何爬上去？又是用何物做色料，竟使其数千年色泽不衰？

我们上船时，为我们服务的一位老妪先帮我们拉舟，并扶我们上船回城。她身材肥胖，皮肤黝黑，且衣着朴素，我们所有人都认为她是园区的员工。当了解到她的身世后真是吃惊不小，她竟是当地最大的富人，身家数十亿，不仅拥有当地最大的橡胶园，而且整个湿地都属于她的家族。

泰国导游告诉我们，在泰国，富人与穷人的界限并不明显，有钱人都很低调，日子也很普通。像这位富婆，虽身价不菲，但依然与普通员工一样工作、生活，这种现象很普遍。穷人也不会因为贫穷就低三下四，所有的人都拥有同样的尊严，这也是佛陀的思想：众生平等。

泰国全民信教，文化淳朴，商业环境比较规范。在此数天，逛遍几条大小商业街，未见一例强买强卖，也很少有人主动揽客，基本上是进店了，服务员才主动迎上，不会路上拦截。这一点，比印度要好上很多。

泰国更好的一点是没有乞丐，不用担心被围追堵截，这在东南亚是极为难得的，而印度、菲律宾、尼泊尔的童丐则满大街都是。

因为在泰国，政府会培训所有的人掌握一门生存技能，实在什么都不会，安排去卖福利彩票也能自食其力。加上全民免费医疗，人民虽不富足，但也可谓衣食无忧，自得其乐。

四、人妖天堂

傍晚时分，我们来到普吉岛的Simon Star Show，这里是人妖的专场秀，原本以为是小剧场，来后才发觉场面相当宏大，且声、光、电的舞美设计堪比百老汇及拉斯维加斯。

整个表演分几个大的篇章：中国、韩国、印度及美国好莱坞。

中国场表演的竟是京剧及《诗经》演唱，登台的演员可谓个个国色天香，看其肌肤白皙娇嫩，身材婀娜多姿，表情丰富，美目流盼，低首蹙颦，宛若西子再世。直看得我目瞪口呆，真是天生尤物，而造物弄人啊！

这些人妖其实也很痛苦，本是男儿身，却羡慕女性花容，生得一颗女人心。为了追求内心的渴望，他们几乎要挨上千百刀，身体的每一个部位都要进行手术，经过一番改头换面，方有今日舞台的光鲜靓丽。

即便如此，青春依然短暂，他们的寿命往往不到四十岁就戛然而止，仿佛天上的流星，实是可怜！

据说他们现在寿命也可以延长了，但必须服用金刚王眼镜蛇毒提炼的药，听起来就让人不寒而栗！

以前，总误解人妖表演低俗，但看过之后才知其才艺之高雅、气质之华贵。

人妖，其实应称为“特晶晶”（泰语，意为完美女人），只是因为上帝的过失，让他们忍受如此深重之磨难，不仅要经历生死的考验，还要在演技上精益求精。仅此一点，就应该赢得世人的尊重。

2014 年 1 月 23 日

泰国人妖的光鲜背后

一、人妖起源

泰国人妖，身姿妖娆，美目流盼，去过泰国的外国游客，很多都看过他们的表演，但这光鲜的背后，其实还隐藏着这个阶层的无奈、尴尬甚至是凄凉。

“人妖”是一个歧视性的称呼，港台叫法。在泰国被称作 Kathoey——第三性，西方人称为 ladyboy。

泰国人妖的人数应该在 66 万左右，只占全国总人口的 1%，但影响很大，几乎是泰国的代名词了。

为什么会出现人妖这个阶层？大致有四个原因：

其一，东南亚的文化传统影响。在古代，变性人属于兼具雌雄两种元素的独特存在，被认为拥有神秘的力量。在布吉人、伊班人、马来人等各个南岛族群中，都普遍存在这样的变性祭司，祭祀活动都由先天的双性人和后天的变性人主持，其实是有很高社会地位的。

其二，生计需要。16 世纪印度北部的突厥化蒙古人天性喜好南征北战，建立起莫卧儿帝国。为了避免一家老小无人照顾，军官们喜欢用不能生育的阴阳人或阉人服侍家中女眷。

这些人没有威胁、尽忠职守，大受军官和贵族的欢迎，全国上下也渐渐开始流行聘用阴阳人或阉人为仆，南亚次大陆上的众多小国纷纷效仿，这其中就包括泰国。有的小国宫廷有 2 万多阴阳人，很像中国宦官阶层，群体庞大。

迫于生计，一些贫民用手术的方法，让自己成为后天阴阳人，以求大富大贵，这和中国的太监完全一样，就为生计而已。效仿的人多了，供过于求，于是转而

四处游荡卖艺。

其三，泰国佛教的教义甚至有这样一条：只要性工作者是为了家庭生计或是捐助寺庙等做公德的行为，那卖淫行为就不是可耻的。泰国人认为工作只是一个人用肉体获取物质报酬的工具。这也造成泰国色情业十分发达。

其四，真正让泰国性产业和 ladyboy 发展起来的还有战争。越战期间，当时驻泰的美国军人有 4 万多人，而这些军人都有生理需求，色情服务业应运而生。急于赚钱的男性化装成女人去赚大兵的钱，精明的生意人也渐渐瞄准了这个商机。Ladyboy 的大批产生正在此时，美国大兵对泰国这种异域风情也很受用。当年，走红的 ladyboy 年收入能达到 100 万元人民币左右。

这些都是历史因素，而今的人妖阶层发生了很大的变化。

有的是生活贫困的孩子，迫于生计，父母就从小送他们去人妖学校，接受生理和心理的训练；还有的是人贩子为了获取更高的利润贩卖幼童，迫使他们成为人妖，为雇主挣钱。

但更多的是自愿。

在泰国总感觉男女比例失调，女性过剩现象严重，其实就出生率而言，女性只比男性多 2%，但全国 3 万家寺院，出家僧侣很多，最关键的是男人女性化趋向显著，这是整个亚洲、拉丁美洲的热带与亚热带地区都存在的一种现象，与纬度、气候、水土、物产、文化有关。

很多人认为人妖表演是为了生计，其实不尽然，他们更享受被男人关注、艳羡的眼神，只有如此，他们才感受到人生是缤纷多彩，是璀璨绚丽的！

久而久之，就形成了一种文化，一种态势，甚至成为一种遗传！

在泰国一些地区，小男孩长到十来岁，就突然开始女性化，慢慢向同性恋方向发展，继而成为人妖，还有些家族是遗传，代代都会出现人妖。

这些家族有的还是大资本家。所以，这和贫富无关，只和审美有关！

二、人妖寿命

在泰国做一次变性手术，医疗费高得吓人。对绝大多数的人妖来说，那是可望而不可即的事，但他们依然努力挣钱，奋斗一生！大部分人注定无法实现愿望，浑浑噩噩了此一生。

人妖最大的梦想就是获得女儿身，找到一个一生钟爱自己的男人！而为了维持女性的皮肤和身姿形态，生理机能全部被打乱。打针、吃药，注射性激素，包括口服避孕药等，使内分泌失调，这样使身体受到严重的摧残，所以，人妖的寿命一般都不长，40 岁左右为正常死亡年龄。

一般来讲，人妖的平均寿命只有 35 ~ 40 岁，按目前的医疗水平，某些人可以活到 60 岁以上。他们的生理周期大致有三个阶段：一是成长期（18 岁以前），这个阶段是人妖向女性化方向成长的重要阶段，同时，他们要接受相关的艺术培训；二是鼎盛期（18 ~ 25 岁），这是人妖的事业巅峰期，这个年龄段的人妖会获得很多的登台表演机会，他们赚取的薪水也是最多的；三是衰老期（26 岁以后），这个阶段的人妖，就如同 55 岁以上的正常人一样，开始衰老。

三、社会反思

由于要长期支付高昂的药费，泰国人妖生活不节律，抽烟、喝酒和自暴自弃的淫乱，这个群体成了高危人群！2000 年，泰国感染艾滋病病毒的人数达 200 万 ~ 400 万，人妖就占相当一部分。

在人妖们看来，此生为美丽而来，实际上，45 岁对一般人来说会觉得很短，但对“她们”来说，会觉得很长。很多人妖，在自觉年纪大了、相貌变丑时，就干脆选择自杀。而且自杀时会找一个隐蔽的地方，因为死相会很难看，死也要死得体面！

人妖光鲜背后是其挣扎的灵魂！对美至死不懈的追求！甚至是对真爱的渴望！

2014 年 1 月 28 日

韩国

Republic of Korea

仁川小镇

Jung—ku 是我们所居的小镇，小镇除了数家宾馆、商店，余下的就是各式的韩式餐馆。

镇子很小，几乎没有什么英语标识，特别是餐馆，几乎清一色的韩文，而且还不能刷信用卡，这一下我们傻眼了。

最后还是选了一家英式甜点店 Dunkin' Donuts，随便选了杯咖啡和甜点，咖啡一杯 2200 韩元，相当于人民币 10 元，价格与国内相当。

早点后，我们本计划去首尔，但由于时间很紧张，怕误了去旧金山的飞机，只好作罢。后改为花 45 美元租了辆出租车，去海边玩。这里的海并不清澈，只要没沙的地方就有淤泥，有沙的地方沙很细。虽有些许浑浊，但并不脏。

司机是当地人，不会讲英语，所有的交涉都要通过电话由他儿子翻译，所以关于当地的风土人情，我们也就无从知晓。

司机先带我们到一片巨石林立的大坝处，这些巨石都是从远处运来的，但是靠海的那些石头明显是海里原有的，上面生长了很多牡蛎，很多都被砸开过，只剩下许多残破的壳。

司机随手捡起一枚小石头，找一只稍大的生牡蛎，轻轻地敲几下，外壳就被剥开了，露出鲜嫩的肉。司机就用手捏起，一口吮进嘴里，嚼了嚼咽了下去，还不时用韩语讲“好吃好吃”。

第一次见到如此生猛的吃法，既好奇又惊诧，不过朝远处一瞧，其他的当地人也都如此吃海鲜。

我试了一试，果然很鲜，其实生牡蛎我倒是常吃，只不过是在饭店清洗干净

后，蘸上芥末和海鲜调料。与其相比，这种免费的海鲜要腥上许多。

后来司机又拉我去拍照片，其实是一座山头，上边是荷枪实弹的士兵，示意我们不要上去，且不能拍下军事设施。因为对面就是我们的威海，他们担心我们“图谋不轨”。

接下来的一个去处，明显是一个微型海边风景区，路很窄，但靠右一侧是鳞次栉比的海鲜饭店，门口立着大大小小的海鲜玻璃缸，首尾相接一里地余，足有上百家饭店。老板娘看我们的车经过，纷纷上来招揽生意，仿佛中国南方的海边渔村。

这里风景明显好上许多，一条长长的混凝土长堤把海滩一分为二，左边是细沙相拥的海滩，不过这里海滩很深，海水到白沙处足有200米。沙很细，有点像普陀山百步沙和千步沙。但这里的沙中含有少许的胶泥，所以海水就比不上普陀山明净。长堤右侧是很美的石阵，石头很大，几块相接，颜色呈深棕色，有点像麦饭石，很雅致。

自然这里的石头结满了牡蛎，当地人都在“探宝”，捡到大个的就饱餐一顿，其间竟还有情侣，相互喂尝，这种低成本高质量的“自助海鲜爱情”，可谓一箭三雕，浪漫，温情，还不花钱，很有普及推广的必要。

2009年1月31日

马来西亚

Malaysia

马六甲，中华血脉在海外

这次去新加坡，顺道去了马来西亚，游览马六甲。在马六甲看到郑和当年为这里所带来的文明的见证——600 年前的凿井“三保井”，而今依然甘甜如初，当地宝山亭庙宇饮用至今。宝山亭的后边就是连绵数公里的华人坟茔，600 年来客死他乡的中国人就安眠在这里，宝山亭敬奉这些逝者，可能是为了给海外的孤魂引路！下南洋，有着不尽的乡愁、不尽的哀怨！

在马六甲，门楣、墙上、大街，随处可见或遒劲或飘逸或隽秀的毛笔书法，我的内心除了涩涩酸楚，就是油然而生的自豪感！600 年了，中华文化在这里生生不息！

马六甲在汉代至唐代被称为哥罗富沙。唐永徽（650—655 年）年间，曾献五色鹦鹉。

马六甲得名当归于马六甲海峡。

马六甲海峡位于马来半岛和苏门答腊岛之间，因马来半岛南岸古代名城马六甲而得名。海峡西连安达曼海，东通南海，呈西北—东南走向，长约 1080 公里，连同出口处的新加坡海峡为 1185 公里。西北最宽处 370 公里，东南最窄处 37 公里。马六甲海峡曾先后被阿拉伯人、葡萄牙人、荷兰人和英国人所控制。①

约公元 4 世纪时，中东的商人就开辟了从印度洋穿过马六甲海峡，经过南海到达中国的航线。他们把中国的丝绸、瓷器，印尼马鲁古群岛的香料，运往罗马等欧洲国家。公元 7—15 世纪，中国、印度和阿拉伯国家的海上贸易船只都要经过马六甲海峡。

---

① 李恩涵．东南亚华人史［M］．北京：东方出版社，2015.

1869年，苏伊士运河贯通，大大缩短了从欧洲到东方的航路。马六甲海峡的通航船只急剧增多。过往海峡的船只每年达10万多艘，成为世界最繁忙的海运航路之一。

一

明永乐三年（1405年），酋长西利八儿速喇（即拜里米苏拉）遣使上表，愿为属郡。永乐七年（1409年），明成祖命三保太监郑和封西利八儿速喇为满喇加王，从此不隶属暹罗。永乐九年（1411年），拜里米苏拉继王位，率领妻子和随从540人来朝，进贡麒麟，明成祖赐黄金相玉带、仪仗、鞍马，赐王妃冠服。九月拜里米苏拉王辞行，明成祖赐宴于奉天门，赐黄金相玉带、仪仗、鞍马，并赐黄金一百两、白金五百两、钞四十万锭。此后直到成化末年多次朝贡。

其实早在13世纪初，马六甲便已经有华人定居者的踪影。同样跟随郑和下西洋的费信，在他的《星槎胜览》中就说到当时马六甲居民“身肤黑漆，间有白者，唐人种也”。这些“唐人种”，无疑就是早期迁居南洋的华人。之后在葡萄牙人绘制的一份1613年马六甲地图中便清楚标明了“中国村”“中国溪”等地名。

宝山亭是为了纪念在1405—1435年间七次下西洋的明朝三保太监郑和而建的。所有建筑物的材料，哪怕是一砖一瓦，都是从中国运来的，宝山亭不仅是中国精神的体现，更是中国人心血的凝聚。

宝山亭后边就是中国山，又叫三宝山，中国山其实就是海外最大的华人坟茔墓地，墓地达160公顷，有12500多个坟墓，其中大多数埋葬于明朝。

墓碑上的刻字、殡葬仪式、居民生活方式等，处处体现着华人文化坚韧的生命力，而从墓园中也可以了解华人的文化传承。立碑树传是造坟的重点，碑文必须完整地交代死者的姓名、籍贯、身份、子孙、安葬或重修墓碑的日期。墓碑不论大小，都要简单明白地交代死者与立碑者的身份关系，以维持孝道与慎终追远的精神。

三宝山已被马来西亚政府确认为国家文化遗产，并将在政府宪报上公布，受到马来西亚1976年公布的古物法令保护。

二

农耕文明使中国人对土地的依恋超越任何国度，中国人对生养自己的土地的热爱可谓刻骨铭心，一个人离开自己的家乡数日就思念心切，数月会魂不守舍，数年则肝肠寸断。

背乡离井下南洋，几乎没有主动的，大多是为生活所迫才不得已而为之，有的甚至是被拐骗而去。当年运输条件很差，途中有时饮食短缺，加上疾病瘟疫或风暴，近半的人命殒途中，遗体被投入大海，尸骨无存。

这些下南洋的贫苦农民，好不容易到了目的地，也大多从事割胶、开矿等苦役。割胶时经常会遇到毒蛇，很多人不治身亡，偶尔侥幸存活者也往往是断胳膊断腿的，所以华人割胶时都会备两把刀具，一把割胶，另一把砍胳膊和腿保命。即便是今天，我在马来西亚、泰国、菲律宾也能看到年老体衰的残障华人。

当年下南洋的华人最大的梦想就是回乡，但能够挣到回乡盘缠的人还是少数，衣锦还乡者更是凤毛麟角。

大部分的人只能终老他乡，这样就有了第二代、第三代乃至更多代的华人后裔。

当然，在众多下南洋的华人中，也有经过一代甚至数代努力而跻身贵族阶层者，甚至建国开邦者。

如清朝的贫穷农民郑镛，原名郑达，又名海丰，出身于中国澄海县（现广东省汕头市澄海区）华富村。郑达因贫困于清雍正年间出海谋生，到达暹罗（今泰国），在阿瑜陀耶城（中文叫大城）定居，娶当地女子为妻，生子郑信（1734—1782年）。1763年，缅甸军大举入侵暹罗，郑信率部勤王救援暹都。1767年4月，缅军攻陷暹都，泰国大城王朝灭亡。大城王朝沦亡后，郑信凭借未被占领的东南沿海地区，组织抗缅军，深得人心，不久击退缅军，光复大城，并迁都吞武里。当年12月28日被拥立为王，史称郑皇，建立吞武里王朝。泰国共有4个王朝50位皇帝，被谥为“大帝”的却只有5位，他们无一不是对泰国有重大贡献者，郑信就是其中之一。1950年，泰国政府在曼谷市吞武里广场中央建立了“郑皇达信纪念碑”，并规定每年的12月28日，即吞武里大帝登基之日为“郑皇（王）节”。

1777年（清乾隆四十二年）到1885年之间存在于南洋婆罗洲（现由印度尼西亚占据，称加里曼丹岛）上华人建立的现代共和国家——兰芳共和国，创立者为广东梅州下南洋淘金的读书人罗芳伯。兰芳共和国参照西方国家的一些法制，设置了一套完整的行政、立法、司法机构，前后选举过12位总长（国家元首），到1886年才被荷兰所吞并，历时110年。

其他建国者还有：

广东省人吴元盛，在婆罗洲北部建立戴燕王国（Tayau），自任国王，王位世袭，立国百余年。于19世纪亡于荷兰。

广东省潮州人张杰绪，在安波那岛（纳土纳岛）建立没有特定名号的王国，自任国王。19世纪张杰绪逝世，内部发生纷争，王国瓦解。

福建省人吴阳，在马来半岛建立另一个没有特定名称的王国，于19世纪被向东扩张的英国消灭。

广东饶平人张琏建三佛齐国。

……

我走访近百个海外唐人街，徜徉在处处洋溢着中华文化的大街上，想象他们当年含辛茹苦工作的场景，每每我的心情都沉重不已，也正是他们一代代地不辞辛劳，铸就了今天华人在东南亚各国坚若磐石的经济地位，对他们的敬仰之情油然而生。

三

华人在东南亚的经济影响力，如果不是行走在南洋各国亲身体验，很难相信其经济体量如此之大，社会贡献如此之多。可以说，南洋诸国的经济命脉多在华人之手。

在泰国工业中，华人经济占半壁江山。据统计，目前纺织工业、服装工业及食品工业均占60%，冶金工业、机械工业、车辆装配工业和化学工业占40%，电工器材及家用电器工业、碾米、锯木、榨油、饲料、陶瓷等工业亦占60%左右。华人在泰国金融业方面也成绩显赫，全球500家大银行中，华资银行5家在榜，其中泰国华资银行就占3家。

马来西亚《星洲日报》报道2010年大马十大富豪中，占大马总人口22%的华人竟然占据了其中的八位。由此可以说马来西亚的经济是由华人支撑起来的。

在菲律宾，华人在经济上极有成就。该国的航空、金融、商场、物流等大型企业几乎全在华人手中。

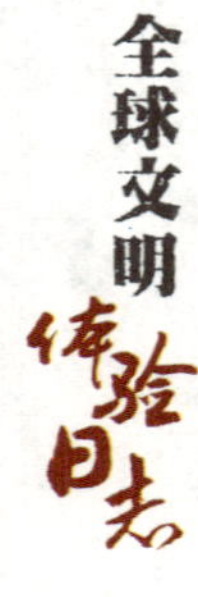

在新加坡，75%是华人，新加坡的华人地位最高。

中国人传统的特质和儒家的伦理主要表现为:（1）善于理财，遵守信用;（2）具有适应力、洞察力及坚强的毅力;（3）勤奋、节俭、储蓄率高;（4）对子女的教育极为重视;（5）对家族的忠诚和责任感。

通过敏锐的感觉和艰苦奋斗，上升为亿万富翁的华人不胜枚举。

泰国的盘谷银行董事长陈弼臣父子，中华总商会主席郑明如，正大集团总裁谢国民，大城银行董事长李木川，中央百货集团创始人郑有英；马来西亚的郭氏私人兄弟有限公司董事长郭鹤年，云顶高原有限公司董事长兼经理林梧桐，东方实业有限公司董事主席骆文秀，马来亚婆罗洲金融公司经理雷贤颂，马联工业集团总裁邱继炳；印度尼西亚的三林经济开发企业有限公司总裁林绍良，哈拉班集团老板陈子兴，中央亚细亚银行总裁李文正，建源股份有限公司总负责人黄仲涵，阿斯特拉集团董事长谢建隆；新加坡的国际丰隆集团主席郭芳枫，大华银行董事长黄祖耀，和兴玻璃有限公司主席兼董事经理陈家和，永安堂老板胡文虎，南益集团创始人李光前父子，杨协成有限公司老板杨天恩兄弟；菲律宾的著名华商陈永栽、吴光辉……

这些华人如璀璨的群星照亮了东南亚的夜空！他们的财富，他们的创业故事，他们的经商天赋，他们的敬业精神，如一个个不朽的神话、一个个传奇，在南洋的喧闹都市、深山老林、矿厂工地不断被传颂。

东南亚华人在民族主义和民粹主义的双重夹击之下，再加上东南亚民族宗教情况复杂，他们经济上的成功很难转化成政治上的作为，而不得不表现出一种“政冷经热”的综合征，既然他们在政治上得不到保障，就索性去寻求经济上的保障。

华人地位最有保障的当属新加坡。新加坡本来就是一个以华人为主的国家，华人在该国当然具有优先地位。其次是泰国，泰国华人虽然泰化得很厉害，但是泰国华人的参政情况在世界上可是数一数二的，泰国前总理他信、沙马、颂猜、阿披什，包括美女总理英拉都是华人。

文莱华人并不多，但是非常富有，他们中也有人参政。

马来西亚华人虽然没有太多参政的知名政治家，但是在经济方面一直占据着主导地位。

华人地位最差的就属印度尼西亚，在历史上发生了1740年的“红溪惨案”、1965年的“九三〇事件”和1998年“黑色五月暴动”等多次排华事件。至少有30万华人在1965年的“九三〇”事件中丧生。

印尼排华事件是1998年5月由印尼军方组织、煽动的一次针对印尼华人的抢劫、杀人、强奸事件。印尼各地总共发生5000多起暴徒强奸或轮奸华裔妇女惨案，1200多人丧生，受害者达数十万。军方的主要目的是转移当时因为金融危机爆发的国内矛盾，因为华人在当地一直占据着经济的优势，而且华人的几千年文化，使得华人不能融入当地文化，当地也不能同化华人。

对此灾难，中国政府表达了抗议。

至今在印尼，华人参政的首要障碍是种族歧视和偏见，他们没有享受原住民所完全享有的权利。华裔学生考取国立大学只能录取10%，在报考学校时要填写民族成分；印尼籍华人申请各种证件以及护照等都遭遇诸多不便，他们的居民证有特殊标志，华人不准保留本民族文化语言；在刑事案件审判中，华人轻罪重判，而印尼原住民则重罪轻判；在录用公务员或工人时，原住民优先，排斥印尼籍华人等。

华人文化有着难以抗拒的魅力和顽强的生命力，下南洋的华人在海外已有600年的历史，历经数代甚至几十代，一代代的华人在当地文化、外来文化的冲击下屹立不倒，坚守着祖先的血脉和文脉，为中华文化在海外承续传播付出了难以想象的代价，有的为坚守民族文化与精神甚至付出了生命的代价。

2014年2月2日

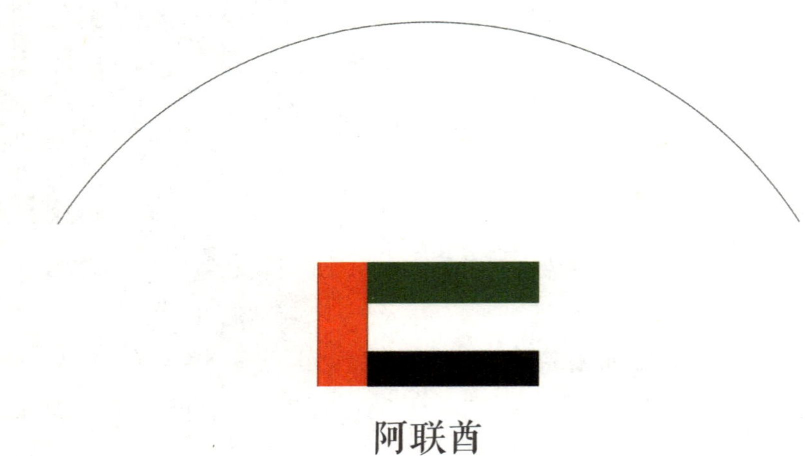

阿联酋

The United Arab Emirates

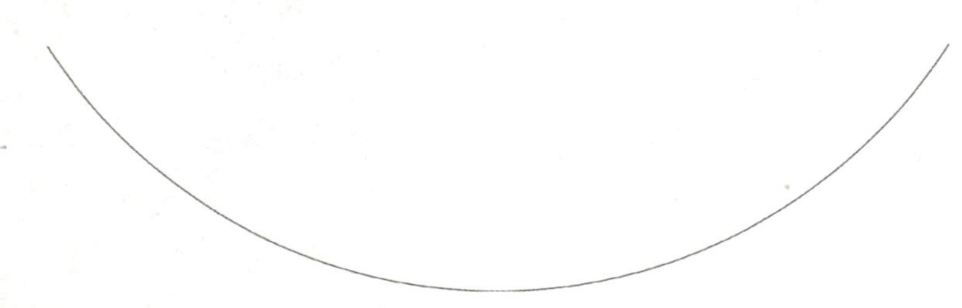

后石油时代的发展哲学

——考察迪拜有感

文化的真实信息在哪里？我一直坚信就在现场。人类共生共荣、和睦相处唯一的法门就是相互理解、求同存异，这也是我锲而不舍追求的管理哲学，我相信找到文化的源代码，就可以破译出人类共荣的文化的关键。

作为一个佛文化的参学者、儒家文化的膜拜者，我相信儒释文化能为人类的未来指向光明。佛家的道谛，即八正道——“正见、正思维、正语、正业、正命、正精进、正念、正定”，这对于国家或个人的管理，似乎都确切有效；与儒家的“格物、致知、意诚、正心、修身、齐家、治国、平天下”八目异曲同工。佛陀鼓励人们以客观、开放、求知、示证的态度来修行，孔夫子教诲世人以省思、向学、仁爱、悲悯的态度精进人生。

这也是我此行北非、中东之目的：找寻曾经的文明，检验已有的见知，探索未来的大同，思考中东的明天！

一、阿布扎比印象

从飞机上望下去，看到的只是光秃秃的山，山下竟然有河，从水面看还相当辽阔，这很有点像中国北方萧瑟的冬季。但现在这里毕竟是夏天啊！临近阿布扎比，就是一望无尽的沙漠，沙漠被笔直的黑色公路分割成田畦一样的小村镇，间或有点深褐色的植被，零零星星点缀其间，成块的绿色却很少很少。

临近市区，突然看到浅浅的海水，海水的下边是层层的白沙，以为是海沙一色，但飞机降下来才发现是自己想当然了。沙依然是沙，但白色的并非海水，而是薄薄的云雾。

二、当石油用尽了

说起中东，人们都会想到石油。尤其是中东的海湾国家，更被誉为“世界石油宝库”。真主安拉赐予的“黑金”，使富油国财力雄厚，一句话——“不差钱”。然而，石油必会枯竭，国际石油专家马杜哈·萨拉姆曾说：“世界上最大的油田瓦尔油日现在每年正以 8% 的速度减产。”沙特阿拉伯的石油储量可谓全球最高，但到 2025 年沙特将可能无法出口石油，因为沙特的石油消耗量每天将达到 670 万桶，而生产量届时才为 620 万桶左右，石油消耗主要用在海水淡化上。

这一转变速度比我们想象的要快得多。马杜哈·萨拉姆告诫说：“如果沙特只采取现行的单一的能源经济结构，不采取措施，发展多元化经济，那么沙特经济很容易就垮掉。”实际上，沙特面临的，也是海湾产油地区共同的问题。

位处波斯湾畔的迪拜，半个世纪前因产油而发达，但其石油储藏量不断萎缩，在 2010 年就已采掘殆尽。“由正见故，起正思惟”，面对石油资源不足的掣肘，必须发展其他产业。迪拜有“慧根”，十年前就积极推行经济转型，减少石油依赖，实行多元化，加强传统的港口和贸易发展，巩固商业枢纽地位，发展成中东首屈一指的金融中心。迪拜机场就是这种战略的很好佐证：每日起降将近 300 个航班，飞抵约 130 个目的地。[①]

三、迪拜之炫

这个金钱堆就的“海市蜃楼”令全世界炫目，不仅仅因为它是奢华的代名词，还有那各式各样冠上“世界之最”头衔的建筑：世界上第一家七星级酒店——帆船酒店，造价达 70 亿美元的全球最高建筑——哈利法塔，全球最大的购物中心、耗资 140 亿美元打造而成的世界最大人工岛——棕榈岛，住宿费一晚从 800 美元到 35000 美元不等的亚特兰蒂斯酒店，世界最大的室内滑雪场等。

帆船酒店是当时世界上建筑高度最高的七星级酒店，高 56 层约 321 米。因为饭店设备实在太过高级，远远超过五星的标准，只好在五星的下方再镶嵌上 2 粒钻石，破例称它为七星级。走进这个酒店，犹如走进阿拉丁神灯中美轮美奂的洞穴宫殿，不说它的天价住宿费，不说 8 辆劳斯莱斯甚至直升飞机机场接送，不说饭店顶端的空中网球场，不说酒店房费起步价每天 1500 美元直到最高 3.5 万多美元，只消看看大堂中庭就让人倍感震撼：大堂正中央是一个圆形的天井喷水池，雕刻着万花筒式的多彩装饰图案；水池能表演多种喷泉舞蹈，10 根酒瓶椰树状的

① ［英］戴维森．迪拜：脆弱的成功［M］．杨富荣，译．北京：社会科学文献出版社，2014．

大厅立柱包裹着黄金。就连盛菜的勺子、门把手、厕所的水管、马桶的把手，甚至一张便笺都“鎏”满黄金，据说整座酒店贴金用了近40吨黄金……

一个没有自然景观和历史名胜的沙漠港口城市，竟成为全世界最热门的度假胜地之一。而这“沙漠神话”的缔造者是迪拜酋长阿勒马克图姆，这位“沙漠魔术师”写有一本书——《我的愿景》，以模范自居，建议阿拉伯世界如法炮制：进口居民、金融、劳工，火速成立企业自由区、金融中心，引进先进基础设施，推沙筑岛，一夕致富。

然而，迪拜是否是中东的楷模？海湾地区真的可以如法炮制吗？

四、沙漠神话可否复制

2009年末，迪拜政府宣布暂停偿还债务，由此导致迪拜总体经济下滑。在资产泡沫严重的情况下，“迪拜模式”脆弱得如一座沙子堆成的城堡。由于经济过于倚重房地产业和外来投资，在金融危机下，资产缩水，外资抽离，迪拜最终出现资产流动性问题。所幸，阿布扎比和阿联酋央行伸出援手，拉了迪拜一把。如今，我们看到的迪拜依旧光彩照人，但迪拜还要克制“贪欲”和“嗔念”，即发展模式和文化融合两大问题，这两者还远远没有解决。

没有了石油就从长计议，抓紧时机发展其他产业，迪拜的探索是有价值的。但问题在于，这般“一心专精，无有间歇”的精进却偏斜了，是与正精进不符的“负精进”。在迪拜建设的高峰时期，全世界10多万台工程起重机中有15%～25%在此作业。各种各样的摩天大楼争奇斗艳，迪拜企图用极尽奢华的超级豪宅、旅游设施，吸引世界超级富豪来支撑迪拜的发展。但这种投机性建设项目的需求量并不多，而从迪拜的文化传统与社会、历史、地理环境来看，这里并不适合非阿拉伯人士长期居住。在迪拜建设世界金融中心，更是显得过于超前。世界金融危机一爆发，本国的消费无法填满因为外来消费大量减少留下的空白，使得原本并不处于危机中心的迪拜也发生了危机。

迪拜危机的根源，从表面看是因为房地产的过度膨胀，但其本质却是发展战略出现了失策，脱离了实际，超越了其本身自有的能力。迪拜一度染上了梦幻豪华、奢靡无度的魔幻色彩，而这种奢华是以透支未来为代价的，其维护成本极高，发展形势不可持续。我印象深刻的是迪拜一瓶饮用水要8元人民币，一池泡澡的水要好几百块钱。迪拜气候炎热少雨，年平均降水量仅为42毫米，地下水资源长期无法得到有效补充，迪拜年用水量已超过自身可再生自然水资源的26倍。所以，迪拜淡化水使用比例极高，而海水淡化成本也极高。

另外，6月份我在迪拜考察时，室外温度最高近50度，室内只能全部用空调，用电量非常高。哈利法塔每天使用空调所耗能量相当于融化1.25万吨冰。在迪拜，维护一平方米草坪的费用是每年约2000美元，维护一棵树一年需要1000 ~ 2000美元。此外，迪拜水果、蔬菜、食品的成本同样很高，完全依赖进口。

如果方向是错的，南辕北辙，那么一切都是徒劳。

迪拜显然遵循人定胜天的思想，依托房地产、金融、高档旅游等高速发展的行业，寻求虚拟经济、资本经济的快速发展，这极易导致实体经济空心化。这种饮鸩止渴的投机主义、机会主义的发展方式，是术而不是道，仅通过外在展示自信，恰恰是内心不自信、内心匮乏的表现。正是由于缺少坚实的工业基础，同时囿于自然环境、农业落后，迪拜城市经济对外依赖性强，经济结构脆弱，抗风险能力弱。

对于中东而言，真正的创造不是建造什么，而是寻找更加有效的改变生态环境的途径，比如高端石油化工、石油衍生品开发、海洋经济、改造土质，进一步发展农业养殖、海洋养殖、现代服务业等，使虚拟经济尽可能地向实体经济回归。只有合乎自然规律、合乎可持续发展，才不会速朽，这就是天人合一的发展哲学。

五、和实生物

在迪拜，土生土长的阿联酋公民只占当地人口的15%，周边国家的阿拉伯人、印度人、巴基斯坦人占迪拜人口的大多数。独特的人口构成和位于阿拉伯半岛顶端的特殊地理位置，使迪拜变为一个边际地区，在其中能看到各种冲突和矛盾：东方与西方、现代与传统、伊斯兰教与其他宗教、移民与当地人口等。

在迪拜，当地居民和外来移民的生活反差极大，本地居民都在喝咖啡，而印度人、巴基斯坦人在不停地在干活。迪拜给本地公民的福利体贴至极：免费教育；最低生活保障；符合就业年龄的所有迪拜人只要本人愿意，都可以当公务员；工资最低2万迪拉姆；结婚后国家分房子……可以说，从出生到去世的费用国家都买单。想当初，阿拉伯原住民在沙漠里艰难跋涉，寻求自强之路，靠着骆驼、弯刀和忍耐征服亚非欧，而今这样艰苦创业的精神已难觅其踪。

由正念故，能起正定，如此才能修得一颗中正、宁静的智慧之心，国家可以处在沙漠，但思想中不应有沙漠。

人与大自然之间、人与人之间的关系都应是和谐互动的，不恰当的方法只会破坏共生共荣。

2013年7月12日

中国

China

澳门的和平启示

澳门花王堂街，在170年前，竟然有300多家机构在从事着华工苦力贸易。华工苦力类似于非洲的黑奴，他们被贩卖到万里之外的美洲，从此远离故土、客死他乡，这还不包括路途当中被困死、病死、饿死甚至打死的群体。这样的贸易长达数十年。澳门为什么要发展苦力贸易呢？因为这是当年他们的经济支柱。苦力贸易之后他们发展了鸦片贸易，之后是博彩业。澳门这座城市似乎与人类的灰色、黑色产业密不可分，甚至以此为生。

澳门市政厅是葡萄牙人最早建立的行政大楼。今天，我们在这里回顾澳门的文化和历史，也可以说，就是这栋楼见证了450年葡萄牙统治时期的风云变幻和历史沧桑。从文明发展的角度来看，先进地区的先进文化、先进生产力、先进制度，对落后地区的落后文化、落后生产力、落后制度的征服、融合，是一种历史现实。征服和融合过程中不缺乏暴力，但是我们也应看到，融合的过程客观上推动了当地发展。回顾澳门历史可以发现，其实澳门在葡萄牙统治时期并没有那么多的血腥和暴力，它是一个循序渐进的过程。虽然其中也有葡萄牙人的欺骗、绑架，甚至武力，但也并不是一部充满血泪的历史。

葡萄牙人对澳门的管理，更多的是委托给一些官员和土生的澳门人及华人精英。在澳门，葡萄牙人也就几千人，所以大部分的管理是由本地人做的。这是世界最早自治的地区之一，比英国的民主还要早上百年。在这里，我们也找到了亚洲最早的现代教育，这一点可能大家没有想到。从文化、制度和发展上看，澳门对很多国家都有借鉴的价值。很遗憾，这些借鉴价值在明清两朝政府都没有被很好利用。这才有了后来的甲午海战失败。那么澳门样本对现代世界的启示和意义在哪里？我想可以从两个角度分析：第一，和平的角度。澳门的和平回归，是中国尽了极大努力和葡萄牙商榷的结果，避免了流血冲突，避免了国际参与，避免了第三方搅入。所以，它的和平回归对世界和平做出了表率。我们知道，当下世界依然面临着战争的危险，和平赤字依然是最大的赤字。澳门的和平回归告诉我们，可以用和平的手段解决世界问题。第二，"一国两制"的实践角度。"一国两制"告诉我们在一个国家，在不同的地域，由于不同的文化和不同的经济结构，可以采取不同的治理和管理模式、不同的政治制度。推而广之到世界，有这么多的国家，自然也可以采取不同的治理模式。这个世界需要多层次的治理。总之，澳门的价值和样本就在于"凡是动脑袋能解决的问题就不要用砍脑袋的办法来解决"，这才是文明的发展。

2019 年 6 月 8 日

希腊
葡萄牙
西班牙
英国
意大利
德国
法国

欧洲

Europe

希腊

Greece

西方的那片海

交错中，变幻着风情，展示着温柔与刚毅，凉爽的海风中，我躺在长椅上，面对着一片海。

这片海早在我的启蒙时代就留下了深刻的印象，那是一片群岛星罗棋布如璀璨星辰的蔚蓝天地，每个岛屿都驻守着一位神灵，他们多情、任性、天真、浪漫，处处都透着傻乎乎的可爱，有的像是隔壁慈祥的大爷，有的像是邻家可人的小妹，要么就像是村头的泼皮牛二，要么就像是整天光着屁股拿着树枝扭成的小弓箭跑来跑去的老丘家小比特。这与我们严肃、呆板、麻木、冷漠的神祇形象往往显得不同，这里的神充满着人性，与人一样有着七情六欲，这样的神灵显得活泼生动有趣。

这样的神来自山海之间，自然就是他们的家园，自然也是他们对美的审读，所以维纳斯是丰满圆润的、线条优美的，原型可能就是他们村里的小琴姐；掷铁饼者一身的腱子肉，浑身的蛮劲，整天无所事事，拿个铁饼扔来扔去，想用肌肉吸引青睐的目光。

这样的神没有一点架子，治下的人民也没有敬畏神明之心，所以遇到难题举棋不定时，就集体协商决定。这就是民主机制，一人一颗豆，扔到谁的碗里谁就当选了，和以前生产队选队长一模一样。

这些事，就像是赵本山小品中屯里的事，屯也不大，有山，有水，有树林，老少爷们也合群。

爱琴这个大村落出现于公元前3000—前1000年间，此时中华文明处于三皇五帝及夏商时代乃至周朝初建时期。

不同的是中华文明以农耕为主，需要较强的组织系统和技术训练，特别是由于生产力落后，必须要协同作业，这就是集权的背景。

远隔千山万水，两大文明由于海陆有别，产生了不同的思维模式，也造成了迥异的文化体系，这样的文化体系终于在公元前5世纪左右的前后300年里同时绽放于世界——古希腊文明和百家争鸣。

相貌丑陋、衣冠不整的苏格拉底整日喋喋不休，却点化了柏拉图，使他忘却戏剧、运动和女人，去追求至高无上的真理。柏拉图在市郊得到了一块休憩园林，后来就成了闻名于世的雅典学院，重点教授数学和哲学。在那里学生无须交费，女性也可以驻足聆听，在那所学院专门熔炼思想，苏格拉底、柏拉图、亚里士多德、赫拉克利特、毕达哥拉斯经过训练，如北斗中天，希腊文明照亮了西方！

爱琴文明、古希腊文明、罗马文明、文艺复兴、工业文明……

同样相貌丑陋却峨冠博带的孔子也整日喋喋不休，却点化了七十二贤，使他们忘却时下的功名利禄，而去追求心灵深处的净土与人间的仁德。他杏坛讲学，开启教育之门，秉承有教无类，这就是最早的大学、书院的肇始。自此，中华文脉绵延不绝，又走出曾子、孟子、荀子及后来的程朱及王守仁……从此旭日升起，照耀东方！

百家争鸣的先秦诸子、魏晋玄学、两汉经学、宋明理学、清代朴学……

两种风情，东西集会！

关于古希腊，关于春秋大义，宗教学家凯伦·阿姆斯特朗的《轴心时代》解读了太多太多……

寒来暑往，月移星动，2500年后的今天，一位思想者慕名来到这里，追思先贤，朝觐圣地，文明之路，书院之梦，自今而起，矢志不渝……

2016年7月23日于爱琴海滨

千年回望：站在希腊看中国（缘起）

欧洲 希腊

一、对话希腊

“言必称希腊”，无希腊不西方。欲对话希腊，首先要致敬希腊！

古希腊人奠定了西方人的政治哲学、自然哲学、历史学、文学艺术、医学、自然科学等各个学科的基础①，古希腊文明更是直接催生了中世纪欧洲的文艺复兴，15 世纪，开始全球航行的地理大发现；16 世纪，发起宗教改革；17 世纪，奠定了现代自然科学的基础；18 世纪，发起了工业革命；19 世纪，将地球的大部分变成其殖民地；20 世纪，在一场新的科技革命的推动下，进入了信息社会，也就是继农业文明、工业文明之后的信息社会文明②。这一切都关乎希腊！所以有“言必称希腊”之说。

为什么是希腊？

“西方人和非西方人一再把个人主义认作西方区别于其他文明的核心标志。”从侧面说明，个人主义是西方文明的核心价值，也是西方文明的根基或主干。实际上，西方政治文明的其他要素：自由、平等、人权、民主、法治、宪政等，都是由这个主干伸展出来的枝杈③。

然而代议制政府、自由市场、法治和文明社会，这些原本是西欧和北美社会的四大支柱自20世纪末开始衰落④，经济增长放缓、债台高筑、效率低下、人口老

① [英]阿诺德·汤因比．希腊精神：一部文明史[M]．乔戈，译．北京：商务印书馆，2015.

② 张启安，李秀珍．西方文明史[M]．西安：西安交通大学出版社，2009.

③ 丛日云．我们如何面对西方文明[J]．中国政法大学学报，2008（11）：21-31.

④ [英]尼尔·弗格森．西方的衰落[M]．米拉，译．北京：中信出版社，2013.

龄化问题、反社会行为等不一而足。

曾经鼓吹全球化的西方如今开始“逆全球化”甚至“反全球化”，曾经的辉煌将渐行渐远，西方的衰落已经不可逆转。

西方文明的困境是什么？现代文明综合征？

今天西方面临的问题，是否也是我们未来将面对的问题？

今年（2019 年）是五四运动百年，整整一个世纪。一个世纪，世界经历了两次世界大战、苏联解体和欧洲的衰落；一个世纪，中国经历了中华民国、抗日战争、解放战争、抗美援朝、十年“文革”、改革开放。

站在民主的基石上，俯瞰爱琴海，回望大中华，思考黄土地，从东方到西方，再从西方到东方，在希腊、在雅典，我将对中国、对北京，从文明比较的视角进行勾勒。

随着研究的深入，反复比较世界文明，我愈加认为东方与西方文明本是硬币的两面，文明的共性必然超过个性，彼此背书，相互补充，共同成就。

东西方文明的融合与自洽，首先是语境的界定，西方原有民主的内涵无疑是狭隘的，狭义定义造成的话语被动已经影响到了东西方正常交流，甚至是文明的冲突。需寻求广义的解读，对关键的词汇做出全面的解读，赋予其新内涵，才能

打破话语瓶颈，形成共享的话语平台。

雅典是西方最东边的城市，欧洲之东；雅典又是东方最西边的城市，亚洲之西；横跨欧亚非的大帝国的版图里总是有希腊，融合贯通的雅典成就了西方，也启迪了东方。

“士不可以不弘毅，任重而道远。仁以为己仁，不亦重乎？死而后已，不亦远乎？”

时不我待，打点行囊，一路向西，目标：希腊！

二、西方文明的演进之路

“民主”（democracy）一词起源于古希腊语，最早见于古希腊历史学家希罗多德的史学著作《历史》中，它由“人民”和“主权”两词组合而成，意思是人民掌握权力[①]，民主政治是古希腊文明对世界文明作出的最重大贡献。

古希腊是现代科学的发祥地，几何原本、杠杆原理、浮力定律，至今仍是经典。如果我们把科学精神分为探索、怀疑、理性和实证四个方面的话，那么，古希腊自然哲学家们已把探索、怀疑和理性精神发挥到了较高的水平，创造了古代文明学科与哲学的全面辉煌，只是他们在实证方面仍有欠缺而已，这也多由于科研条件和科技发展阶段所致。所以，一旦把实验方法注入其中，现代科学便诞生了[②]，这就是文艺复兴的前提。

从日云教授认为西方文明沿革的历史轨迹是：米诺斯文明、迈锡尼文明、古典希腊文明、古罗马文明、中世纪日尔曼－基督教文明、现代西方文明。西方文明的特征主要体现在三方面[③]：

---

① 孔继高，李俊勇．古代文明知多少 [M]. 合肥：安徽人民出版社，2012.

② 杨凤霞，汪涛．古希腊与西方文明的源流关系 [J]. 绥化学院学报，2010（3）：68-70.

③ 丛日云．西方文明讲习录 [M]. 北京：北京大学出版社，2014.

从外在表现看，西方文明表现为宪政与民主、以私有财产为基础的市场经济、多元主义社会、发达的科学技术、体现个性与自由的文学艺术、高水平的生产效率和高质量的生活水平、自由的生活娱乐方式。

从历史发展角度看，西方文明经历五起四落的发展过程，经历多次衰落与新生，经历多次民族主体转换与空间位移。因而，西方传统文化是前现代的，传统中孕育着现代文明的基因，现代西方文明是从传统中直接成长起来的。

从比较文化的角度看，西方文明的内在特征、西方文明的核心特征是其个人主义精神及创新的理性思维方式。个人主义精神即以个人为社会的本体和目的，提倡承认个人、尊重个人、解放个人、发展个人。创新的理性思维方式主要体现为清晰的理性思维，批判性思考与纠错机制，形而上的追求，求知、求真、求新的学术传统，抽象思维及演绎思维能力。

希腊成就了古典的西方，启蒙了现代的西方，而西班牙、葡萄牙却把这样的启蒙变成了一次 2.0 版大航海（第一次大航海是郑和下西洋），开启了全球化的大序幕，开辟了后来延续几个世纪的欧洲探险和殖民海外领地大时代。自此以后，西方统治世界，直到“二战”结束后的民族独立运动兴起。这一切似乎相互孤立，但综合研究发现其彼此关联。

三、大国运筹

古代的中国对于人类文明的贡献可谓功德满满。中国发明了纸、火药、指南针等，并最早发明了印刷术；中国文明对东亚和东南亚其他地区影响巨大，是许多民族文明的源头，如日本、朝鲜、越南等，形成强大的中华文化圈；蚕丝、茶叶、水稻等中国发明，对人类物质文明贡献丰硕。

然而鸦片战争、甲午海战彻底打掉这个老大帝国的自尊，百年之耻迫使国家变革，洋务运动、百日维新失败后，被迫走上辛亥革命。

“五四”所开启的现代民主与科学，对于中国，无论思想上影响如何，形式上再也无法回到君主专政的时代，所以“五四”之于中国有着特殊的意义——中国彻底诀别帝制时代。

一个世纪，对于中国，是自省、自新、自强的实践探索，下一个百年的中国又将如何？

我的政论三篇，其一为“两会”笔谈而作的《改革成就模式迭代与国家自信》，探讨的是人类社会发展的内在动力——社会组织改革及中华民族在人类文明中的历史地位；其二是发表在《创新》学刊上的《中西比较视阈下的中国治理模式及其借鉴价值》，讨论的是民族国家发展模式及中国探索的成功经验；其三也是最需要或最浓墨重彩的，主题应为《中国治理模式设计与实施战略》，如此三部曲才完整。

从文明比较的历史视角，以实地观察的现实出发，从人性与科技的融合推演，在长宽高三个维度勾勒第三部曲——《中国治理模式设计与实施战略》，力图立体呈现中国战略前景及未来。

这部作品，我决定在北京起笔，在希腊杀青，在“五四”百年之际，做出对未来的思考和世纪的回答，如此仪式感，以凸显国是求索的庄严。思考中国和设计中国，不能仅仅站在中国，更要站在民主的圣地、西方文明的源头——希腊，解决中国问题要有世界的眼光，这就是《站在希腊看中国》的缘起。

四、万里求索

恩格斯曾指出：“没有古希腊文化及罗马帝国所奠定的基础，也就没有现代的欧洲。”

在雅典卫城，帕特农神庙、胜利女神庙、希腊历史文物博物馆，我平心静气，一一审视，思考古希腊文化如何启迪文艺复兴运动？古希腊文明如何影响西方现代的自由平等观念、民主制度和科学精神？

阿克罗蒂里考古遗址见证了圣托里尼的最早史前文明发展，是爱琴文明三大文明之一米诺斯文明所遗留下的古代城市古迹。米诺斯文明是欧洲最早的古代文明，也是希腊古典文明的前驱，出现于古希腊迈锡尼文明之前的青铜时代。我将踱步在这个贫瘠狭小的岛上，思考为何它能创生如此灿烂的文明？文明的发育究竟需要何等要素？

那么，问题接踵而来：15世纪，葡萄牙和西班牙这一对殖民帝国几乎同时崛起，葡萄牙和西班牙没有经过文艺复兴、宗教改革和启蒙运动的深刻洗礼，为什么最早出现在大国舞台上？葡萄牙和西班牙是如何逆势崛起的？又是如何衰落的？

国是帷幄，太多的问题需要实地考证！

在巴塞罗那黄金海岸，我将走访贝尔港，那里是哥伦布远航的出海口，这位热那亚人到西班牙来贩卖梦想，获得了天使轮风投，凭着绝大部分人不相信的地圆说开始了万里远洋，寻找地球的另一半。这样的航海家为什么出现在西方，而不会出现在东方？早他近一个世纪的郑和为何没有发现新大陆？

画家毕加索、达里，建筑天才高迪、米罗，这些令世人引以为傲的巴塞罗那艺术巨匠们的艺术灵感从何而来？在圣家堂，我将隔空对话高迪。

在马德里皇宫，我将去探究这个曾经不可一世的殖民大国往日的雄风以及他乍富与衰败之间的转换，国运沉浮，谁人可运筹帷幄？

在里斯本，大西洋岸边的贝伦塔，我要去探访一个小人物与大历史的经典传奇，那位史上有名的葡萄牙人达·伽马从这里出发，绕过非洲，到达印度，从而找到了通向东方的新航路，自此开启了东西方海上的大贸易，也开启了对东方的殖民掠夺，自此甩开了黑暗漫长的中世纪，之后则是光辉荣耀的现代。在茫茫的大海之

上，几个月不见陆地，航行在毫无希望的印度洋上，达·伽马到底在想什么？

走过四大洲，驻足希腊，回望考察行程，大非洲人类起源地埃塞俄比亚、肯尼亚我还没有走到，澳大利亚的尼格利陀人的村落和波利尼西亚的部落文化还没有考察，今年将一一走到，完成全球考察的任务。

走过港澳台，回望大陆，34 个一级行政区尚有黑龙江和青海尚未考察，今年将圆满完成大中华全区域覆盖调研工作。作为一个学者，我 20 年来走在路上。

一切的一切，关于 2019 的全球、2019 的大中华和 2019 的我，将在庚子除夕夜归纳总结，完成著述。

五、经世致用

识时务、知变通的叔孙通，为儒学香火得续，先事秦而后辅汉，多次转换门庭，保存经典，为儒学中兴立下伟功；董仲舒凭借“天人感应”“大一统”，借助汉武帝“罢黜百家，表彰六经”，自此儒家独步天下 2000 年之久；王莽满腹经纶，学富五车，却只会咬文嚼字，生搬硬套，最后只落个国破家亡，死于乱刀；王阳明龙场悟道，上马可平乱杀贼，下马著书立说，知行合一，自此成为国人精进之终极，举国效法。

在那个通经致用的年代，凭信念不惧焚书坑儒；在那个经世致用的年代，内圣外王，此心光明，亦复何言！通经致用和经世致用，自此合二为一，而又举一反三，儒家完成了自我的锻造。

一路走来，书不离手，经不离口，披荆斩棘，蹒跚而行。江湖不曾笑傲，却也栉风沐雨，见过彩虹卧波，遭遇迅雷闪电，领略春花秋月，感受夏日冬雪，今生繁华萧瑟看尽，究竟起来，毕竟是书生，读书写作、海鲜陈酿才是最爱。

不惑时节，宏图霸业只能是谈笑中了，随心所欲而不逾矩，颐养天年矣！期待明年能够坐下来钓鱼对弈、诗酒书茶。

如有奢望，则由书生而学者，此生无憾，夫复何求？

外法内求，精心雕琢。学者之于国家，乃国家之气质与内涵，学者之骨气即国家气节，学者之取向乃国家价值观。学者自有其社会价值与责任，书生不可妄自菲薄，当自重自尊自律为是，不断层层修炼，自我完善。

我之于学者，尚有万里之遥，无论学养之积淀，修为之品阶，担当之精神，我本毫末与垒土，正如国家兴盛，匹夫之责，我等也不能以逍遥为名而放弃责任，当发萤火之光，当尽微薄之力。

学者当不媚俗，不虚无，不乐上，不迎下，不把玩民粹，不孤芳自赏，当自

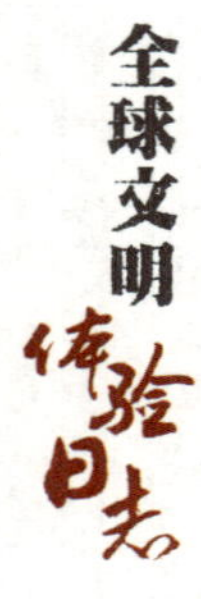

有之洞见、独立之主见，客观之正见，学术经得起时间的验证与实践检验，这些都在精进中。

六、微醺飞絮

岁月无声，年轮有痕，初衷不改，鬓发已衰。想当年，彻夜鏖战，一部书稿，寥寥数月一挥而就，而今短短序言就需苦思冥想，数日方能杀青，即便如此也要借助陈酿微醺。天资聪慧与生性愚钝，才思敏捷与才竭智疲原来是同胞兄弟，只不过到来的时间前后有别而已。

对于希腊，我仰慕其内在的气质。在2500年前那个温饱欠丰的年代，一个民族却追求歌剧，有政府发补贴，鼓励市民看歌剧，在冷兵器的时代，比块头亮拳头，他们却举办运动会，尽管这样的政府萌得可爱，傻得天真，而正是这样的可爱与天真，成就了伟大的希腊。

之所以中意倾情，原是性情所致，气质比附。

请把这华灯点亮，耀若天宫，靡靡之音响起，佳丽蹁跹，一时粉黛香艳，霓裳羽衣飘飘，一曲胡旋舞，但见低眉浅笑，美目流盼，千杯万盏不醉，天下有识者，击剑高歌，所谓天下事，出离文明比较论断乎？

2019年4月26日

雅典陨落

如果不是调研所需，这样的街区，我绝不敢涉足。

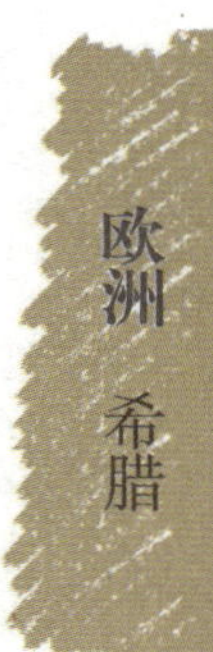

走在这样的街道，我看到一个衰败而无可奈何的希腊：经济濒危，难民如潮。

没有工作的难民和本地无产者，吸毒、酗酒成了日常的消遣，所以这里就成了黄赌毒活动的温床，夜幕未降，俨然另一个世界。

我正在拍摄一个酒后滋事满身血污的青年人，他的一个同伴追着我大嚷，好在街口就是警察，他才作罢，我在墨西哥贫民窟采访时也曾遇到这样的一幕。

我急忙拦出租车回程，路上，出租车司机告诉我路边这些站着、蹲着的人多是叙利亚、巴基斯坦、索马里等地的难民和偷渡客，他们主要的工作就是偷盗和抢劫。

帕特农神庙、酒神露天剧场、宙斯神殿……这里有无数的人类物质与非物质文明的瑰宝，但这里也有你想不到的无可挽回、无可奈何的陨落。

2019 年 4 月 27 日

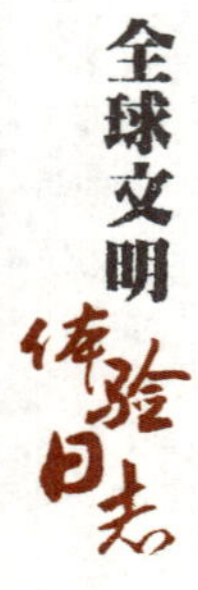

提洛岛，人生两千得相见

提洛岛在爱琴海的深处，这里是阿波罗神和阿尔忒弥斯神的诞生地，自此人间得有日月。

由于位于环岛之中，辐射多邦，这里就成了希腊联盟的经济中心和金融中心，人类第一个贸易港。

曾经的繁华皆成了残砖断垣，过往的喧嚣都做虫儿的呢喃，这一落寞，不是一日一月而是两千年；两千年来荒无人烟，在海风与日光中褪色、沉寂、隐匿，万千财富锈成土，叱咤风云化云烟。

沉醉这废墟与光影，抚摸斑驳与锈迹，看这乾坤运转，似水流年，人世变迁。

此生得见鬓发已染，相见奈若相知。草木一秋，活出青色一抹，点缀缤纷大千，也不负此生的轮回。

2019 年 4 月 30 日

希腊提洛岛

——自由贸易之滥觞

说起提洛岛，大家可能未必那么熟悉，因为它不像其他的名山大川那样出名。这个岛籍籍无名，面积极小，只有 3.4 平方公里。而且 2000 年来，这个地方没有人居住，荒无人烟。但是它在希腊的文化历史中却有着非常特殊的地位。

它是希腊的三大人文圣地之一。为什么这么说？是因为希腊文化很多源于神话，神话是这个国家的民族特质。在神话中，太阳神和月亮神的诞生地就是提洛岛。希腊的主神是宙斯，宙斯有一个情人叫勒托，勒托怀孕后，宙斯的妻子赫拉很嫉妒，不愿意让勒托生下一双儿女。宙斯就用他的四根头发撑起了这座浮岛，使之固定，让他的情人勒托生下了这双儿女，也就是太阳神阿波罗和月亮神阿尔忒弥斯。太阳神和月亮神在希腊文化中占有很重要的地位，所以希腊人对这个小岛也心生敬仰，岛上有公元前 3000 年到古基督教时代各阶段文明的遗迹。在公元前 10—前 9 世纪，这里成为繁荣的拜神中心，建有众多宗教祭祀的神庙，享有“圣岛”之美称。

提洛岛的特殊地理位置造就其商业中心地位。它虽然非常荒凉，没有什么大树，没有任何从事农业生产的条件，但是作为群岛环绕的中心，辐射能力特别强。正是由于独特的地理位置，这座小岛成为公元前 5 世纪以来整个希腊的贸易中心，继而成为经济中心和文化中心。大家可能想不到，当时它的影响力甚至超过了雅典。从公元前 166 年开始，这个地方就是世界上最早有文字记载的自由贸易的地方。大家想象一下，在这 3.4 平方公里的小岛上，生活了多少人呢？近三万人，人口可谓密集。它最辉煌的时候在公元前 5 世纪到公元前 1 世纪期间，作为希腊当时的联盟（因为希腊从来都没有被统一过，都是联邦制，所以希腊各个城邦之间

相互结成联盟），它是“提洛同盟”（也称“第一次雅典海上同盟”）的金库所在地，就相当于当时全希腊甚至爱琴海、辉煌灿烂的地中海的金融中心。

岛上的人文遗迹、文明废墟，可以见证曾经的繁华，其中以巨大的阿波罗神庙遗址最为有名。阿波罗是他们的太阳神。阿波罗太阳神在希腊的地位非常重要，相当于他们的人文始祖之一，类似于中国女娲、伏羲这种传说中的人物。在中国，这种传说中的人物在现实中其实都有印记，但是希腊的神就很难考证在现实中是不是有这样的参照人物。阿波罗神在希腊人心目中是很神圣的，所以给他建造的圣殿也是非常恢宏的。

在提洛岛还可见到意大利街区遗址，也就是说，当年很多意大利人来这个地方做生意，相当于现在的中国城，有中国人在某地经商，这个地方慢慢就形成了中国城。这里也有意大利城。说明当年这个地方，不仅是爱琴海，甚至是整个地中海的商业中心，很多意大利人以及叙利亚、埃及的富商在这做生意，其当时是相当繁华的国际商业中心。

提洛岛的沙滩是黑色的。在国内，大家看到的更多的是白色的沙滩。为什么这里的沙滩是黑色的呢？因为圣托里尼山大部分都是火山，火山爆发以后形成的火山岩，经过海水千万年的冲刷，慢慢就形成了铺满黑色砂砾的沙滩。这些沙滩不是那么细腻，有点粗糙，但是走在上面并不感到硌脚，甚至还挺舒服，尤其是这些火山岩的沙滩，经过海水的冲刷、日光的暴晒，既纯净又温暖，甚至有点灼热，走上去大致 40 ~ 50 度的温度。走在这样的沙滩上就像给脚底做按摩一样，挺舒服。不同地域有的沙滩颜色不同，这是由于地理禀赋所决定的。不同的区域有不同的地理禀赋，其实这和地方的文化和文明相关，我们看到不同地区有不同的文化。

文化是怎么形成的，文明又是怎么形成的？其实很简单，就是人与自然融合的结果。有些地方适合农业，那就发展农耕文明；有些地方靠海，只能发展海洋文明，比如说我们现在看到的希腊文明。它的文明有什么特点呢？就是完全发展商业，通过商业获得巨大的财富，当然也创造了非常辉煌的文明。所以，地理禀赋的不同，决定了文明的不同特质。所以说文明是丰富多彩的，各个文明之间相互支撑、相互成全，并不完全相同，也并不是只有单一的竞争关系，而是多维度的。

所以很多人在解读文明的时候往往思路狭隘，认为先进的文明可以取代落后的文明。其实文明之间没有先进和落后之分，只有差异化。那么在相互的学习与发展之中，取长补短，各个文明未来都有成长、发展的空间。所以我们不能狭隘地认为哪个地方发达其文明就先进，哪个地方落后其文明就落后。

如果站在历史的角度，站在文明发展的角度，我们认为各个文明都有独到之处。正是不同的地理禀赋，决定了文明不可能整齐划一，某种文明也不可能一统天下。那些妄想一统天下的人，其实都成为了历史的罪人。比如想妄图征服世界的希特勒等。我们看看这些人其实都制造了巨大的历史灾难。这些历史灾难都需要几代人、几十代人，甚至更长的时间，才能弥补对人类造成的伤害。

2019 年 4 月 30 日

正教会的耶稣受难日

今天到雅典，恰好赶上耶稣受难日。

人们都挤到教堂，缅怀这一苦难的时刻。耶稣无罪却被钉十字架，为救赎世人受尽折磨而死，我曾到耶路撒冷追寻苦路的悲情。

按照教义讲：耶稣基督的本源是出于上帝，而不是人，他是为成全天父上帝拯救世人的旨意，由圣灵感应，童真女玛利亚而取了肉身，成为世人。即所谓“道成肉身”。

耶稣受难三日后复活，神迹传遍以色列，人们开始信奉基督，近300年间基督徒打不还手，骂不还口，无数信徒被无辜害死，但信仰不改——耶稣就是弥赛亚！

宁愿主内死，不愿改初衷，杀不绝，斩不尽，信众越来越多，遍及罗马帝国。公元325年，罗马皇帝君士坦丁无奈确立基督教为官方宗教，基督教信仰以耶稣基督为中心，以圣经为蓝本，核心思想是福音，即上帝耶稣基督的救恩。

拜占庭和奥斯曼帝国期间，希腊正教会属君士坦丁堡普世牧首治理。1833年宣布自主，1850年君士坦丁堡普世牧首给予承认，现为希腊国教，信徒约占全国人口90%以上。

2019年4月27日

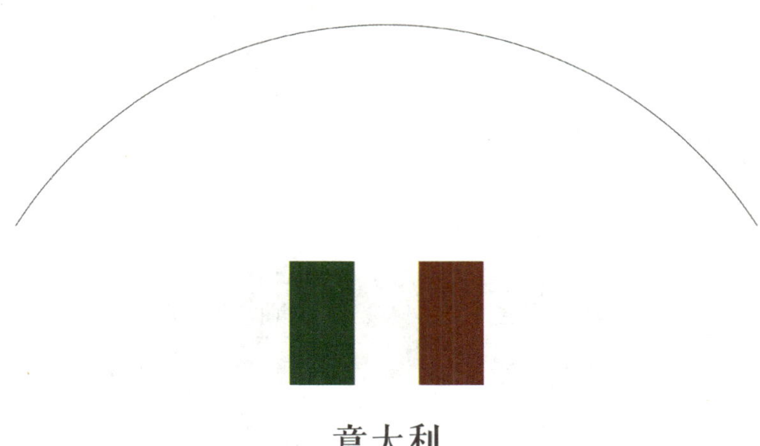

意大利

Italy

走但丁的路

走自己的路，让别人去说吧！

造福世界的罗马，向来有两个太阳，分别照明两条路径，尘世的路径和上帝的路径。

我是被一个沉重的雷声惊醒的，睁开迷蒙的睡眼，发现烟雾弥漫，往四周观看时才发觉，我已来到了地狱之谷的边缘。

这些选自《神曲》的诗句如此耳熟能详，在文学发烧的年代，每人都能背两句，但未必能解其真意。

恩格斯曾说过这么一句话："封建的中世纪的终结和现代资本主义纪元的开端，是以一位大人物为标志的，这位人物就是意大利人但丁，他是中世纪的最后一位诗人，同时又是新时代的最初一位诗人。"

但丁就是意大利语之父，欧洲四大名著之一《神曲》的作者。

1302年，但丁因受政治迫害被判处永久流放，自此再未回到故乡，受尽颠沛流离，直至客死于拉文纳。从1307年至1321年，但丁用了14年之久完成了旷世之作《神曲》。

在《神曲》这部长达14000余行的史

诗中，但丁坚决反对中世纪的蒙昧主义，表达了执着追求真理的思想，对欧洲后世的诗歌创作有极其深远的影响。

《神曲》通过但丁和他在地狱、炼狱、天国中遇到的著名人物的谈话，将澎湃的激情与匪夷所思的幻想相结合，提倡发展文化、追求真理，启发、引领了文艺复兴。

《神曲》描写的虽然是来世，但也是现世的反映：地狱是现世的实际情况，天国是争取实现的理想，炼狱则是从现实到达理想必经的苦难历程。

耶鲁大学教授 Giuseppe Mazzotta 在网上开通了公开课《解读但丁》，讲解生动、系统、深刻，甚为精彩。

我第二次踏进但丁广场，迫不及待地进入到圣十字教堂，因为这里安葬着伟大的诗人。

但丁给意大利现代语言的文学化指明方向，为文艺复兴举起了一盏明灯。一个诗人，竟开启了一个人类的新时代！

2015 年 8 月 15 日

说不尽的米开朗基罗

安详地躺在圣十字教堂里的，还有伟大的米开朗基罗。

第一次了解米开朗基罗，还是上中学时，和我要好的一个同学是艺术生，他天天都给我讲米开朗基罗，还看了很多米开朗基罗的作品图册。但由于我不懂绘画雕塑，所以兴趣不大。

后来系统地聆听了北大朱青生老师《西方艺术史》的课，他对达·芬奇、拉斐尔和米开朗基罗进行了大量介绍，才促使我浏览了这方面的专业著作。

再后来，我去美国大都会博物馆，看了许多米开朗基罗的作品，很是吃惊。直到这次欧洲之行，将其早期天才式的作品全部看过之后，更是感慨万千，最后只剩下两个字：震惊！

1498年，年仅23岁的米开朗基罗开始为梵蒂冈圣彼得大教堂创作大理石群雕像《哀悼基督》：耶稣基督被钉死在十字架上后，圣母玛丽亚抱着死去的儿子无比悲痛。整座

雕像沉浸在肃穆气氛中，并洋溢着人类最伟大的母爱情感，将生与死、痛苦与慈爱化为一体，和谐统一，赞美了人的崇高理想和优秀品质，看起来是颂神，但主题却是赞人——人性的光辉之美。

很幸运，我看到了原作，就在梵蒂冈圣彼得大教堂。

1501 年，26 岁的米开朗基罗开始创作他另一举世闻名的杰作——《大卫》，生动地塑造了一个为事业斗争的英雄形象：年轻、英俊、健壮、神态坚定自若。左手上举，握住搭在肩上的“抛石带”；右手下垂，似将握拳，头部微俯，直视前方。阳刚之美、雄性之美、人体之美呼之欲出。我发现很多少妇和少女都迫不及待地在雕像前拍照合影。

特别要说的是米开朗基罗为罗马圣彼得大教堂的建设作出了巨大贡献，他参与设计并主持工程。他为该教堂设计的直径达 42.34 米的巨大圆形穹顶不仅气势恢宏，而且从局部到整体都绝顶精美。

米开朗基罗的其他作品还有：雕像《摩西》《大奴隶》《昼》《夜》《晨》《暮》《赫丘利像》，绘画《末日审判》《圣若翰洗者像》《沉睡的丘比特》《创世纪》《创

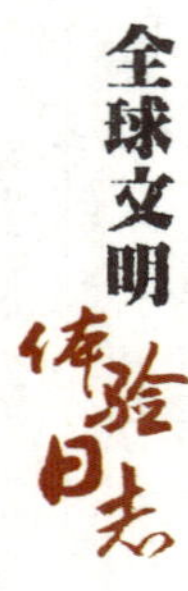

造亚当》，浮雕《楼梯上的圣母》《半人马之战》，木制《十字苦像》，罗马《酒神巴库斯像》，雕塑《圣殇像》。

可以说，个个是精品，样样震撼人心。他与拉斐尔和达·芬奇并称为文艺复兴后三杰，他的作品代表了文艺复兴时期建筑、绘画、雕塑三大艺术最高峰。

米开朗基罗似乎不喜欢女性，他一生未婚，他的作品总是雄壮宏伟，所以他所画的女性也带有阳刚的气质。他一生孤独，为艺术而生，为艺术而死。

站在米开朗基罗的墓前，身处这座富丽堂皇的教堂大厅中，向艺术之神致敬！

来此表达敬意的，还有来自全球的拥趸，他们像我一样，在墓前沉思，表达哀思，更表达敬仰！

1982 年，小行星 3001 以他的名字命名，以此来表达后人对他的尊崇。

2015 年 8 月 11 日

生死轮回

据说在威尼斯，有个男人被判了刑，走过一座桥。“看最后一眼吧！”狱卒说，让那男人在窗前停下。窗棂雕得很精致，是许多八瓣菊花的图案组合。男人攀着窗棂俯视，见到一条窄窄长长的刚朵拉正驶过桥下，船上坐着一男一女正在拥吻，那女子竟是他的爱人。男人疯狂地撞向窗户，然而窗户是用厚厚的大理石造的，没有撞坏，只留下一摊血、一具愤怒的尸体。血没有滴下桥，吼声也不曾传出，就算传出去，那拥吻的女人也不可能听见。血迹早清洗干净了，悲惨的故事也被大多数人遗忘，只说这桥是“叹息桥”，犯人们最后一瞥的地方。且把那悲剧改成喜剧，传说如果情侣能在桥下接吻，爱情将会永恒。

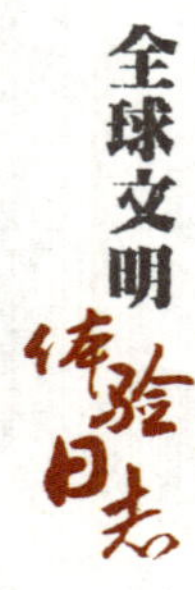

“但是相思莫相负，牡丹亭上三生路。”（汤显祖的《牡丹亭·标目》）《牡丹亭》中还有另一句话：“情不知所起，一往而深。生者可以死，死者可以生，生而不可与死，死而不可与生，皆非情之至也。”

相传有一条路叫黄泉路，有一条河叫忘川河，上有一座桥叫奈何桥。走过奈何桥有一个土台叫望乡台，望乡台边有个名曰孟婆的老妇人在卖孟婆汤，忘川河边有一块石头叫三生石，孟婆汤让你忘了一切，三生石记载着你的前世今生。我们走过奈何桥，在望乡台上看最后一眼人间，喝杯忘川河水，今生有缘无分，又何必强求？

此桥为界，开始新的一个轮回。

青石桥面，五格台阶，桥西为女，桥东为男，左阴右阳。“谁若九十七岁死，奈何桥上等三年。”千年的回眸，百年的约定。也许这一世的夫妻情缘始于斯，尽于此。奈何桥，奈何前世的离别，奈何今生的相见，无奈来世的重逢。

从汉族民间文化的层面看来，桥梁及其象征性甚至更多地被人们用来在人与鬼、生与死之间建立联系或形成过渡与中介。

连就连，你我相约定百年。

2015年8月12日

葡萄牙

Portugal

罗卡角的见证

——大西洋时代的来临

葡萄牙的罗卡角，欧洲的尽头，大航海开启之处，探寻大西洋文化。人类文明是从农耕文明开始的，农耕文明都是起源于大河文明，最早的两河流域文明、埃及的尼罗河文明，它们有一个共同的特点，就是都在地中海。地中海不仅诞生了农耕文明，还诞生了辉煌灿烂的海洋文明，那就是古希腊文明。地中海一直是古代人类文明的十字路口，既是经济中心也是贸易中心。那时候，地中海可以说承载了文明的主体。中华文明具有五千年历史，是文明古国，历史非常厚重，但是中国并不是当时的世界中心，当时世界的中心在地中海。不过，因为大航海时代的开启，人类的文明已由地中海转移到了大西洋。哥伦布、达伽马、麦哲伦等开启了人类的大航海时代。大航海为资本主义的发展提供了充足的资本，开拓了广阔的市场，人类的第一次全球化正是从大航海开始，也正是从大航海时期，人类文明的中心从地中海转移到了大西洋，开启了资本主义时代波澜壮阔的历史。在罗卡角这个地方，我们依旧能够看到这片辽阔的海所承载的历史使命，所以我们应当感到幸运。人类在资本主义时代做出了伟大成就，当然我们也不否定在这个过程之中伴随着伤痛，伴随着殖民甚至种族大屠杀。比如说，印第

安人。印第安人在被殖民的500年时间里大致被屠杀及死于天花等疾病的人数约2500万到1个亿，到最后，印第安人只剩下几百万。这是非常惨痛的历史代价。当然我们也不可因此而否定工业文明和资本主义的崛起给人类创造的价值，以及带来的巨大发展。罗卡角著名的碑文“陆地于此而终，海洋于此而始”标志着新文明时代的开始。

2019年5月7日

贝伦塔下的全球化 1.0 版本

这座驰名中外的贝伦塔，是当年为了纪念达伽马发现新航道而建。就是这座普通的塔，成为航海英雄们的航海灯塔，送走了麦哲伦、达伽马、哥伦布等一批又一批航海英雄，也迎来了他们的凯旋，也是这座塔迎来了人类历史上第一次全球化的开始，它是我们全球化 1.0 版本的见证者。也是这座塔，见证了另外一个历史时刻，那就是工业文明取代农耕文明，农耕文明让渡工业文明。以地中海为中心的农耕文明世界从此让渡给以大西洋为中心的西方世界。正是因为大航海，让这些弹丸之邦，比如葡萄牙，只有 9 万多平方公里的小国，竟然能殖民 1000 万平方公里的土地。“小国家大殖民”，真正意义上第一个“日不落帝国”恰恰是这个弹丸之邦——葡萄牙。后来的西班牙、荷兰、英国等国家的崛起，都与大航海时代密切相关。而这座塔就是大航海时代的见证，就是人类工业文明、资本主义肇始之地。贝伦塔虽小，意义非同一般。

2019 年 5 月 7 日

西班牙

Spain

“罗马不是一日建成的”

——塞维利亚高架引水渠

行走在欧洲，徜徉在古罗马。欧洲每一个城市几乎都留下了罗马的印记，可以说，罗马建筑在整个欧洲星罗棋布。大家现在看到的塞维利亚高架引水渠，其实就是当时一个普通的民生工程。在公元1世纪的时候，他们从15公里远的高山处架渠，把水引到古城。它绵延15公里，有167个石拱，建造拱洞的石头与石头之间没有任何黏合剂，也就是说，这15公里长的建筑完全是靠几何力学用石头堆砌而成的。堆砌的石头经过2000年竟然屹立不倒，这就是罗马的伟大之处。他们的伟大不仅是攻城略地，成为统治欧亚非三洲的大帝国，还在于创造了非常辉煌灿烂的科学、技术、文化，以及罗马精神。所以我们说“罗马不是一日建成的”，但我更想说“罗马毕竟是罗马”。

2019年5月4日

哥伦布的一生：开启大航海时代

塞维利亚大教堂之所以著名，是因为这里埋葬着一位知名的航海家——哥伦布。

哥伦布 1451 年出生于热那亚。大家以为热那亚是意大利的，其实当时的热那亚是一个独立的国家，和当时的威尼斯一样。那么，哥伦布出生在一个什么样的家庭呢？是一个小业主家庭。他的父亲是一个做手工羊毛纺织的小业主，家里还开了一个小酒馆。虽然不是很富裕，但是经济条件也还是不错的。

哥伦布从小热爱航海。尽管他的父亲希望他能够子承父业，但是很遗憾，哥伦布的心志在航海。不过他的父亲不是一个很专断的人，支持他的梦想，把他送到航海学校去培训。从历史文献来看，哥伦布应该没有受过完整的教育，他的教育主要在航海培训学校。即便是这个培训学校他也没有上完，因为家里的钱不足以让他读完这所航海学校，所以他就辍学了。但是辍学以后，他并没有停止学习。哥伦布每天都在学习关于航海方面的天文、地理、几何学、力学、数学等各种学科知识。所以，他虽然没有受过完整的教育，但是他的航海知识还是非常丰富的。他在 14 岁的时候就参与了一些航海活动，在船上工作。

热那亚非常富有，为什么呢？奥斯曼帝国崛起之后把陆地的丝绸之路阻挡了。奥斯曼帝国只和两个国家进行商贸往来，一个是威尼斯，一个就是热那亚。所以，热那亚当时的海港非常繁忙，哥伦布就参与了一些海港的航海活动，在船上工作。虽然他年龄很小，但是他非常勤奋好学，而且很善于把知识运用到具体实践之中，所以在整个航海途中他都很受欢迎。特别是他有一个特殊本领，可以根据环境、气候，特别是云团和海鸟飞行的方向和海鸟的种类，以及海洋生物来判断陆地的位置以及远近。这一点让大家很吃惊。小小年纪，哥伦布就展现了航海天赋。当时，地圆学说开始兴起，哥伦布相信地球是圆的。既然地球是圆的，那么一直向西就可以到达地球的另一半。

当时恰逢奥斯曼帝国崛起，阻断了东西商路，整个欧洲急缺东方香料。香料最主要产自哪里呢？印度。但商路阻断以后，香料的价格经过阿拉伯人或者突尼斯·热那亚人的炒作而价格攀升，像胡椒在当时是按粒卖的。一粒胡椒竟然相当于一枚金币，故有“黑黄金”的雅号，那可谓是天价。正因为如此，这些新兴的国家就想开辟新的航道。所以，哥伦布提出来要航海，得到了伊莎贝拉，就是当时西班牙女皇的支持。得到支持有几个方面的因素：第一，西班牙刚刚独立出来，急需大量资金来进行国家建设。第二，这个国家在北非还是被摩尔人控制，西班牙女皇想通过哥伦布找到中国的蒙古军团，来共同夹击摩尔军团占领北非。当然最主要的，他们的国家需要开辟新的航道，与当时已经在北非形成统治地位的葡萄牙进行竞争。所以伊莎贝拉就极力支持哥伦布的航海计划，给出了非常优厚的条件。一是在资金上支持，毫无疑问，其中有船员的配备、物资的配备。配备给他三艘帆船，87个人。最关键的一点，承诺哥伦布，凡是他发现的地方，每年的收入，永久地提成10%。二是他开发的地方任命他为总督。三是如果哥伦布航海成功，将任命他为海军统帅。这些条件是相当优厚的。

哥伦布在1492年就开始了他的大航海时代。1492年8月，他从西班牙的一个小港起航。两个月的漂泊中，他就经历过三次风暴、两次迷途和一次部下的造反（未成功）。终于两个月后抵达了美洲大陆的巴哈马群岛。但是哥伦布不认为自己到的是一个新大陆，他一直认为自己到的是东印度群岛。在巴哈马，他待的时间并不长，也没有拿到想象中富足的黄金和香料，但是，这次航海依然是非常成功的，回到西班牙后也受到了英雄般的接待。为什么呢？第一，向西航行可以到达地球的另一半。第二，发现了新大陆，虽然这次没有带来收益，但

是说明未来的收益前景依然是非常广阔的。当然最关键的，这次也不是空手而归，还是带回来一些黄金，以及新大陆的一些信息、几个当地的印第安人。所以，伊莎贝拉女皇还是很满意的。然后就开始了第二次、第三次和第四次航海。这样，经过哥伦布四次航海，通向整个中美洲的航道几乎都被发现了。这就是哥伦布发现新大陆的故事。

1506年5月20日，53岁的哥伦布因为身体原因去世。他死在西班牙西北部的一个小旅馆里。死了以后，他的遗骨经过辗转，最终埋葬在维多利亚大教堂。这个大教堂因此而驰名中外。

那么我们如何看待哥伦布这次航海活动呢？如何看待哥伦布大航海对时代发展的意义？哥伦布航海，首先是人类的一次壮举，在中世纪的时候，科学得不到认可，航海有力地证明了地圆学说，这是科学的一大进步。其次正是这次航海，把欧洲带出了黑暗的中世纪，欧洲从此开始了大航海时代，开启了波澜壮阔的资本主义运动，开启了资本主义对全球市场的开发，也可以说开启了全球殖民的时代。当然，在感情上，殖民时代是西方对其他民族地区侵略的苦难回忆，但是从人类文明发展的角度看，它开启了人类文明史上第一次全球化历程，所以，从文明比较学的角度评判，大航海还是有现实意义的。最关键的一点，通过大航海时代，西方积累了丰富的黄金，使资本主义的发展得到了物质保障。当然，新大陆的发现也为资本主义提供了全球市场，为资本主义的崛起和发展奠定了非常好的市场基础。但是，我们也看到，在殖民时代，残暴的掠夺给一个民族带来了灭族的灾难，这就是印第安人。印第安人本来有非常灿烂的本土文明，比如阿斯特克文明、印加文明，他们当时的文明都是非常成熟的，还有之前消失的玛雅文明。美洲文明是自成体系的，但经过这次殖民，这个文明就彻底地消失在历史长河中。最关键的是，印加人在这次征服中被大量屠杀，这就是一个民族的灾难。

西方庆祝的“哥伦布日”，就是纪念1492年哥伦布首次登上美洲大陆而举行的节日，庆祝发现新大陆，开启人类的一个新时代；但是，对于那些被迫害、屠杀的民族，比如对于印第安人来说，“哥伦布日”恰恰是民族的灾难日。所以，欧洲列强，特别是葡萄牙、西班牙这些国家，它们应当有一个赎罪日，为它们的殖民行为赎罪。其实在整个资本主义的崛起过程中始终存在海盗行为，热那亚和威尼斯当年虽然非常富足，但是它们的财富是怎么来的呢？它们平时做贸易，有机会就抢劫。

当时葡萄牙崛起的时候，西班牙抢葡萄牙。等西班牙航海成功了以后，英国开始抢西班牙，包括荷兰——“海上马车夫”，其实都是一种相互的抢劫，那个时候，它们也并不把抢劫当成一件很羞耻的事情，而认为抢劫是工作的一部分。所以我们发现，整个大航海时期，抢劫、相互拼杀、相互不理智的掠夺，贯穿整个殖民发展的全过程。所以，我建议他们应当有一个“赎罪日”。

中国也出了一个伟大的航海家，这个航海家比哥伦布还要早87年，这个人就是郑和。大家知道郑和在1405年就开始了大航海时代，那个时候郑和的宝船从规模到配置各个方面远远优胜于哥伦布的三艘帆船。而且那个时候，郑和走的路比哥伦布还要远。那么，为什么哥伦布成为伟大的航海家，开启了一个新时代，而郑和却没有呢？其中的原因很值得思考。郑和为什么下西洋？很重要的一个因素是要宣扬帝国国威，并没有把贸易放在第一位。另外，中国自古以来都没有对外掠夺的思想，我们一直实行王道。“恩泽天下”一直是我们中华文化的一个核心文化价值观。所以，郑和所到之处都是带给别人好处，给别人带去技术，提供经济支持，几乎与中国交往的国家都是受益的。当然，最关键的一点，是中国统治的历史。虽然海洋占到地球面积的78%，中国也有漫长的海岸线，但是中国的当政者从来不认为我们是海洋大国，一直认为我们是农耕文明，海洋在中国的经济体系中，在我们国家里面，并没有那么显赫的位置，所以，虽然中国有郑和下西洋这样伟大的壮举，但是并没有把这个伟大的壮举转化为生产力，没有把海洋的开发、海洋文明的建设放在应有的位置。中国还依然延续着传统的农耕文明，也正是基于这样的思路，中国错过了伟大的大航海时代，中华民族在转型发展过程中失去了一个巨大的机遇。郑和下西洋，虽然年代更早、航道更远，但是他去到的地方都是被发现过的，所以从文明比较的角度来说，他此行的社会价值并不高。从这一点来说，他确实比不上哥伦布。这也是为什么哥伦布能够在世界获得崇高的地位，

而郑和相对来说就要弱很多的原因。

哥伦布开启了一个伟大的时代，正是因为他开启了一个伟大的时代，使人类的历史，特别是贸易的中心由地中海转移到了大西洋，从此人类文明的中心也由地中海转移到了大西洋，开启了西方崛起的海洋文明时代。

2019 年 5 月 5 日

英国

Britain

大英博物馆藏品《女史箴图》

东晋顾恺之《女史箴图》的唐代摹本是当今存世最早的中国画长卷，在中国美术史上具有里程碑的意义，一直是历代宫廷收藏的珍品。世界上只剩两幅摹本，其一为宋人临摹，被北京故宫博物院收藏；另一幅就是英国国家博物馆中的这件摹本。它本为清宫所有，是乾隆皇帝的案头爱物，藏在圆明园中。1900 年，八国联军入侵北京，英军大尉基勇松（Clarence A.K. Johnson）从圆明园中盗出并携往国外。1903 年被英国国家博物馆收藏，成为该馆最重要的东方文物，被称为“镇馆之宝”。

2015 年 8 月 4 日

三一学院

——神学院的改革

三一学院（Trinity College）是牛津大学的一个学院，成立于1555年，位于英国牛津的宽街，学生人数不多。2010年，三一学院获得捐赠约8100万英镑。这里培养过三位英国首相，与贝利奥尔学院并列第二位。

今天牛津大学的学袍（Gown）仍然保留着中世纪僧侣长袍的样式。大学校徽上至今还刻着“Dominus illuminatio mea”（主照亮我）——从先验论哲学的观点出发，世界是神创造的，“启示”才是知识和真理的源泉，大学只是探索和发现的场所，而不是生产和创造的场所。创新、创造、原创，这些在今天的学术界受到热烈追捧的素质在当时都是受怀疑的，被认为是一种诱惑，会导致分裂。

英文里的神学（Theology）出自希腊文theologia，由theos（神）和logia（学说）构成。而语言是由人创造的，因此，“神学”即人对“神之言说”，是“神的逻各斯”，即人对神的“谈论”、理性解释，意为“论述神的学科”或研究神性的道理与学问。

牛津的首任校长罗伯特·格罗斯泰斯特（Robert Grosseteste）就是方济各会的神学家，也是林肯教区的主教。他发展出一种方法，将贵族的逻辑学和天主教的正统观念融合在一起，也将光学、物理学、天文学的现象引进，创出一种不仅仅带有玄学色彩的理论[①]。

从17世纪开始，在启蒙运动的影响下，欧洲神学家开始对基督教教条进行有效的“去神秘化”，从而将神学变成一种历史与哲学科学。他们把圣经视为一种历

① ［德］扎格尔．牛津：历史和文化［M］．朱刘华，译．北京：中信出版社，2005.

史文献，发明了各种解释和阅读的技巧，追溯文本编写的源头，希望找到上帝存在的证据。但在英国，至少在牛津，在基督教非理性主义思潮与神秘主义的影响下，神学似乎开出了“一朵最美的幻想之花”。当然还有一种说法是，18—19世纪的牛津大学学术气氛过于庄重压抑，教授们只好编出一些奇幻故事，作为对更自由更宽广的世界的向往。

在牛津大学，几乎每一个学院的礼堂都有肖像长廊。当你的目光在巨大的公共空间里移动，就会感觉学院历史上的重要人物从他们所在的制高点注视着一切。每一张肖像都代表了一个不同的时期，它所唤醒的是一系列各不相同的精神和想象，但所有的肖像又反映了这个同业社团的历史，并预示着一个教育机构比任何一个时刻或个人都要伟大。

自从宗教改革与文艺复兴以来，牛津大学早已开始了世俗化的进程。英国式的绅士，而非教士，成了主要培养的对象。大学不再强调中世纪的神性、上帝的博学，而是更强调人文主义，也不再尊崇经院哲学的经典，而是推行以修辞学为主、以学习古典名著为基础的博雅教育——因为古典文学提供了一种判断标准，以分辨哪些是品行良好，哪些是品行卑劣。神学提供道德教育，数学提高推理与逻辑技能。

2015年8月3日

西升东落的时间中轴点

从这里走出了“现代经济学之父”亚当·斯密、历史学家阿诺尔德·约瑟·汤因比，还有前英国首相哈罗德·麦克米伦。最后一任港都彭定康及现任伦敦市长都是从这里毕业的。

走进牛津大学贝利奥尔学院（Balliol College，Oxford），仿佛走进了历史博物馆，一砖一瓦都透着历史的沧桑。

斑驳的院墙，古老的教堂，锈迹斑斑的铁钉木门，这是一座时间储存库。

创建于1263年，迄今已有700多年历史。创院之时，中国正值南宋末年，财政危机日益加深。宰相贾似道想解决“造楮”（滥发纸币）“和籴”（低价征购民间粮食）问题而实施“买公田”土改，结果失败，经济陷于崩溃边缘。

1263 年，蒙古中统四年，忽必烈即位，五月沿用宋金旧制，设枢密院专管军务。

宋景定四年（1263 年）张珏升任合州知州，上任后，修缮城池，屯田积粟，联络渠江沿线诸山城，带领钓鱼城军民屡次挫败了蒙军的围攻。也正是这位张珏将军于四年前的 1259 年 2 月与钓鱼城主将王坚一起用火炮击伤蒙哥，使其一命呜呼，蒙古军撤退，于是蒙军的第三次西征行动停滞下来，缓解了蒙古势力对欧、亚、非等的威胁。

其时，贝利奥尔学院开启了英国现代教育之路，为文艺复兴做了铺垫，为欧洲走出中世纪播下了希望之种，而此时的中国正渐渐失去往日的辉煌，再无古典！

元朝及其以后的朝代，再也没有了往日的优雅、从容与高贵，思想之火在风雨飘摇中慢慢熄灭……

2015 年 8 月 3 日

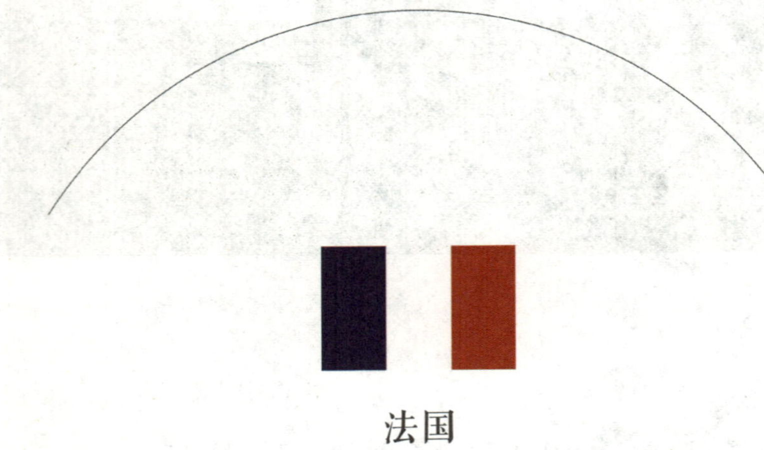

法国

France

巴黎圣母院前畅想

你还记得面目丑陋但心地良善的敲钟人卡西莫多吗？还有那个总是牵着一只小羊，美丽善良的吉普赛女郎爱斯美拉达？眼前就是他们跌宕起伏故事的演绎场——巴黎圣母院！

《巴黎圣母院》是我们这一代人必读的名著。

遥想当年，每读一章，我都掩卷望天长叹，为爱斯美拉达落难而愁肠百结，又为爱斯美拉达悲惨的死而泪流满面。

每每夕阳西下，或躺在草地洞察天象，看看有没有文魁星下凡；或沿着河边散步，思考着中国文学的未来。与我一同思考的还有陪我在河边、田野散步的小羊，它总是长得白白嫩嫩，从它"咩咩"的叫声里我就知道它对我梦想的支持和对我远大志向的膜拜。

暑期结束，小羊目送我回到学校，我读了更多的世界名著，准备寒假回家时与其再叙革命理想时，然而它却与我永别了！天地之大，竟然容不下我的一只小羊！这才是真正的悲惨世界！

往事不堪回首。躺在河边牧羊的少年慢慢长大变老了，老了的少年，只有醉梦中才偶尔迸发点文学激情，而今站在巴黎圣母院的塔楼下，感叹少年的情怀，沉痛缅怀当年的小羊和失落的梦想！

巴黎圣母院除了雨果的故事，还有更多宏大的故事发生。

1430 年，年轻的英皇亨利四世的加冕礼。

1455 年，为圣女贞德平反。

1804 年 12 月 2 日，教皇披耶七世为拿破仑加冕。

1811 年，罗马帝王在此接受受洗典礼。

1970 年 11 月 12 日，在此举行戴高乐将军的国葬。

……

关于拿破仑，这是欧洲绕不开的人物，几乎每走一地，都能找到一段与之有关的故事。光荣与梦想，是法国人对其所有的情愫；滑铁卢则成就英国人的傲慢与偏见。同一故事，不同的解读，但关于圣女贞德，大家都怀着同样的沉重之情。待闲暇时，再慢慢道来！

好怀念我当年的小羊！

2015 年 8 月 9 日

德国

Germany

大师的摇篮

——非著名大学海德堡大学

十几年前，听留学海德堡大学历史系的一位博士毕业生聊起该校人文景致，在其充满诗情画意的勾勒下，一幅古香古色、欧味十足的世界级学府的人文画面跃然眼前。很是神往，渴望一睹其风采，期待有朝一日能感受一下这所黑格尔、费尔巴哈所任教过的学堂究竟洋溢着怎样的人文精神。

今日终于有机会来到这所创办于 1386 年的学府（当时是明洪武十九年，中国重建了浙江普陀寺），与十几年前的想象一模一样：碧波荡漾的内卡河，红褐色的古城堡，满腹经纶的教授，坐满了学者的咖啡小街；石桥、古堡、白墙、红瓦、碧水、青山、书卷、咖啡，一幅典型的印象派油画。

尽管 16 世纪下半叶以来，海德堡大学就成为欧洲科学文化的中心之一，然而海德堡大学在全球排名并不靠前。从这里走出了著名哲学家黑格尔、费尔巴哈（对马克思影响至深且著作中谈论最多的哲学家），社会学家哈贝马斯、韦伯……有 55 位诺贝尔奖获得者曾在海德堡大学学习、任教或工作，其中 11 位教授在海德堡大学任教期间获得诺贝尔奖。

这很像德国人的性格，内敛、朴素、低调、谦和、务实、勤勉。

最有意思的是，这所学校有着全世界唯一的“学校监狱”，专治各类不服管教的学生，凡调皮捣蛋者都会被请去面壁，严谨的学风延续至今。

2015 年 8 月 15 日

恰好相反的歌德

卢卡契在《论〈少年维特之烦恼〉》一书中说：正如我们所看到的，这部小说不仅宣告了革命的人文主义理想，而且同时完整地表现了这种理想的悲剧性矛盾。

歌德故居坐落在法兰克福西思格拉大街23–25号，正是在这里他写出《少年维特之烦恼》这部名著，时间为1774年。

歌德的另一名著《浮士德》，跟《荷马史诗》、但丁的《神曲》和莎士比亚的《哈姆雷特》并列为欧洲文学的四大古典名著，恩格斯甚至曾经把歌德和黑格尔相提并论，称"歌德和黑格尔各在自己的领域中都是奥林匹斯山上的宙斯"。

哲学家黑格尔对歌德的思路有着极其深刻的理解，他准确地指出，"歌德的初始现象并不已经意味着一种理念，而是意味着一种精神——感性的本质，在纯粹的本质概念和感性世界的偶然现象之间进行调和"。

有则小故事很能印证此言。

歌德在公园里散步，在一条仅能让一个人通行的小路上和一位批评家相遇了。

"我从来不给蠢货让路！"批评家说。

"我恰好相反！"歌德说完，笑着退到了路边。

2015年8月15日

秘鲁
古巴
墨西哥
美国
加拿大

美洲
America

墨西哥

Mexico

微醺在红尘　精进在娑婆

打理好凌乱行李，赶往机场。

想想此行墨西哥，一个人背包行走在陌生的城市，陌生的街道，陌生的人群，住在一个语言不通、黑帮盛行、毒品成灾的贫民街区不免有些忐忑。这些年，行走在文明废墟与市井之间，前后遭遇过 2012 年泰国红黄军暴力冲突、2013 年埃及大动乱、2014 年我国台湾地区的大台风，还有今年的土耳其政变，好在每次都是有惊无险，但回想起来，不免还有惊悸。

也正是这些经历和调研，使我看到了更多书本、传媒之外的信息，一个相对真实的世界——没有意识形态加工的社会，没有经过媒体渲染的世界。深切感受到了人与人之间的内在亲近感和文化与文化之间的包容需求，乃至文明与文明之

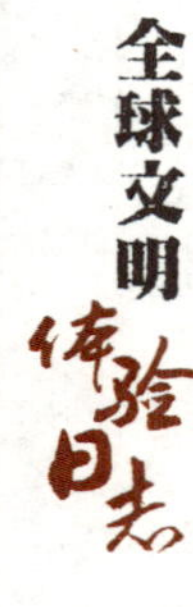

间的融合趋势。

站在废墟，我沉醉于人类所创造的璀璨文明；站在废墟，我看到了人类历史的血雨腥风；站在废墟，我们求索未来世界的大同共荣！

此行我将要走进墨西哥城的贫民窟，近距离观察墨西哥底层社会的生存状态，观察拉美“中等收入陷阱”的现实景象，同时走进富人区，了解中产乃至资产阶层的生活与思想，获取一手材料，为中国管理C模式撰写样本比较案例。

由于时间短，我还要利用这仅有的5天时间，考察墨西哥太阳、月亮金字塔、玛雅废墟，然后飞往坎昆考察奇琴伊察羽蛇神遗址群，特别要去墨西哥人类学博物馆，调查玛雅的人牲、人殉制度的历史实物，了解当时的生产力的形成与后来生产力的结构，及宗教信仰在其中的作用与影响，以探索玛雅文明兴衰的动因。

由于没有助手和向导，只能按图索骥，但愿一切顺利，能完成此行考察任务。

一杯啤酒，为自己壮行！

行走到远处，那里有我们的未知。生活在低处，思想在高处，微醺在红尘，精进在娑婆！

2016年8月30日

初识墨西哥城

雨后的墨西哥城，格外清爽。原来想象这里必定是垃圾乱飞，嘈杂不堪，结果出乎意料，这就是生活，不经意的惊喜，不经意的失落。

入住的酒店，就在老城的市中心，登记后，外出散步，细雨蒙蒙。

微暗的灯光，古老的教堂，安静的街道，斑驳的壁画与涂鸦，流浪的老人，乞讨的孩子。这就是墨西哥城，初识感觉不错，有历史，有韵味，有人情冷暖。

酒店下边是家烧烤店，来份烤肉，外加面饼和啤酒，一人回宾馆，品味他乡的陌生。

2016 年 8 月 30 日

墨西哥城大神殿与天主教堂

这里是神祇图腾的策源地，是神钦定的道场，是鹰叼着蛇落脚的地方，这里经历了名副其实的沧海桑田。

一群衣衫褴褛的流浪者，夜里做了个梦，说鹰落脚的地方就是他们的家，结果这只鹰落脚到了一个无边无际的大湖里，于是乎这帮连饭都吃不饱的无业游民竟然开始填湖！填啊填，终于填满了，紧接着就在上边盖起了神殿，神殿里驻守着他们最主要的神——太阳神和羽蛇神。

在大湖里赫然矗立着的阿兹特克帝国的神殿遗址曾经是印加民族精神的圣地，帝国的权力中心，更是一个民族、一个帝国湮灭的最后见证。

这里，每天都在流血，天天上演杀人一幕，因为在每一次日出之前都要用活人祭献；更令人惊诧的是，除了大量战俘，部分祭献者竟还有球赛冠军队的队长、贵族的精英、军队中的勇士，简直就是一种自杀式敬神！这里最后一次的人祭流血是1521年8月，阿兹特克被彻底灭国，于是这些恢宏的建筑被夷为平地，掩埋到了地下，神殿变成了坟墓，然而就在同一地点竟盖成了拉美最大的天主教堂。上帝彻底压住了太阳神，从此太阳神、羽蛇神从墨西哥人心中消失，绝大部分的人开始信奉上帝，虽然西班牙人后来被赶走，但上帝却永远留在了这片土地上。

神原来并不宽恕，不仅要将对方打倒、杀死，而且还要狠狠地踩上一脚，在他们的尸骨上建起新的大厦，镇压住他们，使对手永不能翻身。

于是圣母玛利亚受上帝委派从欧罗巴来到了拉丁美洲，她怎么也想不到，费尽千辛万苦，穿越浩渺的大西洋，竟然是为了参加一场美与爱的时尚秀。

这场远隔万里的时尚秀其实还没开赛就胜负已定。

神与神，就要以爱为名。

走进大神殿博物馆，我的心似乎要停跳了，累累白骨，具具骷髅，让人不寒而栗！名目繁多的祭祀，成百上千甚至过万的人牲被活活挖心祭奉，谁能分清哪位是神灵，哪位是魔鬼？鬼神的区别究竟在哪里？！谁该入地狱，谁该驻守天堂？

除此之外，这里的神，长得一点都不谦虚低调，比牛头、马面之类狰狞百倍。

而天主教的上帝从不示人以面目。看看圣母玛利亚，多么可亲，那温柔的手，那慈爱的眼神，让人多想回到她的怀抱，回到襁褓的时代！

附：大神庙（Templo Mayor）简介

根据传说，阿兹特克人看到一只鹰落在湖心岛的一株仙人掌上，嘴里衔着一条蛇，这个景象告诉他们应当在此处建造城市。1325 年正式开工，填湖建筑特诺奇蒂特兰城（Tenochtitlan），而大神庙被他们认为是宇宙的中心，是最神圣的地方。

这一建筑包括一座巨大的金字塔形基座，在其顶端建有两座神庙。这座墨西哥古神庙在 1521 年西班牙殖民者入侵之后被摧毁，后来，在 1978 年被挖掘铺设电路管道的工人们再次发现。

原庙已被西班牙殖民者破坏，现存的仅是塔基和石阶。在大神庙里面有一座博物馆，陈列着考古发现的遗迹，很好地展示了阿兹特克的古老文明。

墨西哥大教堂（La Catedralde Mexico）简介

墨西哥最大的最主要的天主教堂，也是美洲著名教堂之一，它位于墨西哥城索卡洛广场北侧，始建于 1573 年，建于大神后（Templo Mayor）遗址正上方，1823 年以后才正式完工，历时 250 年，堪称美洲建筑历史之最。

教堂的正面糅合了多种不同的建筑艺术风格，灰色的墙面映在白色的大理石上，给人一种和谐与庄重的感觉。中央正面是一组漂亮的雕刻，反映了天主教的理想道德——信心、希望和仁慈。正面墙上还有几组大型的浅浮雕，表现圣母升天、基督把钥匙交给彼得等情景。

2016 年 9 月 3 日于墨西哥坎昆

玛雅，玛雅，丛林的传说

玛雅从没有形成一个统一的强大的帝国，整个玛雅地区分成数以百计的城邦，然而玛雅各邦在语言文字、宗教信仰、习俗传统上却属于同一个文化圈。通常，玛雅文明被划分为三个时期，公元前1500—公元300年称为前古典期或形成期，公元300—900年为古典期，公元900—1600年为后古典期。

玛雅人使用“0”的概念比欧洲人早800余年，计数使用20进位制。

玛雅人是美洲唯一留下文字记录的民族。玛雅人的独特创造是象形文字体系，其文字以复杂图形组成，一般刻在石建筑物，如祭台、梯道、石柱等之上，刻、写需经长期训练。现已知字符800余个，除年代符号及少数人名、器物名外，多未释读成功。当时用树皮纸和鹿皮写书，内容主要是历史、科学和仪典，至今尚无法释读。

玛雅人在数学领域达到极高的成就。通过长期观测天象，已掌握日食周期和日、月、金星等运行规律。在前古典期之末，已创制出太阳历和圣年历两种历法，前者一年13个月，每月20天，全年260天；后者一年18个月，每月20天，另加5天忌日，全年365天，每4年加闰1天。每天都记两历日月名称，每52年重复一周，其精确度超过同时代希腊、罗马历法。

库库尔坎“羽蛇神”金字塔高约30米，四周各由91级台阶环绕，加起来一共364阶，再加上塔顶的羽蛇神庙，共有365阶，刚好象征了一个太阳年中的365天。而这座古老建筑的几何设计和方位，足以媲美瑞士钟表一般精确校准，创造出一种既玄妙又充满戏剧性的效果：每年春分和秋分两天的日落时分，北面一组台阶的边墙会在阳光照射下形成弯弯曲曲的七段等腰三角形，连同底部雕刻的蛇头，宛若一条巨蟒从塔顶向大地游动，象征着羽蛇神在春分时苏醒，爬出庙宇，秋分日又回去。每一次，这个现象持续整整3小时22分，分秒不差。

玛雅人除了培育出玉米之外，还培育出众多的作物品种，农作物有西红柿、南瓜、菜豆、甘薯、辣椒，经济作物有棉花、可可、烟草、龙舌兰和蓝靛等。他们饲养的动物有狗、蜜蜂、火鸡。

只是不朽的传说，而今都湮没在这无边无际的大丛林之中！

2016年9月2日

寻找墨西哥贫民窟

这次来墨西哥，主要是考察玛雅文化，其次就是观察贫民窟的生活状况。

这两天来，在来自宝岛台湾的小妹 Stella（到墨西哥后认识的）向导下，我包了辆车，穿梭在墨西哥城的大街小巷，寻找墨西哥贫民窟。Stella 是台湾一家外贸公司的翻译，来到墨西哥城 9 年了，她说没有去过贫民窟，也没有听说过贫民窟，她只知道一些家庭经济实在困难，就用纸箱子围着住在马路边，但都不成规模，更没有成片居住。郊外倒是有一些，但也不算是贫民窟，只能说是低收入者，在去太阳金字塔的路上也有。

我就要求去一趟，于是出租车跑了半天，终于到了，但委实谈不上贫民窟，倒有点类似于北京郊区的城中村。

我看了很“失望”，我想象的拉美贫民窟应当是污水横流，苍蝇成群，垃圾满街，小孩乱跑，流氓出没……而这里却安静祥和，房子不大但足够温暖，车辆不好毕竟能跑，比我们老家的农村还好些！

我要求再找，Stella 说这是她见到的最穷的地方了。我说那就找市区马路边上的无家者，这次终于找到了一处，有三四家人家用纸箱和塑料布搭成了棚，我想过去采访，没想到他们要收费，被我拒绝，这违背了我真实、自愿、互信的调研原则。以后虽然偶尔遇到过一两家这样的贫民，但很少，且不成规模，倒是有个别的流浪汉和乞讨要钱的，人数也与北京差不多。

司机师傅说，在墨西哥城只要勤奋干活，不仅能活下来，还可以活得挺滋润。

说实在的，行走在墨西哥城，古老建筑保存完整，韵味十足；新兴的建筑鳞次栉比，时尚现代；大道基本清洁，人与人之间，温情友善，这些都与我原来的想象不符。

这次没有采访到想象中的贫民窟，有些遗憾，但也很欣慰，祝愿所有国家都能国泰民安！希望下次能有更深入的探访。

附：墨西哥经济数据

2015 年墨西哥人均 GDP 为 9605 美元，为六年来最低。2015 年中国 GDP 68.60 万亿元，在世界排名第二，仅次于美国。然而人均 GDP 为 49228.73 万元，约合 7904 美元，低于墨西哥。

贪污、腐败、低效、黑帮猖獗……在这个联邦制民主国家，一样都不少，但墨西哥仍不失为一个较为稳定的国家。

（资料来源：快易数量）

2016 年 9 月 1 日

墨西哥买卖教职

教师可以世袭，爸爸是教师，儿子还是教师，祖祖辈辈教书育人！对，墨西哥南部的几个州就是如此。不仅如此，而且还可以买卖教职！

这是我在调研中了解到的，十分震惊！

在墨西哥南部，买卖教职或将教职传给子女，是一种“传统”。

2013 年 2 月 26 日墨西哥总统涅托签署一项教育改革法案，试图结束国内教育系统长期被教师工会把持的混乱状况。该法案是近几十年来对墨西哥教育体制最彻底的一次改革，生效后，墨西哥公共教育系统的控制权将由教师工会转移至联邦政府。这样一来，教师的聘用、留任以及晋升都将以其教学能力为依据，在政府统一标准下考察，杜绝教师工会管理期间普遍存在的职位买卖和继承现象。

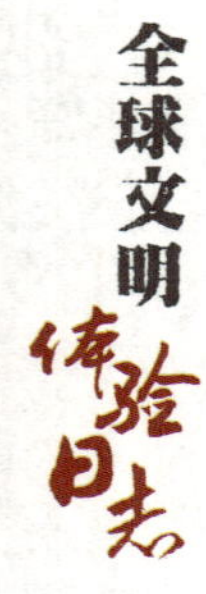

这一政令发布三年，竟然不能落实，因为这家工会名为“国家教育工作者协会”，会员超过30万人，不但是墨西哥最大的教师工会，同时也是拉丁美洲最大的工会组织。其下竟然有武装分支，近年来对政府力推的一项教育改革相当不满，多次罢课示威，甚至攻占选举委员会办公室、封锁机场等。

抗议人员认为，最新教改方案无关教育理念，而是关乎劳资纠纷，“他们想通过惩罚性的考核措施逼得大量教师走人”。

墨西哥官员认为，这家教师工会控制着瓦哈卡州的教育经费，对教师薪酬、晋升等拥有决定权，能够轻易否定联邦政府制订的教改方案。

这些来自偏远地区的示威教师来这里示威抗议，常年生活在这样一个没有热水、公厕、空调的小帐篷里，多有不便。希望政府能灵活对待，应给予精神、物质双重安抚，愿老师们早日回家上课！但教育也必须改革，必须坚决清理教职世袭和买卖行为。

2016年8月31日

天谴的人牲

——嗜血好战葬送阿兹特克帝国

各位，看看这些圆形的石槽的功能是什么？

盛放活人心脏的祭台！

大家看，这个槽道则是汇集鲜血的！

似乎所有的民族，都会把太阳神化。在诸多的神话里，太阳神大多是充满温情的父亲，无私地护佑着子民，而在阿兹特克人的眼里，太阳神最爱吞噬跳动的心脏和饮用新鲜的人血！

像这样的石雕器皿，我在墨西哥人类学博物馆看到了太多太多，因为是每个神庙的必备之物，所以留存自然很多，从这里也揭开了墨西哥文化的神秘与凝重！

我的脚下就是太阳神的祭台——雄伟的太阳金字塔！

这座塔位于“众神之城”特奥蒂瓦坎，墨西哥城以北 50 公里处。太阳金字塔、月亮金字塔、羽蛇神庙、亡灵大道……星罗棋布的宫殿、贵族府邸残砖断垣均匀分布于街道两侧。驻足在这座拥有大约 1800 年历史的古城遗迹面前，有种走到世界尽头、徒生宇宙苍凉感的缥缈。

这里的城堡、羽蛇神庙、雨神庙等遗址，建筑的各部分尺寸和太阳系各行星成一定的、精确的对应比例。很明显，特奥蒂瓦坎就是按照太阳系的模型而建造的。

这座恢宏的大城建造于公元 1 世纪至 7 世纪，有着圣城美称，阿兹特克语中，它是“众神信徒得道之地”。据推测，在公元 650—750 年，这个文明遭到毁灭，

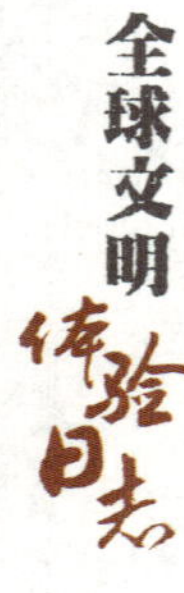

考古证据表明，这个城市应该是毁灭于一场人为的大火。12 世纪时，阿兹特克人到达这里，发现它已是一座空城，原居民与这座城市毫无历史可查询。

于是阿兹特克人就根据该地的建筑联想到了自己民族的神祇战神——太阳神。阿兹特克人认为世界已经毁灭了四次，现在是第五个太阳时代，也是最后一个太阳。太阳并非可以长生不老，他们认为如果要让它继续发光，则几乎每天都要给它喂食。太阳最爱吃的和最能获取能量的就是活人的心脏和鲜血，于是阿兹特克人每天在太阳升起时都要用活人祭祀，把活人的心脏放入一个供奉用的罐子或容器里，把它点燃之后举向天空。他们相信在做这件事的时候，一只鹰的精灵会从天空中飞下来，用爪子抓住那颗心脏的灵魂，然后把它从地球上带回到天空，送给太阳吃。

重大的节日需要更大的祭祀仪式，不然太阳神会发怒。

请大家看这幅太阳石日历，其中太阳神伸出的舌头是匕首，两手抓着的是还在跳动的心脏！这是墨西哥人类学博物馆的镇馆之宝！

接着执刀人来了，手里拿着一把燧石刀（或者是黑曜岩刀刃）。他以熟练的技巧将左侧乳房下方的肋骨切开，然后把手伸进去，像一只饿虎似地掏出一颗还跳动着的心脏来。这颗还跳动着的心脏被举向天空，献给太阳胡特兹洛波奇特利。鲜血，或者叫“圣水”，从尸体中流出来。这时，心脏被放进一个鹰形的盘子里，接着被焚毁。

而每天都要有人活祭，人从哪里来呢？廉价高效且尚有额外回报的就是战争。所有男性阿兹特克人均从幼年时就要接受武装训练，而一个平民能爬上高位的唯一途径就是赫赫战功——尤其是所捕战俘的数量。

于是战争就成了阿兹特克人的主要工作。阿兹特克人发动战争有两个主要目的：第一，政治需要，对敌人的征服可获取供奉和领土，并以此巩固阿兹特克的等级制度；第二，与宗教有关，战争带来的俘虏可满足活人祭祀的需要。

到了 15 世纪，阿兹特克帝国壮大，灭掉了许多不同民族的国家，边境推进到了如今的危地马拉一带，整个中美洲大概形成了阿兹特克与玛雅两大文明。

西班牙人最初抵达之时，士兵博纳尔·戴兹曾试着数了数祭祀的头颅架上摆放的头骨数目，得出的数字是136000个，它们都处于不同阶段的分解与腐烂之中。

西班牙冒险家唐·赫尔南多·科尔特斯1519年11月率领600名部下，带着几门小炮、13支滑膛枪和16匹马，来到了阿兹特克人的城市特诺奇蒂特兰。很快，科尔特斯就受到了当时阿兹特克国王蒙特祖玛二世的礼遇，蒙特祖玛二世亲自从宫殿走出来与这些西班牙人见面，他相信这些白人应该就是羽蛇神。据传说，因犯下与姐姐通奸的乱伦罪行后被放逐，羽神蛇总有一天会归来保护阿兹特克。

赫尔南多却趁机联合与阿兹特克敌对的国家，于1521年8月13日灭了阿兹特克帝国。这是另外一个故事了，待以后再做详说。

阿兹特克帝国存在于14—16世纪，真正有效的统治不过100年就湮灭了。他的灭亡根本就是嗜血好战，拿活人祭天，最终天怒人怨，无知地葬送了帝国的国祚。西班牙人以欺诈为手段，以贪婪为荣耀，疯狂掠夺财富，灭掉阿兹特克帝国后大肆屠杀并无情地毁掉了阿兹特克所有可能存在的文化，导致墨西哥文化、历史的断裂，同样罪孽深重！

2016年8月31日

墨西哥人类学博物馆观感

人类如何起源？社会如何形成？组织如何建设？管理如何实现？文化如何培育？文明如何演进？心智如何变化？思维如何突破？基因如何优化？道路如何前行？未来如何把控？

这是我所思考的，也是墨西哥人类学博物馆所呈现的。走进这所博物馆，整个拉美文化图景一目了然。

我每到一个地方，如果说有必去之地，那一定是当地的博物馆。那是千万年历史的浓缩、文化的沉淀、心智的变迁、管理哲学的融合——文明的饕餮盛宴，每每品享，每每沉醉，忘乎所以，不能自拔。

管理哲学就是这样的一门学问，由哲学与管理学而生成新兴交叉学科，融合经济学、文化学、宗教学、心理学等多门学科，彼此勾连，相互融通，形成一座全新的学术太极八卦阵，让你“沉醉不知归路”，而常常“兴尽晚回舟，误入藕花深处”。在这里，地位、财富、官阶、豪宅、靓车全然无关，有关的只是光阴仿若白驹过隙，不知不觉一天天悄然而逝，总感觉不够用，万千读书目录尚待浏览，而同时时间仿佛静止，空间仿佛真空，与尘世截然分开。

不读书，不知读书人的富贵：鲜花盛放，美酒飘香，大师往来，高朋如云……

人类学博物馆将拉美文化的起源、培育、发展、传播、融合、兴盛、封闭、衰落展示得淋漓尽致。

博物馆大门口，有一座用整块大石雕成的“雨神”，寓意古代墨西哥人所渴望的降雨，这是干旱所带来的恐惧与不安的文化心理，也是雨神之所以在墨西哥人民心目中有着崇高地位的根本原因。

博物馆分两层。第一层有12个陈列室，统称“古代文化遗产”，陈列着人类学、墨西哥文化起源，以及欧洲人来此之前墨西哥各族居民的文化和生活实物，系统介绍特奥蒂瓦坎、托尔特克、墨西卡、瓦哈卡、墨西哥湾、玛雅、北部和西部8种墨西哥印第安文化。第二层10个陈列室，展出印第安人的服饰、房屋式样、生活用具、宗教仪器、乐器、武器等，统称“现代印第安人的生活”。

“古代文化遗产”的12个陈列室，是4000年来古代印第安各族人民留下的文化遗产的一个缩影。

大约4000—3500年前，墨西哥中南部开始出现以种植玉米为主的定居村落，同时出现了以制造陶器、陶俑、碑石为主的初期宗教文化艺术，这些通过大量出土的实物标本能够佐证。

2000年前，墨西哥进入了神殿与都市的繁荣时期。当年墨西哥城北50公里的特奥蒂瓦坎都市遗址的复原模型，包括太阳金字塔、月亮金字塔以及其他宗教建筑，反映了当时的文化特征。

古典玛雅文化，全盛时期当在公元150年以后，公元700—800年达到鼎盛阶段，它的起源、形成以及突然销声匿迹，迄今都是一个谜。当然我们可以依据有关史料与文物进行合理推测：（1）战争逼迫迁徙；（2）活祭让人口锐减；（3）文化封闭缺乏活力；（4）气候突变引发生存危机。

总体而言，拉美文明弱于欧亚文明，强于非洲、大洋洲等地的文明，并非如西班牙入侵者所描绘的那样是一个野蛮、未开化的民族，而是一个曾经有过辉煌，但后期因封闭而发展缓慢的文明体。也正是如此，才会被西班牙、葡萄牙这样蕞尔小邦所征服。

天资聪慧登临文明高峰，故步自封步下科技神坛。

这也恰恰说明：融合成就创新，封闭导致衰落。

2016年9月2日

拉美文明的挣扎与困境

一、曾经的辉煌

恢宏的太阳神庙，神秘的羽蛇神殿，震撼的马丘比丘……

精确的太阳历、精美的大地画、精巧的黄金饰品……

玉米、马铃薯（土豆）、红薯、白薯、木薯、山药、西葫芦、辣椒、南瓜、番茄（西红柿）、豇豆、芸豆、赤豆、菜豆、架豆、豆角（四季豆）、茶豆、鳄梨、草莓、菠萝、木瓜、花生、向日葵、可可、橡胶、烟草、棉花……这些都来自美洲！① 你相信吗？我们每日三餐的粮食和蔬菜大约有一半来源于美洲，印第安人培植了100多种植物，与整个欧亚大陆所培植的植物一样多。

著名的“印地华塔纳”神像被认为是一种观测天象的工具。神像顶上装着一种用岩石刻成的类似于日晷的仪器，可以用来预测冬至和夏至的时间，以便人们安排播种和收获的季节。

二、失落的太阳神

在新大陆被发现之前，这里已经有了灿烂的文明。

但就文明比较而言，美洲大陆局部的文明比如天文、历法、农业有领先世界之处，但其他方面都要落后于亚欧文明。主要原因我想还是缺乏外在交流。没有交流，就没有文化的更新；没有更新，自然而然就缺乏创造的动力。

人类的文明启蒙虽然开始于非洲，然而毫无疑问真正升华成为文明形态，代

① ［德］茨格内·蔡勒尔，约尔恩·汉尼西．什么是什么：印第安人［M］．马立东，译．武汉：湖北教育出版社，2010.

表着人类早期先进生产力的是亚洲的两河流域，其标志就是楔形文字的出现。

文字是文明的主要标志，它代表着人类的抽象思维能力。而在美洲三大文明里，阿兹特克与印加文明都是没有文字的，只能结绳记事。只有玛雅文明有文字，但却是很复杂的象形文字，只能进行简单记事与叙事，很难充分表达思想。

就美洲三大文明比较而言：

（1）生产工具方面：阿兹特克和印加当时以青铜工具为主，玛雅还处于新石器时代。

（2）经济水平方面：三大文明均以农业为主，阿兹特克和玛雅完全没有畜牧业，分别以玉米和块茎类植物种植为主；印加的农业以土豆种植为主，另有一定的羊驼养殖。

（3）科技水平方面：三大文明在建筑方面都有一定的建树，其余方面非常原始：无役畜，甚至无车轮。具体来说，阿兹特克的军事组织能力稍稍突出，玛雅有原始的农业水利系统，印加则在道路交通方面有一定基础（有驿站）。

两河流域是世界文明的发祥地之一，这里产生了世界最早的村落、城市和文字，因而对邻近地区产生了强大的辐射影响。希腊文明的童年时期，从两河流域（美索不达米亚）和埃及吸收大量丰富的养料，从而形成了自己卓尔不凡的独特文明，为西方文明的崛起奠定了基础，可以说两河流域影响了地中海地区，进而是埃及及希腊，进而罗马，进而是整个欧洲大陆。①

人类的早期文明主要产生于从地中海沿岸到黄河长江流域的广阔地域，上述地区基本上可分为近东—地中海、南亚和东亚三大区域。东亚与南亚两大文明体系中，印度文明起源于印度河，早于中国，雅利安人进入后变迁到了恒河流域，此时与中华文明的夏朝几乎同时策动起源。所以就主体文明而言，中印文明基本同步。两大文明在东汉时期开始进行交流，佛教文化进入华夏文明后被本土化，激发了儒家与道家文明的创新能力，形成中华文化的三驾马车。6世纪融合婆罗门教瑜伽文化的佛家密宗传入藏地，与当地的苯教、萨满教结合，形成了独特的藏传佛教。

总而言之，美洲三大文明中，印加稍微领先，阿兹特克居中，玛雅相当原始。总体来说，三大文明基本处于新石器时代到青铜时代，基本没有进入铁器时代的迹象，与欧亚大陆相比，落后大约千年。

---

① 李海峰．古代近东文明［M］．北京：科学出版社，2008.

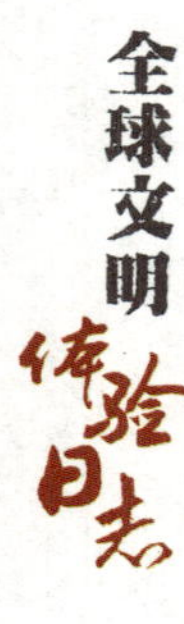

中美洲墨西哥的阿兹特克人与印加人一样，都是膜拜太阳神。而尤卡坦半岛的玛雅人则不然，玛雅人除了太阳神还特别膜拜羽蛇神。

其区别还在于：玛雅人和阿兹特克人都有大规模活人献祭的宗教仪式，印加人倒没有，印加人会把自己贵重的物品，如黄金，或者农作物和家畜献给神明，却不会用人的生命献祭。

三、殖民时代的挣扎

欧洲在整个中世纪都是一片黑暗，代表人类文明曙光的是亚洲文明，其中中华文明正经历着大唐盛世，还有就是伊斯兰文明在西亚的兴起，此时文明由东方向西方传播，激发了后来的文艺复兴和工业革命。

而此时的美洲大陆几乎只是在中、南美洲区域交流，进展很是缓慢。非洲远离文明中心，没有融合的机会，一直都在原地踏步。

工业革命彻底改变了欧洲文明进程，人类文明的中心再次回归，形成欧亚两大文明轴心：中印文明与欧洲文明（称霸国家：西班牙、葡萄牙、荷兰、英国、法国、德国、意大利），但这种局面很快因为交通工具、武器、生产工具的升级更新而被打破，亚洲逐步沦为欧洲列强的殖民地和半殖民地，其中包括最为强大的中国和印度。

大航海时代的到来，美洲、非洲、大洋洲这些边缘地区也被殖民化，此时整个世界都是欧洲的殖民地，文明中心彻底转移到欧洲，其他文明光彩不再，黯淡下去。

欧洲的殖民为全世界带来了苦难，全世界人的人权与尊严受到践踏，许多文明被镇压和破坏并因此而湮灭，比如美洲的阿兹特克文明与印加文明！

美洲原有文明的消失也带来了现代文明，特别是新的政治制度、基督教和工业，使原来血腥的活人祭祀及诡异的玛雅贵族审美方式与奴隶制度得以废止。大屠杀后幸存下来的土著印第安人开始与外来人种混血，并开启了新的生活方式，甚至加入了工业化的进程，但由于缺乏有效的社会保障和救济制度，踏进了中等收入陷阱而无力自拔，形成了特有的拉美现象。

四、当下的困惑

墨西哥人对羽蛇神依然敬畏，很多公共场所都有其图腾。不过在其内心深处，太阳神已经失落，没有人再去守望，更无从复兴。但对现代文明——民主所带来的懒惰、低效、怠政一样不落，全盘吸收，而且还增加了黑社会、毒品泛滥、黑金政治、政权腐败等“本土特色”。

拉美国家与北美国家几乎同时独立，可是独立后的拉美国家却没有发展成为北美式的发达国家，这是一个饶有兴趣的历史命题。按照理论线索追溯，拉美的发展主义理论、依附论、新自由主义和制度经济学等都曾给出了解答。

以阿根廷为例，1962 年其人均 GDP 达到了 1155 美元，远高于西班牙（520 美元）、意大利（990 美元）；但到了 2009 年，阿根廷的年人均 GDP 仅增长到 8225 美元。而西班牙与意大利分别于 1978 年与 1975 年进入了高收入国家行列，而两国 2009 年人均 GDP 达到了 32042 美元和 37079 美元。

可以说，过去半个世纪以来的拉丁美洲，基本处于“陷阱中增长”的阶段。探寻拉美国家发展停滞的原因，可以看出这样一个脉络：社会结构的断裂导致了制度环境的困境，最终使得经济增长停滞；长期的停滞，又进一步堆积了社会政治问题，恶化了经济增长的制度环境，导致陷入“陷阱中缓慢增长”的怪圈难以自拔。

从 200 多年前拉丁美洲摆脱欧洲白人殖民统治、获得民族独立自治到今天，拉美各个国家的社会结构依然呈现出两极分化的“金字塔”特征。社会形成了相互断裂的两个阶层：高高在上的权贵集团和为生活奔忙的社会底层。

整个社会也呈现出政局动荡、政策经常变化、经济增长大起大落、发展停滞不前局面。

联合国开发计划署发布《2013—2014 年拉美人类发展报告》称，公民安全问题制约了拉丁美洲国家经济和社会的全面发展。过去 10 年，拉美地区平均每年超过 10 万人被杀；过去 25 年，抢劫案翻了 3 倍，约一半拉美人认为本国安全状况恶化。报告指出特定的有利于发展的战略，将进一步拉大社会不平等，任何的经济停滞都将带来更为猛烈的底层民众的反抗；特定的社会福利政策，又超出了财政支撑能力，难以为继，最终也将失败。这一两极分化的社会结构，也导致拉美国家在国家治理能力上的严重不足。

拉美没有主体产业，没有创新机制和能力，完全外向，高度依赖美国。与亚洲的中国相较，差距甚大，前景甚至不如印度，但依然好过中东和非洲。

2016 年 9 月 4 日

秘鲁

Peru

南美印加文明考察缘起

——寻找失落的太阳神

世界文明大都发祥于大河冲积的大平原之上，为何印加文明却发源于崇山峻岭的南美安第斯山脉？

在没有铁制器具、没有牛马、没有现代运输工具的时代，如何在海拔 3700 多米的高原建造如此恢宏的建筑群？又如何进行偌大帝国的管理？

印加文明是如何兴起的？是不是由一个时间跨度达 400 年的温暖期催生而成？

阿兹特克文明、玛雅文明和印加文明，美洲古代三大文明相隔千万里，高山阻断，为何同时都信奉太阳神？它们之间有何关联？

印加帝国被灭国时正值国力鼎盛时期，有 600 万人口，拥有一支 20 万人的常备军，却被仅有 180 多名士兵的皮萨罗这一小撮西班牙投机团伙所败。即便是单向杀戮，造成工伤事故、军事以外的伤亡也不止 180 人，为何西班牙人几乎毫发无损？

没有文字，印加文明成为人类历史上最神秘莫测的古文明之

一，给后人留下了太多未解之谜……

决定大国兴替的基因是什么？文明盛衰有没有谶语？

通过 PEST 分析，文明形态的比较，能否破解国家的运程密码？

除此之外，我还将穿过大丛林，飞越哥伦比亚与加勒比海，在古巴——这个美洲唯一的社会主义国家驻足，考察这个特立独行的样板国家的经济、社会与民生，在哈瓦那的大街小巷，与哈瓦那的市民聊聊那个传奇的卡斯特罗……

无论走向哪里，最终都落脚巍巍大中华。中华文明作为世界文明的一部分，其他文明形态对其必有参照比较的价值！

踏着埃及文明、希腊文明、罗马文明、两河流域文明、印度河流域文明的脚印出发，带着崇敬，带着困惑，带着思考，带着期许，走向印加文明……向着库斯科，向着马丘比丘！

2017 年 1 月 23 日

漂洋过海来看你

——利马唐人街一瞥

我每到一座海外的城市，都会到唐人街去看看，走过的唐人街，不知有多少。每每感慨颇多，世界上没有一个民族像中华民族这样有凝聚力：他们一起漂洋过海，一起奋斗打拼，一起生活，一起居住，无论岁月如何变迁，无论外邦如何精彩，他们都保持着自己的文化、语言和生活方式。在东南亚、欧洲、美国等地的唐人街，从生到死整个过程应有的服务，华人都有提供，这就意味着，无论身置何处，你都可以按照中国人的生活方式，生的伟大，死的光荣。

祥和地生，尊严地死，开始和结束圆满了，中间的坎坷挫折就算有起伏，也不影响盖棺定论。重视历史评价的中国人，在世界各地都写下了辉煌一页，几乎所有的唐人街都是在市中心，几乎所有的唐人街都是商业中心，几乎所有的唐人街都是或者曾经是繁华地带！

APEC 期间，习近平出席，莅临利马，华人空巷欢迎，这是来自祖国的慰问，这是来自祖国的召唤，树高百丈，根在中华。

壮哉，巍巍大中华！

附：利马唐人街小史

中秘两国早在 16 世纪便开辟了海上航路，开启越洋之交。1849 年 11 月 17 日秘鲁通过一项《移民法》，规定引入移民促进本国农业生产的发展。因为这项法律以华工为主要对象，被当时反对党称为“华人法”。这项法律规定：凡是将 10 ~ 50 岁外国移民引入国内的，每引进一人就可从政府领到 300 比索的“奖金”。1851 年，第一次移民浪潮开始，秘鲁宣布废除奴隶制，同时提出用华工代替黑奴。此后25年间约有10万名“契约华工”来到秘鲁开矿、垦荒、筑路……秘鲁闻名于世的中央铁路及许多重要的公路、矿山、港口，都凝聚着华工的生命和血汗。

目前，秘鲁华侨华人的总人数已发展到约130万人，其中土生华裔或混血华人后裔约120万人。老一辈秘鲁华商大多经营餐馆及中小工商企业。年轻一代的华裔则从事医生、教授、工程师、艺术家和军政官员等职业。

自从1921年第一家中国餐馆“南京酒家”在利马的唐人街开张以来，中国餐馆就像雨后春笋般在秘鲁各地相继诞生并迅速发展。“Chifa”（吃饭广东发音“chifa”）就作为中国餐馆的代名词一直沿用至今。

2017年1月26日

温馨小城库斯科

安第斯山脉怀抱中的库斯科是一座优哉游哉的温馨小城，气候凉爽宜人，当地人淳朴善良，热情好客。满街的咖啡小馆、手工艺商店、巴洛克风格的教堂和晒太阳的观光客，真想在这里打个盹、发个呆，和一些朋友侃侃大山，虚度点光阴。但我还是不得不作别，这是行者的无奈。

走的地方多了，让你留恋的地方就多了，就像土耳其的番红花城、以色列的耶路撒冷、意大利的佛罗伦萨、尼泊尔的加德满都、马来西亚的马六甲，这些地方我总会不经意间想起，不经意间怀念。

库斯科，我走了，愿你一切安好！这个被贩毒与凶杀深度困扰着的国度，国家治理的方略找到了吗？拉美，魔幻的拉美，一定会再创复苏的传奇！让我们共同见证奇迹吧！

西班牙人并没有把印加人的神庙、城墙完全销毁，而是在它们的基础上再建自己的教堂、修道院。库斯科大教堂（Cuzco Cathedral）建于1550年，是在被摧毁的印加太阳神殿的地基上建造而成，所以在库斯科常常能看到一个建筑存在两种风格，从而疑窦顿生。

当年被征服者被迫信奉上帝，今天印加人的后裔在教堂内虔诚崇拜上帝，祷告上帝宽恕他们的罪过。这就是宗教的力量，精神的彻底征服，文化的全面改造！

《最后的晚餐》（*The Last Supper*），画家Marcos Zapata对达·芬奇著名的作品做了本土化特色的修改——在耶稣面前盘中放着的是一只豚鼠。这就算是耶稣慈爱的“关照”了。

附打油诗一首：

温馨小城，文化重镇；南美文明，半壁江山。

故步自封，社会沉沦；风云乍变，国破身死。

往日荣耀，化作风云；治国安邦，融合创新。

文明更迭，人文自新；经济发展，家国昌盛。

与人为善，海纳百川；万邦和谐，四海咸宁。

2017 年 1 月 27 日

人骨教堂映射下的历史演进路径

站在位于利马古城武器广场边的圣弗朗西斯科大教堂的地下坟场，我完全窒息了！

累累白骨，投射出无数被征服的灵魂！

皮萨罗指挥着180人征服一个人口约近600万的印加帝国，这是天大的风险投资。但幸运之神不会永远眷顾野心家，武力的征服只是暂时的，一旦民众觉醒，区区上百的侵略者，即便是民众吐口唾沫，也会把他们淹死在正义的波涛中！所以控制其灵魂、征服其心灵才是永久的枷锁！

这是贪婪的冒险家和野心家熟知的法则，所以伴随着西方军队的一定有牧师和神父，军队走到哪里，布道就到哪里。印加帝国被征服后，再也没有大规模的起义与反抗，因为他们都皈依了上帝，再也没有人信奉他们曾全心全意爱着的太阳神！甚至他们死后都心甘情愿，不顾一切地要葬到教堂，以便接近上帝，获其垂怜，更快更直接地升入天堂，以至于要求入葬这里的人太多。最多时曾埋葬过7万人，教堂地底下挖了几十米也容纳不下，只能拣腿骨和头颅排放，形成蔚为壮观而又阴森恐怖的“人骨教堂”！此时教堂礼拜的圣歌从头顶隐隐传来，生与死，征服与被征服，在这里，也就是一层天花板的距离。这就是宗教的力量！暴力永远无法取代的力量！

当然布道者有时也带来了科技、新知识，升级了地方的文明，开启了现代化，从此拉美告别了没有文字（玛雅文字为初始的象形文，无法描述抽象事物，表意能力有限）的历史。侵略者甚至建起了大学，比如建于1551年的利马国立圣马科斯大学（UNMSM），早于1636年建校的哈佛85年，从此拉美有了现代化的高等教育！

侵略者本来是为黄金而来，结果却从此改变了一个大洲的发展轨迹甚至命运。不得不说，历史有时一开始是闹剧，演着演着就成了正剧。

历史的设计往往出人意料，但也说明，历史的潮流浩浩荡荡，悲壮与悲怆只能是插曲，而非主题曲！

2017 年 1 月 25 日于利马

维新其命

昨日从库斯科驱车考察印加帝国曾经的战略要地圣谷——皮萨克（Písac），下午游览奥扬泰坦博（Ollantaytambo）的太阳神殿，然后在该古城简易、呆萌的小车站乘火车前往马丘比丘（Machu Picchu）。

由于太累，一上车就睡着了，但不时被对面一位北欧来的漂亮姑娘叫醒。不是我放在桌上的眼镜坠地，就是我的饮料滑落，要么就是我的行李卧倒了，她总是帮我捡起来，交代我摆放妥帖，害得我连个完整的觉也没睡上。她也算是为我这位陌生人操碎了心，一路都在默默地照顾我，也没来得及看风景，更是无从休息。在秘鲁我经常碰到类似不经意的善意，这使我这位远足者在万里之遥的大洋彼岸依然感受到暖暖的春意。

一觉醒来，已到热水镇（Aguas Calientes）。Sun Palace 旅馆安排了一位圆润可爱的前台女孩接站，没想到跨过轨道就是他们的旅馆，一分钟就到了。

宾馆不错，整洁温馨。连上 Wi-Fi，赶紧回复各类春节问候的短信、微信。短信数百个之多，没有回复完，就睡着了。太累了，每天马不停蹄地考察，还要梳理资料，核对信息，了解民情，感受民风。晚上回宾馆还要做考察笔记，所以缺觉是常态。睡梦中一直听到哗哗的水声，难怪，雨季嘛。

第二天醒来，到餐厅吃饭时，画面彻底把我震住了！哗哗声不是雨，而是咆哮的河水，从山上奔涌直下、澎湃而来。宾馆紧贴悬崖，浩浩荡荡的河水从窗下淌过，这份早餐吃得太豪迈了！这条河就是乌鲁班巴河（Urubamba River），被印加人称为圣河，其河谷就是著名的圣谷，圣谷两岸山体散布着印加帝国的堡垒、神殿及粮仓等许多遗迹。马丘比丘就位于乌鲁班巴河 2400 多米之上。

用过早餐，出门一看，恍惚起来，这是人间还是仙境？

天蓝得像蓝宝石，云白得像汉白玉，天挂在云上，云飘在山间，树青翠，草清新，小桥弯弯，溪水潺潺，这不是《西游记》里凌霄宝殿前的景致嘛！在北京浓郁的雾霾中浸润多年的我，对此很不适应，可能是幻觉吧！揉揉眼，一切如是。

乘上前往山顶的中巴车，一路上我的视觉都在跳蹦极。远处看层峦叠翠，云天变幻，瀑布垂天，如梦似幻，仿若西天；向下看悬崖峭壁，刀劈斧砍，山路狭窄，泥泞湿滑，好像前往鬼门三关。开车的是位老司机，45 分钟的盘山路，25 分钟就跑完了，一路上风驰电掣一般。下车时，我的腿已不听使唤，扶着车座拖着惊魂未定的七魂六魄挪下了车。

9 点，秘鲁的当地导游如约而至。一进门，就接着登山，不远处，定睛一看，豁然开朗，梦境中的马丘比丘完全呈现在眼前，比想象中还完美、还震撼！关于马丘比丘感受由于太过强烈，待心情平复后再行论述，此处约省略 5 万字哈。

下午回库斯科，如约来到车站，这才有心观察一番：小巧玲珑，精致非常，古香古色。检票人员好像选美选出来的，个个靓得眼晕。

倚靠在软软的沙发车厢内，来上一杯印加啤酒和一份椒盐玉米，开始这趟梦幻回程路。只要有了酒酝酿，思维开始逢山河凌波微步，遇高山御风而翔。

小火车完全依照乌鲁班巴河的流向蜿蜒前行，一路上景色无穷，难以言传。

我倒更在意这一河满满的山溪水。

乌鲁班巴河水多是安第斯大山脉的山溪水，以瀑布形式汇合而成，河面时而宽广，静水流深；时而急促，惊涛四溅。无论急缓，不变的只有蓝天白云。

这恰如印加帝国，固步在大丛林，远离亚欧大陆，文化融合匮乏，更新缓慢。在西方工业革命初期，西方欲殖民世界，加上皮萨罗这样的冒险家赴汤蹈火，科技 + 武器 + 冒险成就了一个又一个霸业者。

兴衰沉浮，已成过往，不变的依然是治国大道：周邦虽旧，其命维新。今日霸业者，不自觉醒悟，明日未必好过曾经霸道的印加帝国。

2017 年 1 月 29 日

田野调查的方便法门

——博物馆看展

了解一个国家、民族的历史、文化，最简单、快捷、有效的办法就是看他们的博物馆，这也是这些年我在做调研、考察时最常用的方法。世界著名的三大博物馆——英国大英博物馆、法国卢浮宫、美国大都会博物馆，我都去过，敬慕异常，切切实实看到了汉穆拉比法典、维纳斯雕像、达·芬奇的《最后的晚餐》，受益匪浅。其他国家的博物馆给我印象最深的是埃及的国家博物馆，馆藏数量庞大，精品极多，但保存维护的条件和水平极差，有些文物受损严重。还有一个是墨西哥城的人类学博物馆，整个玛雅文明与阿兹特克文明展示得非常充分，展览条件也很好！

这次考察的是秘鲁国家博物馆，该馆收藏了成千上万件文物，横跨人类在秘鲁的整个民族、国家历史，包括令人印象深刻的古莫切文化、纳斯卡和瓦里陶瓷藏品。最引人注目的是来自查文德万塔尔遗迹（Chavin de Huántar）的古神雕像（Lanzón），可谓镇馆之宝。

2015 年 8 月 8 日

古巴

Cuba

没有华人的唐人街

世界上没有一个族群像华人一样漂泊五大洲四大洋，处处落地生根，城城有唐人街，街街盛满华夏文化。华人的凝聚力、文化的独特性在世界各地留下了永久不灭的烙印。

每一条唐人街都是一部华人心灵史，这里记录了华人奋斗的血泪、发展的艰苦和成功的欣喜。并非所有的华人经过世世代代的奋斗都能基业长青，在很多地方，把根留住都是一份奢望。比如古巴，就有一条没有华人的唐人街。

古巴的华人社区有超过150年的历史。1847年6月3日，西班牙商船“奥肯德”号从中国厦门出发，运来了第一批共206名中国契约工，在哈瓦那列格拉码头登

岸后，这些人被关进逃犯拘留所内，然后以每人 70 比索（古巴货币）的身价拍卖给种植园当苦工，形同奴隶。华人在这个加勒比岛国的创业史正式拉开序幕。

此后华工源源不断运来，到 1861 年为止，累计来古巴的华工已达 3.5 万人。截至 20 世纪中叶，古巴的华人资本尚有杂货店 1667 家、蔬菜店 720 家、洗衣店 591 家、餐厅 281 家、农庄 20 座，其他的企业如烟厂、药店、首饰店、影像馆、戏院、报社也都十分齐备。1959 年，卡斯特罗革命成功之后，当地许多华人担心生意被收归公有，纷纷逃离。从 1961 年开始，华人企业就逐步被收归国有，继商业之后，华人工业也落入困境。①

而今哈瓦那唐人街再也见不到华人，这里生活的都是些黑人、白人、混血古巴人，几条街区只有几块中文招牌而已。

美国中情局（CIA）的《世界概况》（*The World Factbook*）记载，2008 年在古巴境内，未与其他族裔通婚的华人仅有 300 人。该书还估计，古巴约 11.4 万人口有华人血统，但是几乎都不会讲中文。

2017 年 2 月 11 日

① 袁艳．20世纪上半期古巴华人经济的演变与特征[J]．西南科技大学学报（哲社版），2014（4）．

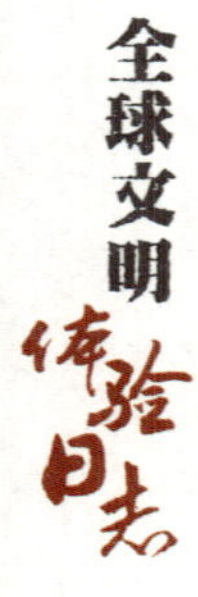

海明威的“街半小酒馆”

卡斯特罗、格瓦拉和海明威，代表着古巴的国家精神和英雄气质，是古巴的三大金刚，他们三人都有对生命真谛孜孜以求的热情，这一点很值得欣赏。

其实我最欣赏的是他们身上的理想主义，人不能没有理想，不能失去浪漫，过于世俗就是庸俗，为钱而奔波不是生活的本来形态，为财富而局促不安是很恐怖的。

人生不易，不能庸庸而终。

《老人与海》里的话，激励我多年。

Every man's life ends the same way. It is only the details of how he lived and how he died that distinguish one man from another（每个人的生命结局都是一样的，彼此的差异只在于是怎样的生，又是怎样的死）。

A man can be destroyed，but not defeated（一个人可以被毁灭，但不能被打败）。

海明威的冒险与自由的生活、充满野性与深刻的个性特质，是大多男人学习的榜样。

1928 年海明威第一次踏上古巴的土地，一直到 1959 年离开，海明威在哈瓦那度过了 22 年。

那部著名的《老人与海》，就是根据古巴一位渔夫的经历写成的。

朗姆酒配薄荷叶加冰块，是海明威在古巴的最爱。

“街半小酒馆”，海明威曾无数次光顾这里并留下“墨宝”，他在这里和普通人聊天，体验生活，获取创作灵感。海明威亲笔写下：“我的莫吉托在街半小酒馆，我的代喀在小佛罗里达。”（My mojito in La Bodeguita，My daiquiri in El Floridita）。

莫吉托（Mojito）是古巴的鸡尾酒里最为著名的一种，做法简单。在一个玻璃

杯里放入新鲜的留兰香叶、少量酸橙汁和糖，用小木槌捣几下，让留兰香叶的味道与酸橙汁充分混合，然后加入朗姆酒、苏打水和冰块，就做好了。

我专程赶来体验一杯，想捕捉一下海明威的创作灵感，但朝圣者过多，空间又小，拥挤不堪，我要坐下静思的心情未能成。店内还有乐队，有海明威爱听的音乐，买张唱片回去聊做纪念吧。

2017 年 2 月 4 日

中国无疑是古巴改革的灵感来源

2006年7月，菲德尔·卡斯特罗因为肠胃出血住院，他把国家的最高权力（总统）移交给了他的弟弟劳尔，劳尔设定了两个5年任期的最长期限。劳尔主持工作后再次调整政策，开始掀起第三次改革高潮，包括发展个体经济，实行“居者有其屋”的住房改革，建立马里埃尔经济特区等。①

古巴的改革从20世纪80年代就开始了，但是一波三折，几起几落。自1993年古巴正式宣布改革以来，古巴在生产、流通、经济和社会生活各个方面已进行了一系列革新，但总体说来，古巴的改革没有也不打算突破计划经济体制，其改革的总原则是“既要充分利用市场，又要坚持计划经济”。

菲德尔·卡斯特罗缔造了一个惯于平等的国家，他们无法容忍经济自由化可能带来的财富集中，长期对市场和私有化抱有怀疑和敌视的态度。

2016年卡斯特罗的去世结束了一个革命浪漫主义的时代，那个曾经热火朝天的时代仍将是古巴社会记忆的重要组成部分，但在卡斯特罗之后，古巴人也必须开始思考并展开新的生活。

古巴是个小国，又处于美国身旁，经不起动荡和折腾，任何改革必须审慎、有秩序、有控制地进行，因而可称为“稳步的改革开放”。

我国改革的实践经验对越南和古巴的具体影响，主要体现在实事求是的取向、经济发展的取向、稳定的政治取向、公正取向和法治取向上。

米格尔·迪亚斯－卡内尔，56岁，2013年当选古巴国务委员会第一副主席，2018年4月担任古巴国务委员会主席兼部古会的主席，2019年10月当选古巴共和国主席。

---

① ［德］莱恩哈德·克莱斯特著　卡斯特罗［M］. 王智斌，译 . 北京：中国旅游出版社，2012.

成长于基层，贴近民众，与革命领导层保持高度一致，卡内尔具备成为下一代领导人所需要的最重要、最基本素质。他的风格和劳尔·卡斯特罗非常像，他们更直接、更简单、更务实，都不喜欢长篇大论的演讲。卡内尔是一个思维敏捷、爱开玩笑、私底下无拘无束的人。年轻人则迫切地希望卡内尔能够学习中国继续推动经济改革，与世界接轨，深化“混合经济”模式的古巴式探索。

2017 年 2 月 4 日

美国

U.S.A

华人洗衣店维权案对美国民主发展的推动价值

此次旧金山唐人街之行，特别考察了华人的维权史，以期获取华人洗衣店维权案对美国民主发展的推动价值。

故事从一个小旧闻讲起。

位于加州圣马刁（San Mateo）的胜利（Ching Lee）洗衣店是美国历史最悠久的一家华人洗衣店。余氏家族在经营了140年后，于2016年10月29日关门停业。

在最后一天的运营中，这家洗衣店的一些老客户来到店里，向这家人告别，许多人带来了鲜花。对一些人而言，这家不起眼的洗衣店的关门，甚至代表着一个时代的结束：那个华人自强不息、在外奋斗，并最终立足的时代。

今天我想给大家讲一个华人维权对美国民主社会建设产生影响，推动美国民主进程的故事，事情不大，往往容易被忽略，但却意义重大，值得讲一讲。

一、华人苦难史

从1785年3名华人船员抵达美国巴尔的摩港口算起，华人来到美国这片土地上已经有220年的移民史了。

中国人体形虽然比美国人瘦小，但在农业、铁路修建和其他繁重的体力劳动方面很能吃苦。而且，他们对薪水的要求低，生活俭朴，能从美国人认为是微薄的收入中省下钱来。能挣钱就干，挣了钱攒起来。这与干起活来挑三拣四、工资待遇对等谈判、消费起来是今朝有酒今朝醉、明朝没酒喝凉水的西方人而言，中国人就是他们最大的竞争对手。

1848—1880年间，华人对于加州的经济发展有何贡献？

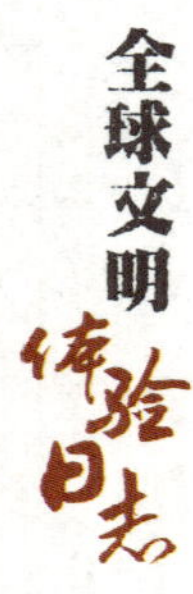

一、开矿淘金；二、垦荒农耕；三、建筑铁路；四、小型工业；五、洗衣业；六、餐饮业；七、杂货业；八、其他行业（古玩礼品店、中医、理发业、帮佣）；九、华商群体，不一而足，活跃了经济，服务了社会。

1850—1870 年这 20 年间，每年加州华工平均向州政府交税 500 万美元，合计 1 亿美金，相当于加州政府收入之半。而 1848 年美国政府从墨西哥手中“购得”得克萨斯、新墨西哥和加利福尼亚三个州时，“购价”总共才花 1500 万美元。照此计算，华人纳税可以买 20 个州！

华工对美国发展作出的最大贡献无疑是在修筑铁路方面。一条横贯东西的铁路干线，东起内布拉斯加（与东部铁路网相接直达东海岸），西迄加利福尼亚西海岸，19 世纪 60—70 年代的太平洋大铁路，相当一段是在白种工人嫌苦怕死的区域铺设的。在筑路过程中，华工死了多少根本无记录可查。而铁路完工以后，他们却开始排华。

1882 年的《排华法案》大大削减了华人移民来美的数量，其新的法律先是禁止在美华人成为美国公民，接着又把公民身份当作从事多项职业甚至拥有土地的先决条件。1854—1874 年有一条法律禁止中国人在法庭上提供不利于白人的证词，这实际上等于公开宣布可以任意凌辱华人，华人遭到抢劫、伤害和攻击时，法律是不管的。

1882 年，美国单方面地降低中国人移美的数量，结果造成华人两性比例失调，其程度之严重超过任何别的种族。1860 年，在美华人的男女比例约为 20 ： 1，到 1890 年更上升到 27 ： 1。时至 1930 年，这个比例仍为 4 ： 1。很明显，在这种情况下，早期许多华人无从繁衍后代。这意味着，华人作为一个种族群体，将被逐渐清除。

除此之外，还堵死了华人后代的阶层上升通道，1860 年，更规定华人儿童不准入学。

华人的这段早期历史确实是一部血泪史，他们所遭受白人种族主义者的压迫和剥削、排斥和打击，让人难以忍受，同期旧金山华人的自杀率，是全美平均数的 3 倍，死者几乎全部都是出生在中国的华人。

二、洗衣店以宪维权

1861 年移民加州的 Sang Lee 第一次为美国华人维权写下了极其光辉、里程碑一般的伟大篇章。1880 年，旧金山市颁布了一条法令，禁止在木屋里经营洗衣店。那时，旧金山市内 320 家洗衣店中的 310 家都开在木屋里，其中的 240 家洗衣店由华人拥有并经营。但是，非华裔经营的木屋洗衣店都得到了许可，而华裔洗衣店业者几乎一律得不到许可。

面对当地白人的敌意，华人并没有退缩，而是联起手来奋起抗争。华人洗衣店主联合成立了行业协会“同心堂”来抵制不公的法律待遇。他们出资设立法律基金，用于支付诉讼所需的律师费和其他挑战不公法律所需要的费用。

当时，Sang Lee 经营的“益和”洗衣店已经有 20 个年头了，他没有申请到许可，但仍照常营业。为此，他被判刑，并因拒绝交纳 10 美元罚款而被收监。他诉请翻案，一路打官司打到美国联邦最高法院。联邦最高法院明确指出，旧金山市的法案明显歧视华人，违反了宪法第十四修正案，并推翻了加州最高法院的判决，要求释放 Sang Lee。在美国历史上，联邦最高法院第一次确认了行政立法或执法所导致的歧视都违反了第十四修正案！

1943 年，美国撤销了 1882 年的《排华法案》。“二战”是一个很大原因，另一个因素就是宋美龄女士的推动。宋美龄女士 1943 年去了美国，主要希望争取美国对中国抗日战争的支持，她顺便做了件很重要的事情，就是推动《排华法案》的废除。

1945 年，新通过的立法允许数量有限的中国移民来美，这些措施减轻了性别比例的不平衡状况，使得这个注重家庭的民族能过上比较正常的家庭生活。

1946 年，亚利桑那州的邓悦宁（Wing F. Ong）成了被选入美国州议会的第一位华人州议员。当夏威夷于 1959 年正式成为美国的一个州时，邝友良（Hiram Fong）当选为美国国会的参议员。这也是美国历史上第一位华人参议员。

三、洗衣店维权案的影响

名垂青史的洗衣店维权案，成为 20 世纪中期美国平等保护法律的一个重要基石，并成为讨论宪法平等保护条款引用最多的一个案例，一共被联邦最高法院引用了 150 次之多，并为 20 世纪 60 年代的黑人维权运动提供了法律基础。

1963 年 8 月 28 日，马丁·路德·金发表演讲《我有一个梦》（“I Have a Dream”）。美国总统约翰逊 1964 年 7 月 2 日签署的《民权法案》禁止在雇用人员、公用事业单位、工会会员资格以及联邦出资项目等方面存在种族歧视。

《民权法案》明示：在公共场所不得因种族、肤色、宗教或国籍而受到歧视或隔离。

洗衣店维权案还推动了西方女权主义运动：

（1）第一代女权主义，19 世纪下半叶至 20 世纪初；

（2）现代女权主义，20 世纪初至 20 世纪 60 年代；

（3）后现代女权主义，20 世纪 60 年代至今。

20 世纪 70 年代以后，不仅是科技界、教育界、文艺界，而且政界、著作界、体育界，都有华裔人才脱颖而出。华裔妇女江月桂（March Fong Eu）成了加州的州务卿，是当时美国大陆上当选官员中职位最高的华人。到 20 世纪 80 年代又有华裔吴仙标当选为特拉华州副州长，陈李琬若当选为加州蒙特雷·帕克市的副市长；吴家玮成了旧金山州立大学的第一位华裔校长，田长霖担任伯克利加州大学的第一位华裔副校长职务。这些变化和发展在过去是几乎不可能的。

1965 年以后美国的华人人口迅速增长，到 1970 年达 43.5 万人，比 10 年前增加了 83%，其中增加的部分主要来自中国香港和中国台湾，也有很多是来自东南亚的华侨。从中国大陆去的新移民是从 20 世纪 70 年代后期方开始的，按照美国放宽了的限额标准是每年 2 万名。

2010 年美国开展人口普查的时候，在美国的华人人口大约是 430 万，其中有 180 万人是在中国内地或者香港出生的，也就是新一代移民，这一批移民主要是从中国改革开放以后过去的。

（此次考察得到了中华文化基金会教育总监暨项目策划区伟明、文化学者蔡慧莹、旧金山艺术学院卓岚女生的帮助与支持，特别致谢！）

2017 年 2 月 13 日

民族复兴视野中的唐人街精神

如何理解中华民族伟大复兴的论断？如何实现伟大的复兴？

笔者以为需要厘清以下几方面问题：

“兴”是如何兴的？表现形式有哪些？最终的结果如何？兴衰的演进路线图有几种？

“复”到何种程度？地理版图？强大国力？如果复兴我们的文明或者文化，儒家文化能让我们在现代世界安顿自己的灵魂吗？把控国家命脉？引领世界精神走向？能复多少载？复后能否持续？

1945 年黄炎培先生在延安向毛泽东提出过类似问题，他问毛主席，中国共产党能不能跳出历史上“其兴也勃焉，其亡也忽焉”的历史周期律。毛主席当时回答说共产党已经找到了这条道路。

“伤心秦汉经行处，宫阙万间都做了土。兴，百姓苦；亡，百姓苦。”周期律像魔咒一样困扰着所有的国家、所有的政党、所有的组织，能否跳出周期律，彻底改变封建王朝的发展模式？

“路漫漫其修远兮，吾将上下而求索。”

人类社会进入 21 世纪，生产要素改变了——信息成为第一生产力，彻底颠覆了以往生产要素的排列组合模式，势必带来制度、发展模式的全新变革，人文学科将获得腾飞契机。

上述的困惑有望在信息时代获得解答，因为自然科学的全新突破。

人文与社会科学须借助自然科学才能实现学科的全景观视角的审视与发展，特别是基因科学和量子力学将为人文与社会科学注入全新的活力。研究方法和大数据资源全面更新，全新的研究成果即将出现，指导信息经济的伦理、法理、思想的皇皇巨著必将问世，引领人类走出工业文明衰落引发的迷惘与困惑。

借助生命科学的基因研究成果，应用于人文学科研究。通过文明现场考察和文献梳理、文物考证，排列组合文明元素，探寻其机理，捕捉其基因，进行文明基因测序，查找人类人文基因缺陷，弥补漏洞。通过转基因为人文基因打补丁，使人性之光普照大地，人文关怀呵护芸芸众生。追寻文明演进路径，临摹未来发展图景，减少民族复兴探索成本，直奔康庄大道，多快好省地全面实现民族发展持续兴盛。

在追寻埃及文明、美索不达米亚文明、印度文明、玛雅文明、印加文明及欧洲工业文明之后，站在文明的废墟之上，我依然将思维的落脚点立于中华文明未来的演进之上，以及民族复兴的蓝图之上。

中华民族应当秉持全景观的视角，充分研究海外华人，这是非常重要的，因为他们直面海内外不同文化的冲突与融合，第一时间感受文明的交融，这直接反映中华文明的生命力、韧性、包容性、可塑性。而中国的历史书几乎从未正视过作为一个群体的海外华人——他们的悲欢和荣辱、挣扎与奋斗同样值得载入史册。

所以我的脚步遍及马尼拉、吉隆坡、加德满都、新德里、多伦多、蒙特利尔、巴黎、纽约、利马、哈瓦那等近百个华人社区或唐人街，考察了华人在海外发展的历史和文化变迁。通过华人海外发展史，来描绘中华民族复兴篇章的重要画面，最终生成我思想中的中国管理模式。

今天，2017 年正月十五，元宵节，我再次来到旧金山唐人街，因为这里是海外华人发展图存、自力更生的缩影和代表，其觉醒、发展与崛起过程，展示了美国华人自强不息、积极进取的精神。

旧金山唐人街不仅是美国最早的中国城，也是至今保存最为完好的中国城，是华人前往美国其他地区最重要的中转站。旧金山是当年华工洒下无数血泪的地方，也是臭名昭著的《排华法案》的发源地。

华人既不是白种人，又不是基督教徒。而在当时，这两种人牢牢掌握着美国社会的话语权。华人遵循着对美国人来说完全陌生的习俗，无论是从文化上还是生理上，他们都被视为不能被同化的种族。

“苦力”（Coolies）、“约翰支那人”（John Chinaman）、清客（Chink）、异教徒

（Heathen）等针对中国人的侮辱性称谓，更是在当时的美国社会比比皆是。在美国有这样一个谚语“Chinaman's chance”，意思是说“成功的希望就像中国佬那样渺茫”，主要是指华人在种族主义的欺压下成功和发财的可能性很小。

但就是在这种绝望之中，华人却开采出希望之石。

旧金山总人口670多万，以华人为主的亚裔约占整个城市人口的20.8%。除了白人以外，华人的人数最多。1959年，美籍华人的平均收入超过了其他美国人。1960年，华人从事专业工作和经商的人数超过了从事体力劳动的人数。今天1/4的美籍华人就业于科学和专业领域，跻身高收入群体。

华裔在主流阶层也越来越多。方宇文、刘伯安两任华裔出任旧金山警察局长；加州大学伯克利分校第七任校长田长霖，成为加州大学122年历史上也是美国有史以来的第一位华裔及亚裔大学校长；还有旧金山第一位华裔市长、现任市长李孟贤。

1957年李政道和杨振宁获得诺贝尔奖，1983年贝聿铭获得普利兹克建筑奖，1995年杨致远创办雅虎，2001年赵小兰成为第一位华裔美国政府部长……200多年来移民美国的华人超过300万。2012年6月18日，美国众议院全票通过对《排华法案》的道歉案。

元宵节，旧金山唐人街张灯结彩，人流如织，全加州的华人会聚华人城，舞狮子，打太极，弹古筝，共庆华人佳节！中华文化源远流长，民族精神代代传承，伟哉，大中华！壮哉，中华文明！

2017年2月12日

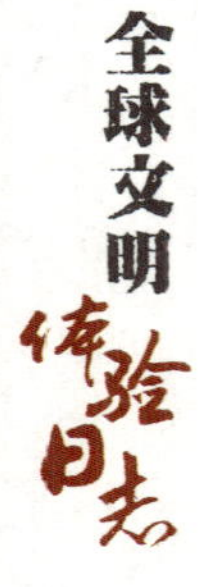

特朗普的拉斯维加斯心态

从飞机上看拉斯维加斯，荒漠处的一片光亮，白天是摩肩接踵的建筑丛林，晚上是灯火辉煌的莺歌燕舞场　但越过城市就是茫茫的一片死寂。

这是一个奇迹，在一片不毛之地，创造一片热土，似乎生机盎然，似乎光鲜亮丽。

拉斯维加斯，证明了人类创造力的伟大，但这一伟大创造却是在利用人的贪欲，本我的欲念。弗洛伊德认为人类前进的动力就是本能使然，西方接受这一理论，并利用这一理论进行经济模式、政治制度和社会治理的设计。所以，博彩和性产业可以合法化，甚至在荷兰吸毒也是合法的，其法理依据就是人权与人性。

西方认为人的欲望过度膨胀可以通过民主进行制衡，会避免非理智的决策与行为，所以民主是一切制度的基石，民主的选择是最好的选择。

但是这次特朗普给世界民主打了一记光闪闪亮堂堂震耳欲聋的耳光，这一耳光打在美利坚这个所谓的世界民主楷模国家的脸上，就打出了历史的意义与价值，显得特别值得研究、珍藏与品鉴。

特朗普，这位房地产商，还开有赌场、高尔夫球场，担任过“环球小姐”选美大赛主席，其资产高达45亿美元，却代表广大美国蓝领，也就是劳苦大众登上了总统的宝座，而此前他没有任何政治经验，连村长、乡长都没有干过，也没干过议员，却要领导3亿美国人民过上富足安康的幸福生活，领导全球走向繁荣和谐稳定的阳光大道……

你敢信吗？

美国人信，因为美国人觉得美国有民主！

民主选出了特朗普！

不是说，特朗普不能竞选总统，不可以当总统，也不是说特朗普就做不好总统，而是说目前特朗普的领导能力与领导艺术不足以驾驭美国当前的政治和国际局势，这位口无遮拦、自以为是的人，去领导3亿美国人民的试错成本太高，更不要说引领全球一百多个国家奔向富庶安康和谐团结的康庄大道。美国国土安全部2017年2月4日发布声明，全面暂停实施总统特朗普颁布的入境限制令，就是最好的例证。

博彩业为什么能在这不毛之地兴旺发达？因为人都有富贵险中求和不劳而获的贪欲，所以才相聚荒芜之地；赌博为什么会输？不仅仅是概率和运气，关键是人性中的贪欲，赢了的想赢得更多，不愿离席，输了的不服气，一定要赢回来，所以最终从赌场带着赢钱离开的少之又少，这就是人性的缺陷——欲壑难填。

人类是人，是灵长类动物，有灵性，能创造并使用工具，可创造宇宙飞船，也可以创造原子弹、激光武器；人又是动物，有动物的特性，贪婪、自私、易怒、狂躁、焦灼、盲从、绝望、狂喜、好斗……动物的缺点，人类也都一样不落，这就是人性中的Bug——基因缺陷。

无论灵性与动物性，都是基因使然，这就是人性——正能量与负能量交错共存。

人类的修行就是去除负能量，给基因的Bug打个补丁。

正是有这样的基因缺陷，理性主义不可能时时刻刻都驻守在每个人思维空间里，一旦外部条件，比如经济危机、自然灾荒、不公平遭遇等发生，就会激发非理性的行为和决策，希特勒就是以这样的民主方式当选国家元首的，当初他发动"二战"，也是得到绝大部分的德国民众支持的。

民主是个好东西，但是不是万能的，民主中也有Bug，看不到这一点，虫点将变黑洞!

特朗普当选后应当戒骄戒躁，深入研究国内外政治经济形势，理性审慎进行国内外政治决策，亦不失一位好总统。如果能做得更好，创建丰功伟绩，甚至与华盛顿、林肯比肩也未可知；而不是对内分裂阶层、民众，对外四处树敌，造成国际局势的动荡。这不是一个负责任的政治家所为，也不是一个大国领袖应有的风范。

特朗普参选是一种赌博，当选属于以小胜大投机成功，但依然用赌博的心态去治理国家，全美民众甚至全世界的和谐团结都是他的筹码，赢了是他个人的，输掉的将是美国，乃至是全世界！

附：

写好的原稿，竟未能保存，只得重写一遍，内容体量就不一样了，电脑也有Bug，不要过度迷信科技，更不要说制度，什么都不是万能的，人类在治理模式和管理机制上还是在路途中，而不是历史的终结，谦恭慎思、明辨笃行、精进向善才是人类应有的态度，特别是对于大国领袖特朗普更是如此。

我到机场机器 check in 时，没有靠窗的位置了，我告诉航空公司服务人员，想拍几张拉斯维加斯的鸟瞰，一位公司大妈年龄的职员，给我好一番协调，竟然如愿了，感谢 United Air。

2017 年 2 月 6 日

却道天凉好个秋

永远金色，始终温润，这就是加州留给我的根深蒂固的印象。

因此行而改变的，不只气候、景色，更有心情！

来了这么多次加州，却从未遇到过像这样的寒潮，而且是在夏季！

下了飞机就凉飕飕的，驶离 101 高速，到达蒙特瑞海边，一股股寒流不期而至，不禁感叹：天意难测。

盛夏时节，却有着秋的韵味，这是意外的惊喜，还是让人无故伤怀？！

秋是文人咏不尽的愁绪，是经历了少年幻想破灭、青年日夜奔波、中年沼泽跋涉而后蹙生的叹息。所以，稼轩居士沉吟：却道天凉好个秋。

秋也是家国破碎的哀怨，曾经江南沃土千里，而却一味消磨在温柔脂粉中，待到身无立锥之地，幽禁鸟笼，方恨少年不努力。春花秋月何时了，往事知多少。不管悔意何等浓烈，都不抵现实的无奈，所以也只能“自是人生长恨水长东”，聊以自我麻醉。

秋是远行的人对家的眷恋，乡思几许，就着孤独饮下。在瑟瑟江边，在古道栈桥，月落乌啼，江枫渔火，老树昏鸦，西风瘦马。秋是对铅华洗尽的追忆，也是对建功立业志向的缅怀。

秋，是我对京华景韵无数次的低诉。

2016 年 8 月 26 日

智能时代的忧思

不是亲身体会，真没想到，美国的超市已经启用自动售卖机了！

按下“Start”启动程序，把物品条形码放入机器扫描区，售卖机就会自动列出清单，扫描过后物品被放入袋子，然后可以根据自己的需要选择支付方式：现金、信用卡、电子银行。（袋子的重量必须与实际购买的物品备案系统数据完全一致，避免各种差错。）

我购买了电动牙刷、拖鞋等生活用品，合计27.53美元，支付两张20美元现金，很快机器找零，打印票据，交易完成，提货离开。自动售卖机使用简单、便捷、高效，让我感到惊诧不已！

短短几年间，我们的生活中多了自动还款机、自动售货机、自动借书机、自动扫地机……

智能机器悄然而至，我们不经意间已走进了一个全新的时代——信息文明时代！

而今自动机械粉墨登场，智能机器人走入生产、科研、生活各类领域，我们享受着前所未有的便捷，但同时也可能面临着前所未有的风险：机器程序被恶意篡改，电脑编程被刻意破坏，智能终端被病毒入侵，无人驾驶的汽车满大街乱撞，无人战机随意开火，洲际导弹在既定轨道上掉头返航，家庭服务机器人见人就打……

科技如果没有伦理做支撑，就会如脱缰的野马般无法控制。

每个新兴文明的崛起，都意味着竞争力的重新洗牌。工业文明取代农耕文明的过程就是西方殖民世界的开端，无论在旧文明中你是何等辉煌，在新的生产力面前，都要让你颜面尽失、斯文扫地，再不服，就打得你跪地求饶！文明古国的中国、印度、埃及……乃至遥远的印加帝国，无不在枪炮下臣服！

地盘永远是打出来的，江湖头把交椅都是抢来的，这就是丛林法则，西方的逻辑！

“一战”是工业列强间的江湖火拼，“二战”是重新排列座次。原本排在列强最后一位的德国获得了军事科技的新飞跃，超过了其他工业列强，拒绝接受“一战”战败的事实，却完全丧失了人性的底线，希特勒这个嗜血狂魔的一次豪赌，险些毁灭世界！

“二战”战场是科学技术的大竞技，也是人类文明的大倒退！

而今，信息文明时代来临，传统的工业文明国家中，欧洲一步步走向衰落，美国秉承文化融合的理念，继续过着“带头大哥”的日子，带领着一帮迷途兄弟寻找着后资本主义的道路；古老的中国睡梦已醒，奋起直追，咫尺之遥，中美不同模式引发全人类思考，还有充满变数的印度及巴西、俄罗斯……

未来的竞争不可避免，但再也不能采用丛林法则，奉行社会达尔文主义！核战争、基因战争、暗物质战争……都是倾巢之战！覆巢之下，安有完卵？

一味追求单向度的竞争，就是自我毁灭！

信息文明的波涛汹涌而至，我们该如何浪遏飞舟，而不随波逐流？我们一旦没有了把控方向的能力，当遭遇激流暗涌、台风骤起时，难免沉入大海……

工具之上是价值，科学之上是哲学！管理好管理科学的学问就是管理哲学！

而今，信息文明取代工业文明已成必然，建立在工业文明基础上的管理学已是千疮百孔，新的管理学必须面对生产要素的变动和生产关系的重构，建立一套能够适应新文明的管理体系已刻不容缓，而目前我们都浑然不觉，还在得过且过、混沌度日。

人类第一次面对这种情形：实践走在思想的前边，在科技后边摸着石头过河，跟着感觉走！

管理需要革命，而这一切都需要思想的启蒙和引领！

2016 年 8 月 25 日凌晨

加拿大

Canada

喧嚣的庇护所

禅不是古佛青灯，不是贝叶佛经，亦不是参禅打坐。禅在路上，在行走中……作为一个佛文化的参学者，每游访一处，我必找寻禅刹的踪迹。在加拿大，佛教的主要法脉都于此落地生根。

前些日子，我来到多伦多的正觉寺。正觉寺为禅宗道场，面积虽不大，但很整洁，大殿里的横世三佛东方净琉璃世界的药师佛、娑婆世界的释迦牟尼佛、西方世界的阿弥陀佛万德庄严。正觉寺的主持释悟德法师，俗名张和，原籍广东潮州，生于越南，最初修南传佛教，并研习净土宗。后求学汉传佛法，得赐法名悟德。自 1972 年开始研修禅宗。

正觉寺大殿前，木鱼声响厚实悠远，喻示着僧侣们当如鱼游泳一样昼夜不息、精进不止。我恭敬地为诸佛上了香，感恩佛陀给人类带来的智慧与慈悲。大殿门口处还有结缘品，其中有《大智度论》，此论由鸠摩罗什大师翻译，主要讲述中道实相，以二谛解释实相之理，发挥般若思想，对《摩诃般若波罗蜜经》做出系统解说及论证，几乎对佛教全部关键名词都给出了详尽全面、深入浅出的解释。《大智度论》无现存梵本，也没有藏文译本，仅有汉文译本。论中引经典籍甚多，保存了大量当时流传于北印度的民间故事和传说，为研究汉传佛教和古印度文化的重要资料。同时由于此论所释的《大品般若经》为当时篇幅最大的一部经，作者还对经中的“性空幻有”等思想有所发挥，故被称为“论中之王”。此论先举出法相的各种不同解释，以此为尽美，最后归结为无相实相、法性空理，以此为尽善。但因其系依经而作，解释毕竟不能完全穷尽义理，故龙树又著《中论》《十二门论》作为补充。[①]

① 龙树菩萨著．大智度论［M］．北京：宗教文化出版社，2014.

不独寺院，这里更是教堂林立，宗教文化使这一年轻的国家与城市散发出一种无以言表的圣洁与安宁。到了多伦多市中心的圣詹姆斯教堂（St. James Cathedral），发现教堂外绿树芳草，阳光弥漫着恬淡的金色香味。我不由地驻足欣赏她的沉静贤淑与博爱仁慈。

圣詹姆斯教堂兴建于1850年，属于典型哥特式建筑，是当时多伦多最大的建筑，安装了北美地区最大的十二音大钟。当人们漫步在多伦多市中心的时候，会听到教堂钟楼那明亮悦耳的报时声，其钟声也是世界上最为著名的公众报时钟之一。进入教堂后，优美的琴声传入耳中，牧师在弹奏着圣歌，大厅的排凳边散坐着几位祈祷的人。教堂内的壁画金碧辉煌，在阳光的投射下更把圣经的故事演绎得神圣庄严，这使人心生敬畏之余，又感受到了神的伟大与慈爱。

2013年8月2日

多伦多街景的味道

在多伦多，你还会看到很多流浪者。在央街（Yonge Street），他们随意地坐卧在街边，一个破帽子口朝上一放，就表明了自己的职业——乞讨。他们表情淡然，嘴角挂着平静的微笑看向远方，对穿梭的人流视而不见，他们陶醉在多伦多习习的凉风里，总是望着天空自在漂泊的白云。流浪者中年长者不多，很多人年轻力壮，且相貌不凡。

我只碰到一个主动向我乞讨的，理由是他的女朋友想喝咖啡。我感觉他能为爱乞讨，一定是个心灵洒满阳光的人，就给了他 5 加元。

更有趣的是，有个流浪者还牵着一只小狗，自己很邋遢，但小狗却是干干净净，毛发蓬松。这流浪者散坐地上，得意地看着他的爱犬。不一会儿来了一位西装革履的人，我料想必是体面的职员，他也牵着一只狗，就近距离站在流浪者旁边，一起交流着狗文化的话题，彼此间没什么隔阂。你还可能经常看到公园的椅子上，同时坐着流浪者与市民，他们彼此间相聊甚欢。

在这里，无论做什么，都是个人选择，没有高低贵贱之分。只要你愿意、你喜欢，社会都认可与接收。人群、人种之间也没有优劣之

分，无论你如何，你都不会孤独与自卑，因为这里的人也可谓奇形怪状。这些见闻使我萌生出些许联想：多伦多仿佛是星际联盟的总部，各个太空的生命体彼此尊重，亲密无间，堪称“和合生物”的最佳诠释，如此才是真正的多元文化。

多伦多的雨，常常出其不意地来。暴雨骤降，地面升起浓浓的云烟，实则是细雨纷纷形成的雾，把大街上的行人搞得狼狈不堪。当然大雨中依然有对此无动于衷，甚至是不屑一顾者。有两位街头艺人，忘我地玩着打击乐，节奏高亢，鼓点紧凑，大雨滂沱，加上雷电伴奏，整个就是一场声光电秀，或者说是一场行为艺术。

这样的激情，我在少年时有过，并写下了很多壮怀激烈的诗词，青年时也曾昂扬过，但步入中年，就慢慢褪色了。偶尔也会“回光返照”，梦想着成为一代管理思想宗师，但很快就会清醒过来。这种“聊发少年狂”还发生在酒后微醉、住宿外地旅馆时，所以没有太大危害，属于可自我控制型。而多伦多街上玩打击乐的这两位仁兄，可能就比较严重了，他们完全活在自己的世界里，无论外界如何，都岿然不动、我行我素。从佛家的视角看，这是禅修到了非想非非想处，中国的天人合一境界！此刻，我羡慕、嫉妒，却不恨。

2013 年 8 月 5 日

观多伦多狂欢节感

多伦多狂欢节是我在无意中撞上的。正准备去尼亚加拉，在多伦多长途汽车站，候车时听说有狂欢节，而且每年只有一次，第一天还有盛大的开幕式，所以我临时决定改变计划，乘地铁来到安大略湖畔的加拿大国家展览馆——狂欢节的举办地。

交了20加元的门票后，进入展览馆，周遭充斥着高呼声、呐喊声及震耳欲聋的音乐声，这时开幕式刚刚开始：游行队伍整装待发，五颜六色的服饰，三点式着装，组成了五色缤纷的人体丛林。整个广场都放射着、喷发着热情，所有的人都忘乎所以，扭臀、抖胸，游行队伍中随处可见，散发出加勒比地区土著原始的生命力。

整个广场可谓群魔乱舞，肆意狂欢！相比于正觉寺里佛陀的庄严、圣詹姆斯教堂中圣母的慈爱、央街上人性的友善，这里则处处可见近乎原始人类本能般的粗犷、狂野与躁动。

2013年8月3日

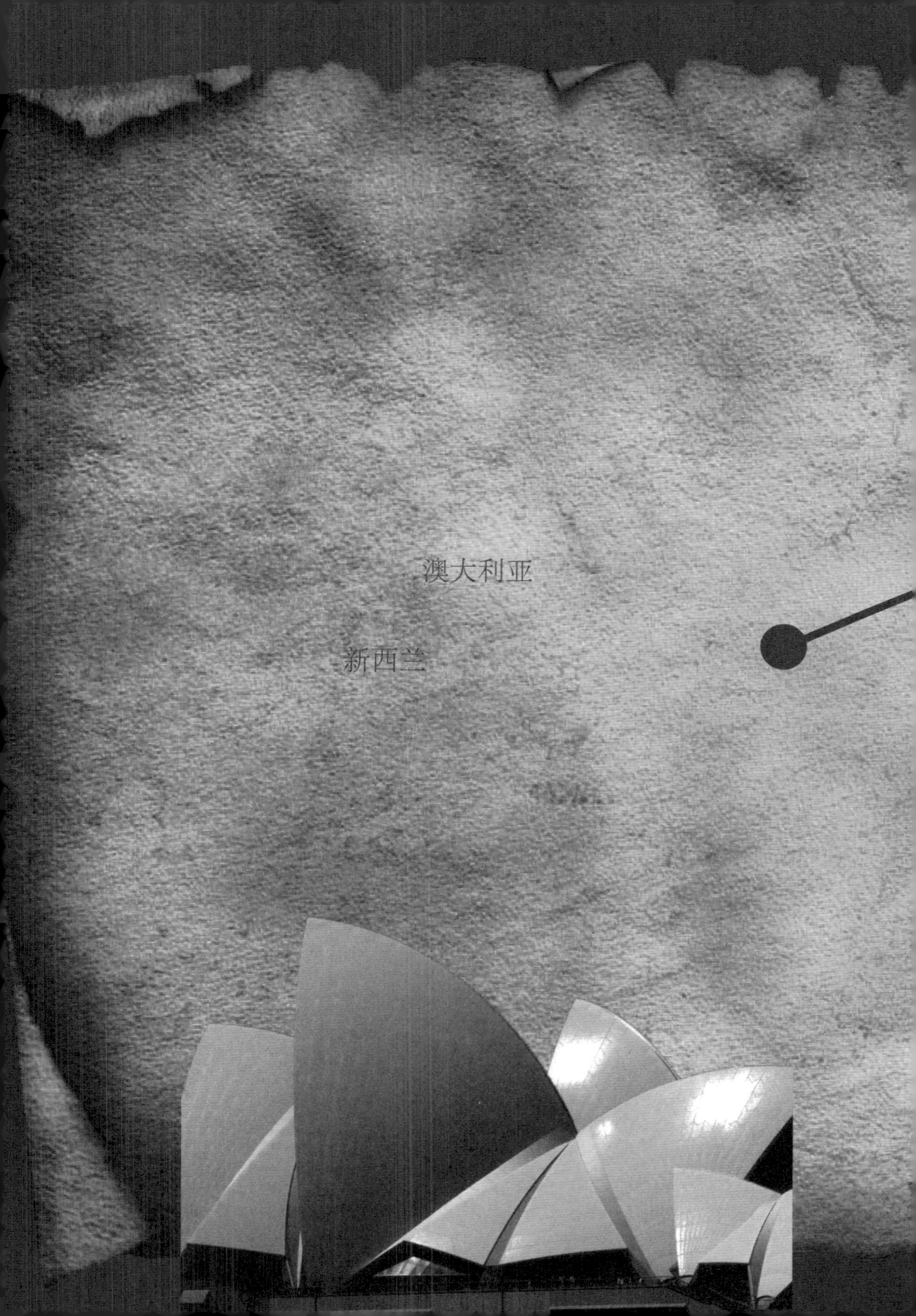
澳大利亚
新西兰

大洋洲
Oceania

澳大利亚

Australia

大洋深处的那个洲

经过 11 个小时的飞行，终于到达悉尼。

大洋洲，大洋深处的那个洲。

行者的脚步与学人的沉思，将烙印于此。

古老的文明曾在这里被冰封，数万年来依然刀耕火种，止步于石器时代，500多个族群逐草而居，这里曾经与现代几乎绝缘，作为古老文明自然演进的独特样本，马克思所推演的人类社会形态发展并未出现，工具理性与价值理性两轮未能驱动；被隔绝的文明概莫能外，如非洲埃塞的摩尔西人、美洲亚马逊部落……

这些文明发育迟缓的区域几乎都与世隔绝，而且自然条件优越，水源充足，温暖舒适，四季如春。

为什么如此自然条件反倒创造不出文明来？

文明因生存所迫而创生，因交流融合而发展，因精神困惑而深沉，因教育传承而厚重。简而言之，压力变创造力，创造力变动力，动力变实力，实力变为生产力。

汤因比认为每个文明都有形成、发展、衰落、解体的过程，提出著名的挑战应战说，即文明的发生是由于对自然环境或人为环境挑战的应战，挑战不能过强，只有适度的挑战才是文明发生的适当条件。之后，又在不断应付内部和外部挑战下成长。如果没有成功应对挑战，衰落开始，经过一系列运动后文明解体。

挑战与应战，古老文明与现代文明的遭遇，几乎都伴着血泪，征服、奴役、杀戮，甚至是灭绝。种族屠杀是人类的耻辱，人类这个物种必将为屠杀同类而付出代价，“末日审判”或早或晚，可能会迟到，但绝不会缺席。

卡罗尔·奎格利把文明发展过程划分为七个阶段：混合、酝酿、扩张、冲突、

和平与繁荣、衰落、毁灭或新的混合，两种或多种文明混合碰撞，产生新文明。

在文明史的时间轴上，文明之间并非冲突或共生这样单纯二分，而是存在接触、模仿、敌意、竞争、差别、支配、服从、尊敬、轻蔑、融合、合作、同化等各种关系。也正是如此，人类除了屠杀，还有尊敬、融合、合作等各种关系，这就是文明传递的动力，也是人类的希望!

人类因为抽象思维而成就自己，诞生文明，形成知识体系，通过代际传承而与时俱进，升级换代。而AI时代的到来，使代际传承的价值逐步丧失，而成本几乎不变，根据交易理论，AI如能弥补人类感情需求，生育的成本大于收益，人类生育的动力衰竭，只有具备奉献精神的家庭或人士才会自然生育，否则人类要延续，只能在生产车间里完成人类物种的繁衍生息。生产力决定了家庭组织、社会关系与国家形态，家国天下不过是生产力的结果，有生就有灭。

大洋洲是我田野考察的最后一个大洲，也是文明发育最晚的有人类居住的大洲，这里曾4万余年一成不变，也曾在不到250年的时间内，在一片荒蛮之所崛起一个文明富庶的现代国家。

此行结束，我的田野考察将告一段落，历时15年70列国的考察圆满收官，为此我奉献了几乎所有的寒暑假及节假日，十余年心血浇筑的文明三部曲渐可杀青了，我也将休养生息三两日，平静地过上一个慵懒而奢侈的周末。

2019年10月2日

多元文明是人类发展的动力
——以澳大利亚为例

澳大利亚悉尼市的悉尼港，坐落着久负盛名的悉尼歌剧院、悉尼大桥等地标建筑群，在碧草、蓝天、白云、大海组成的景框里，我们可以看到熙熙攘攘的不同肤色、不同族群、不同语言的民众和谐、和睦相处。澳大利亚是全球多元文化的典范，但这种多元局面的形成并不是一帆风顺的，可以说是经历了曲折，经历了种族歧视、种族隔离，甚至是种族屠杀。

1770 年，库克船长率领舰队发现了澳大利亚这片新大陆，当然，这是西方的话语体系，其实这片大陆自古以来就存在，在 65000 年前，就有土著在此繁衍生息。在 18 世纪中期欧洲人陆续到达澳大利亚之前，澳大利亚土著人口有 30 万之多，500 多个族群[①]，所以无所谓“发现之说”。

1788 年，英国把 735 个囚犯送到了这片大陆 自此这里成为关押英国囚犯的地方，开始了欧洲人大批量向澳大利亚移民的历史。大量移民在这片土地进行农业、农牧生产，但农业、农牧生产需要大量的土地，所以移民与土著之间产生了矛盾。当时的土著人还没有私产的概念，认为所有的牛羊都是大自然的，都是大家共有的，谁抓到就是谁的，就像河里的鱼、天上的鸟、地上的各种动物，这与西方私权的观念产生了冲突。土著会偷猎白人养殖的牛羊，双方冲突的结果就是屠杀。当时的西方人把土著看成是“害虫”，坚决要灭掉，实行种族灭绝。从整个澳大利亚看，1788—1840 年，土著人口由原来的 30 万左右下降为 20 万左右，

① 刘晓燕．澳大利亚土著人：历史变迁与发展[J]．内蒙古大学学报（人文社会科学版），1998（5）：92.

1891 年下降为 11 万，到 1930 年时，就仅仅残存 6 万纯血统土著了[①]。很多地方，像塔斯马尼亚等，土著已经消亡了。当然，这些土著人并不是全部被屠杀的，还有一原因为西方人带来了各种病毒，当地土著人没有免疫能力，所以成批成批地病死。

1901 年 1 月 1 日，澳各殖民区成立澳大利亚联邦。澳大利亚对土著一直是排斥的，认为他们是“动物的群体”，不把他们计入澳大利亚的人口中。这种情况什么时候才发生变化？一直到 1967 年修改宪法，土著不再被当作“动物”“有害群体”，而是公民，享有相应的公民权。

更为荒唐的是，为了改良其种族，1910—1969 年，实行同化政策，强行将近 10 万名原住民男女儿童与父母家庭分离，进行文化的断代，这一代人被称为“被偷走的一代”或“丢失的一代”，土著儿童在所谓“训练营”里的生活状况是非人道的，心灵造成了极大的创伤。1970 年，澳大利亚废除了“允许当局带走土著儿童的法令”。自此，“被偷走一代”的悲剧得以不再重演。

针对华人为代表的亚洲族群及美拉尼西亚人，1901 年，澳大利亚还实行过“白澳政策”。

1972 年，澳大利亚开始推行多元文化政策，各族群在法律和政策上获得全面的平等。

2008 年，陆克文总理代表澳大利亚政府向所有的土著正式道歉，为土著数百年来所遭遇的不道义、不公平待遇而道歉。

2011 年，澳大利亚政府推出了一份重要的纲领性文件，即《澳大利亚人民——澳大利亚的多元文化政策》，进一步强化多元文化对澳大利亚的价值。澳大利亚从此走向了完全开放、包容、多民族融合的文化架构体系，这是人类的巨大进步。

当然，在这个进步的过程中，我们可以清晰地看到，人类付出了高昂的代价，甚至生命，所以这样的成果来之不易。那么，如何来看待这段历史及其对于当下的影响呢？对当下，我们且行且珍惜；而对于历史，我们也应该用包容的心态，以史为鉴，而不能纠结于历史的一个环节、一个片段，而耿耿于怀甚至睚眦必报。

人类的历史就是在前行中曲折，在曲折中前行。在前行中曲折，就是人类不

① 杨洪贵．白人殖民对澳大利亚土著社会的破坏[J]．西华大学学报（哲学社会科学版），2009（8）：82-83.

可能一下子掌握所有的知识体系，一下子就能做出准确的判断，我们是边走边探索，难免走弯路；当然，我们同时也看到，人类是曲折中前行，虽然走了很多弯路，但是人类的文明从来没有停止过，而是还在不断地进步、不断地发展、不断地完善。人类的文明就是这样通过多元的、融合的发展，获得相互促进、相互成就，彼此成全。这是人类文化的要义，也是人类共处的原则。

中国有句话：孤阴不生，孤阳不长。“万物负阴而抱阳，冲气以为和。”什么意思？是指这个世界上任何单极一方都无法存在，只有相互补充、相互发展，才能形成彼此共同发展的环境。营造这样的环境，需要负阴抱阳，冲气以为和。所以，澳大利亚的多元文化政策演进带给我们很多启发和借鉴，其文明发展的样本价值是不可低估的，澳大利亚从此开启人类多元文化全面融合的新时代。以文化包容之心去看待世界，我们就会变得从容、淡定、平和。

2019 年 9 月 30 日

新西兰

New Zealand

《怀唐伊条约》中的文明发展比较学

一

新西兰的惠灵顿是全球最南的首都，惠灵顿政府旧址大厦的建筑是木质的，已有百余年历史。现在的政府已经迁到新址，旧址大楼还依然保留着，成为国家的文物。大楼前面的广场现在仍然是政治中心，广场前的圆形建筑就是著名的“蜂巢”——新西兰的国会大厦，直到今天依旧在使用，它也是木质建筑，是全球第二大木质建筑综合体，造型很别致。

我来到这里是为了调研一份协议——《怀唐伊条约》的历程，是在 1840 年 2 月 6 日签署的，这份协议对于文明考察来说非常重要。因为，这是族群和睦相处、和平相处的经典案例。正是因为这个协议，使世界上产生了一个新的国家——新西兰。

说起《怀唐伊条约》，我们还要从新西兰这个国家创建之前的背景说起。新西兰主要由南北二岛组成，这些岛因为远离大陆，所以长期无人居住。最早发现这个岛大约在 10 世纪，根据传说，毛利人的著名航海家库佩（Kupe）在一次航行中发现了新西兰[①]，他们中有一部分人又返回了，所以并没有大量人口居住。大约在 1350 年，还是毛利人，分乘 7 只独木舟，在太平洋上经过漫长、艰险的航行到达这个海岛，成为新西兰最早的居民。由于他们从不同的地点登陆，从而形成了现在毛利人的 7 个不同部落，并在此繁衍生息。因此，真正有人类在此定居生活也不足 700 年的时间。所以，这是一个新兴大陆。

---

① 李晶．新西兰土著毛利人的历史与现状[J]. 世界民族，2006（5）：73.

毛利人是什么样的族群呢？大家如果听过我讲波利尼西亚文化，可能还有印象。毛利人就是波利尼西亚文化带的一支，波利尼西亚是个什么文化带呢？就是在中东部太平洋海面上一个巨大的三角形地带，星罗棋布分布着数千个岛屿。其中一些岛屿比较大，有人类居住，比如像夏威夷、汤加、斐济、萨摩亚，也包括新西兰南北二岛。这些有人居住的岛屿很奇怪，虽然相隔几百公里甚至上千公里，竟然能讲同样的语言——波利尼西亚语，保持相同的文化心理，形成了一个非常强有力的文化带，这个文化带就是波利尼西亚文化带。在这个文化带之间，他们相互联系、相互交流、相互融合。当然，也曾经相互厮杀。这个文化带现在在夏威夷展示，就是夏威夷著名的波利尼西亚文化村。这个文化村，我多次去做过调研，考察波利尼西亚文化带现象及其形成的内在机理，而毛利人毫无疑问就是波利尼西亚文化带的一个分支，只不过，这个分支的毛利人比其他民族更加彪悍。

何以见得呢？因为毛利人吃人！并不是因为饥肠辘辘，也不是为了温饱改善生活，他们吃的是战俘！

最早发现新西兰南北二岛的国家是荷兰。1642年时，荷兰探险家塔斯曼第一个发现新西兰。探险的目的就是发现新大陆，寻找财富，这是大航海时代的普遍现象，如哥伦布、达伽马等，都是出身于这个行业，他们找到国王、王公贵族、

社会商人，期望这些人给航海提供经济赞助，航海的成果大家按比例分成。

当荷兰人航行到新西兰北岛靠岸的时候，毛利人向船走来并唱起了圣歌，开始鸣鼓，荷兰人对毛利人的风俗不了解，认为“这是在欢迎我们，那我们也赶快鸣鼓吧”，于是也奏乐，结果一登岸，毛利人就对他们进行屠杀，于是塔斯曼只得扬帆起锚，仓皇而逃，剩下的人就被毛利人给杀死了。发生这种情况是因为在毛利文化中鸣鼓表示挑战，如果对方也鸣鼓，就说明接受了挑战，双方就开战了。所以，荷兰人就莫名其妙地成为毛利人的刀下之鬼。这个地方太荒蛮，没有资源，人也很凶狠，这里没有黄金、珠宝、财富，没有价值，荷兰人就不再来了。

再次来到这个岛的是英国人。1769 年，英国著名的航海家詹姆斯·库克（James Cook）率领他的船队来到新西兰南北二岛，他们吸取荷兰人的教训，带来很多礼物贿赂当地酋长，消除隔阂。酋长觉得这些人比较友好，就不需要战争了，库克船长得以登陆。库克船长先后来此五次之多，发现这里是一个富饶的地方，有利于开发农牧业，由此就开发成了他们新的殖民地。令人遗憾的是库克船长在 1779 年 2 月 14 日还是被夏威夷群岛土著杀害了，时年 51 岁。

二

随着英国人到来，陆陆续续也有其他国家的移民来到这个地方，当然最主要的就是西方国家。法国、荷兰、英国等的移民来到这里，都是为了追求财富。法国人也开始大量购置新西兰土地，这就与英国产生了利益冲突，英国人认为“是英国在此地最早实现开发，而法国人来得晚，这里应该是英国女皇陛下治下的国家，法国人是客人”。而法国人开始和部落合作，进行资产开发、发展畜牧，包括开发资源等，这就引发了英国人的不安。英国人为了避免利益外流，就想了一个办法：签订一个协议，把这块土地变成大英帝国的版图，变成女皇陛下的版图，这样就成为英国永久的土地了。法国人要想在此开发，就必须经过大英帝国同意，经过英国政府同意和授权才可以。

当时和毛利人签订这个协议并不容易，因为毛利人还没有形成国家。在西方人来此之前，整个新西兰南北二岛还都处于荒蛮之态。他们没有文字，没有金属，没有城市，没有国家政权。如何签署这个协议呢？只能和部落酋长来签署，因为他们还是部落的氏族社会。所以，他们就找部落酋长一个一个协商，有一些部落酋长同意了，原因很简单，部落酋长也担心他们的财产将来会被法国人掠夺，他们也需要保护，靠他们的长矛、石头这些工具对抗船坚炮利的西方国家，无异于以卵击石。所以，毛利一部分酋长也同意签署条约。经过一天的辩论，45 位毛利酋长于 1840 年 2 月 6 日在岛屿湾（Bay of Islands）的怀唐伊（Waitangi）镇正式签署《怀唐伊条约》。

条约内容主要有三点：第一，部落酋长们愿意把国家统治权交给大英帝国，女王陛下代表整个新西兰南北二岛行使国家主权；第二，英国保护这些签约酋长的财产、土地、农场、森林，他们的游牧游猎等活动都受到保护，毛利人可以保持本民族的传统文化；第三，提供这些签约的酋长部落以公民待遇，享受大英帝国的公民权。这协定对毛利人来说很有利。签署当天是 1840 年 2 月 6 日，这一天后来被定为新西兰国庆日。签订协议这一天，标志着这个国家的诞生，这就是《怀唐伊条约》的历史价值。

8 个月之后，又有 512 位酋长陆续签署了这个协议，充分说明当时这个协议的广泛认同性。正因为如此，大家在和平和睦的环境中签署，没有暴力，所以相对公平。当然，后来也有人质疑，由于该条约是用英文起草后再翻译成毛利文的，这就出现了英文版本和毛利文版本内容不一致的情况，如英文版本中清楚地写明毛利酋长愿意把主权转让给英国女皇，而在毛利文版本中注明的却是毛利人放弃部分统治权，两个版本不完全吻合而产生重大歧义，该条约在签署过程中存在欺骗的可能性。因为这个歧义，新西兰竟然还发动了一场全球性活动，要把《怀唐伊条约》翻译成 32 种语言珍存于世，对此，我们不在此详细论述。

客观地说，《怀唐伊条约》使毛利人与白人在法律层面上享有

了同等的地位和权利，使外来移民和土著人共同拥有了这片土地，两者间形成了一种以国家建设为目标的伙伴关系[①]。

三

在此，我想谈一谈《怀唐伊条约》对于全球文明发展、对于文明比较学的价值和意义。《怀唐伊条约》首先是个和平的协议，保证了各方的利益，各方在协议中都获得了族群发展的价值。我们知道，如果不是《怀唐伊条约》，毛利人很可能被当时的西方人，特别是英国人所屠杀。这种现象曾经出现过，在哪里呢？在印第安，当时采取屠杀政策，有 1000 多万人被屠杀，整个族群几乎被灭绝，导致印第安人现在美国人非常少。这种现象当时在澳大利亚也发生过，英国在统治当时的澳大利亚土著时，也进行了种族屠杀。所以澳大利亚土著从英国人进入之前的约 30 万人减少到后来的约 6 万人。而《怀唐伊条约》的签订让毛利人在这片土地上能获得生存权，这一点很关键。1840 年时新西兰南北两岛毛利人为 8 万 ~ 10 万人，2018 年，新西兰毛利裔人口毛利人约有 77.6 万占总人口的 16.5% 的比重，这说明毛利人得到了发展，毛利人的生产和发展得到了一定的法律保护。另外毛利文化得到保存，甚至还可以说得到发展。我走在新西兰大街小巷，都能感到毛利文化的呈现，比如他们的建筑、LOGO、族群，遍布整个新西兰二岛，而我想在悉尼找到土著人居住的部落就很难。我后来找到了土著的居住区，仅存很少的土著，这说明澳大利亚的土著族群规模很小，不成影响和气候，而毛利文化得以保留，毫无疑问是协议的价值。再则，也是最关键的一点，毛利人参与了国家政权分享、国家建设，接受现代教育，这一点，让毛利人在政治、经济、社会、文化等各个层面都可以参与其中，获得一定的地位。

因为毛利人的文化得到保护，毛利人得到系统、全面、优质的教育，所以，从毛利人族群中走出一些政治精英，有的当选议长、有的当选部长，还有文化界人士，这一点非常难能可贵。我们再去研究其他土著，例如，印第安人、澳大利亚土著等，他们在政治、经济、社会、文化等方面落后，更加没有出现精英。这一点，毛利人是比较成功的。当然，更大的受益者是英国，因为英国人占有这里

---

① 李晶．新西兰土著毛利人的历史与现状 [J]. 世界民族，2006（5）：75.

的资源，将新西兰纳入英国版图。同时，英国也是施惠者。所谓施惠者，是指它把先进的制度、科技、文化、教育输入到这片荒蛮之地，毛利人和殖民当局的关系有所改善和发展，在不到150年的时间里，建成了一个生机盎然、充满活力的国家，经济发展、社会稳定、文化多元、民族和睦。而且，新西兰有着无限的前景，依托丰富的资源，足够国民生活几百年，甚至上千年，而衣食无忧。新西兰的历史是毛利人与白人移民共同建设新西兰国家的历史，这一点与开始签订的《怀唐伊条约》不无关系。

我们看人类文明的历史，总是感叹其中太多的发展成本，因为在发展过程中，人类会采取极端措施，破坏文化多样性，在短时间内可能有所收益，但从长时间来看，因为我们计算成本，不应该是三五年、三五十年，而是应该放在历史的长河中去考量、去比较人类的收益与付出，单极主义就是一种高昂的成本。

《怀唐伊条约》是人类智慧的一个典范，不同民族之间通过和平模式缔结契约，对人类文明的发展创建了一个好的样本，有里程碑的意义。

为什么有的民族文化很快湮灭了，而有的民族文化可以绵延不绝？人类文明史册就是一本教科书。研究文明史这么多年，我特别感慨人类在发展过程中的成本过于高昂。我们有8000年人类文明史，在这8000年文明史中，人类走过太多的弯路，付出了高昂的代价，原因就是我们不会妥协，不会协商，不会通过和睦的方式来进行价值的传递。我们总是用简单、粗暴、看似有效的方式解决，以求一劳永逸。

社会的发展总是需要比较的。比较什么？成本最优，这就是经济学、管理学发展中的成本核算。人类的发展其实就是寻求成本最低化、价值最大化、效率最优化。

为什么有的文化开始时灿烂辉煌，随后就湮灭了，例如两河流域文化、埃及文化；而有的文化能绵延不绝千年，例如中华文化。为什么中华文化一开始名不见经传，位于世界的远东地区，不能产生世界影响，却绵延不绝五千年？其中很重要的因素就是：文化背后存在经济成本的核算。因为中华文化是知行合一的文化，中华文化讲究情理法，情理法的交易成本最低，能够通过情打动人，就不需要讲道理，因为很多内容是无法用道理讲明白的；能用道理讲明白的，就不要诉诸法律，因为法律的执行成本是很高的。

文明比较学其实就是在寻求低成本的人类发展模式。从过去、现在到未来，人类过去付出过哪些成本？今天应该借鉴什么？如何为未来设计蓝图？如何用最低的成本、最快捷的方式、最文明的模式勾画人类的未来？这就是这门学科的宗旨、目的、意义及价值。

2019 年 10 月 3 日

人，创世纪

在万米高空，透过舷窗俯瞰这个生机盎然的星球，由衷感叹宇宙的神奇与造化的玄妙；在全球的文明废墟，透过历史画卷审视这个沧海桑田的世界，不禁感慨人类狭隘的傲慢与偏见的渺小。

我们来到这个世界太过偶然，人类的诞生更是奇迹中的奇迹，人类能克服生存的千难万险，跨越食物链猎杀本能，创造思想、信念、梦想、愿景与使命，进而产生怜悯、博爱、呵护、公平、正义，这是何等伟大！

作为人类的一员，我无法抑制内心的激动、骄傲、自豪，并引以为荣！

人类的历史就是一部宇宙的史诗、地球的史诗，虽然时间短暂，但精彩纷呈！

如果有时间，我想为人类写首赞歌，取名为《灵之圣歌》。

但看过这么多文明的废墟，为这么多文明现场做过调查，我又为人类而深深忧虑。

信仰冲突、文化隔阂依然充斥这个世界，原教旨主义、种族偏见、军国意识依然威胁着世界和平；霸权主义、强权逻辑、本位主义依然是国际治理的障碍，东西方发展无序竞争，南北半球经济失衡依然是全球经济困惑。

人类，这一可爱的生灵，还依然在懵懂的欲望里面挣扎徘徊，在本我与超我中生死疲劳，无休无止地轮回。

人啊，认识你自己吧！

为你成就骄傲，为你未来忧虑，为你蓝图祝福，为你前行助力！

人类啊，将秉承前辈的智慧，汲取曾经的教训，继往开来，开启新的创世纪！

一个人走在新西兰，仿若隔世的穿越，守住这份寂寞，担起这份风雨，活在自我世界里，做一只安静书虫，无论外界如何喧嚣与凋零，内心深处始终繁花似锦，活在自己的学术里，怡然自得，做自己的王！

走完五大洲，完成了文明比较前期的调研，这也是个人版的创世纪。

在路上，在文明田野考察的路上，与孤独同行，与文明相拥，与自己干杯！

2019 年 10 月 4 日

跋
人类文明的自我救赎

走过太多的文明废墟，越是恢宏，内心则越是惶恐与纠结。

从金字塔、羽蛇神殿、阿兹特克金字塔、马丘比丘、万神殿……再到吴哥窟、巴戎寺，个个宏伟壮观，气势不凡；个个精美绝伦，叹为观止。

而每一个建筑的背后，都有着难以想象的艰难，在没有现代工具的时代，所有的一切都靠肩挑背扛，牛拉马驮，完成了一件件当下都似乎难以完成的超级工程，而这样的奇迹背后却是累累白骨！

而这一切都是为了神！

太阳神、羽蛇神、朱庇特、毗湿奴、湿婆……个个神祇似乎法力无边，而又悲悯众生。既然神是万能的，为何不自己建造一所？既然神是慈悲的，为何看不到数万民工为此累死？神是要考验信众的坚贞吗？请问民众所思所想，您都知晓，还有必要考验吗？

阿蒙拉神为何没有阻挡住波斯帝国的冈比西斯二世对古埃及的灭国行动？羽蛇神为何没有保护玛雅帝国？朱庇特为何让位给了上帝和耶稣？湿婆也没有让吴哥王朝国祚永续？

所有的事实，只能推导出一个事实：神不是与生俱来的，而是人造的！

人为何造神？

人无知而软弱，需要呵护，于是法力无边的神诞生了；王权的传承及行使需要法理，王权天授；精神空虚，需要神的哲学。

囿于生产力发展水平及思维能力的限制，对神进行崇拜，以求得对心灵的慰藉和对未来的期颐，有着其特定的作用，所以宗教就产生了。

神是虚拟的，必须借助现实的人来彰显其神力，于是英雄或领袖就成了神的代言人。在代言的过程中，英雄或领袖往往会或主动或被动地迷失自我，进行自我神化。

而人们普遍的挫败感加上无价值感的社会现实，从而导致集体无意识现象出现，把自己的命运交给神；找不到神，就交给神一样的人，以求其给予自己特别的保佑和安慰，这是心理上的自我暗示。这种心理现象各个民族都有，于是乎个人崇拜与领袖神化开始大行其道，甚至登峰造极。

这样就出现了个人崇拜，彼此通过神秘的互惠完成心理交易。

如大革命后期的法兰西之于拿破仑，“二战”时期的德国之于希特勒，所有的个人崇拜都是极权主义下的产物：或慑于思考的匮乏，或出于恐惧与不安，或由于怯懦与恭顺。而鼓吹者及始作俑者除此之外，还有个人私利的考量和投机目的。

无论其对外宣称是无神论或是有神论，唯物或是唯心，其本质就是宗教。认识并弥补人的基因缺陷，才能完成人类未来文明的自我救赎。